말없이 꽃대를 밀어 밀어 올렸다

글 강병수

말없이 꽃대를
밀어 밀어 올렸다

드리는 말

배우고 가르치느라 평생 학교만 다녔습니다.
이제 나이가 되어 그 일을 접게 되었습니다.
그때마다 적어 두었던 글과 아직 남아 있는 기억을 되살려
그동안의 이야기들을 모아서 스스로 읽어보니,
열정 하나로 애를 쓴 일이 많았지만
후회되거나 안타까운 일도 있었습니다.
잔소리와 큰소리로 대한 모든 분에게는 반성하는 마음입니다.

글을 쓰는 일이 두렵습니다.
지식이 얇기도 하고 생각이 단단하지 않아 글을 잘 쓰지 못하니
읽는 이로부터 외면 받기 십상일 테고,
그래서 부족한 글을 이것저것 빼니 남는 게 하나도 없을 것 같고
버리자니 아깝기도 합니다.
그래도 책으로 출간하고자 하는 용기를 낸 것은 그 일의 정성과
느낌이 담겨 있기 때문입니다.

<말없이 꽃대를 밀어 밀어 올렸다> 는 제가 만난 모든 이의 모습
입니다.
가위에 꽃대 잘리고 제초제 처방까지 두 번이나 좌절하면서도

말없이 꽃대를 밀어 올려 마침내 꽃망울 터트린 '털머위꽃'처럼,
비록 얼굴이 다르고 꿈꾸는 내일이 달라도,
나아가는 정도가 달라도,
스스로 깨달아 가는 마음이 한결같았습니다.
저 역시 그러려고 무진 애를 썼습니다.

이야기는 우리가 공유했던 삶입니다.
수많은 이야기가 꽃을 피우지만 언젠가는 잊히고,
결국 혼자만의 이야기로 남게 됩니다.

소박하게나마 이렇게 글로 남기게 되니
다시 읽는 제가 스스로 성찰하게 되고,
함께했던 소중한 분들은 다시 이야기꽃을 피울 것 같습니다.

말없이 응원해 준 아내와 탈 없이 커 준 두 아들,
항상 울타리가 되어 주는 형제들에게 고맙고,
함께 했던 학생과 선생님, 행정실 식구들에게도
감사 인사를 드립니다.

2025 년 2 월

1부

말라버린 눈물 다시 흐른다

말없이 꽃대를 밀어 밀어 올렸다

2 부

당신을 만나야겠다는 간절함

말없이 꽃대를 밀어 밀어 올렸다

말없이 꽃대를 밀어 밀어 올렸다

3 부

우리의 길은 언제나 새로운 길

말없이 꽃대를 밀어 밀어 올렸다

말없이 꽃대를 밀어 밀어 올렸다

1부 말라버린 눈물 다시 흐른다

가족, 풍경 속에 담긴 정겨운 삶의 모습을 그렸다.

면장 집 둘째 손자

나는 통영군 도산면 원산리에서 태어났다. 지금은 폐교가 된 도원국민학교 2학년 1학기까지 다니다가 1970년 8월 말에 부산의 남항국민학교로 전학을 왔다.

시골에서는 조부모님과 생활하였다. 어릴 때라 뚜렷한 기억이 없다 보니 부모님이 계신 줄 모르고 생활하였다. 부산으로 전학을 가서야 비로소 부모님과 제대로 상봉한 것이다. 1960~70년대에는 이촌향도의 시기이다. 너도나도 도시로 몰려든 시기에 부모님은 누나와 형, 어린 여동생을 데리고 부산으로 먼저 이사를 가셨다. 나 홀로 시골에서 학교에 다닌 셈이다. 희미한 기억 속에 할머니께서 운동회 구경을 오신 거 같았다.

당시에는 학교 수업을 마치면 일주일에 한두 번 옥수수빵을 나누어 주었다. 담임 선생님이 교무실에서 빵을 가져오면 반장인 내가 손으로 가로와 세로줄을 따라 잘라서 나누어 주었다. 빵은 정육각형 모양인데 모서리 부분은 약간 찌그러져 작아 보였다. 내 자리 근처쯤 오면 나는 모서리의 작은 것을 앞자리의 친구에게 얼른 주고 상대적으로 크게 보이는 안쪽의 빵을 내 자리에 올려놓은 후 나머지를 다른 친구들에게 하나씩 나누어 주곤 했다. 어렸지만 빵 맛보다는 빵을 내 마음대로 배부한다는 권력의 맛을 느꼈다. 그런데 굳이 그렇게까지 하지 않아도 되었다. 왜냐하면 종례 때 담임 선생님을 따라 교무실에 가면 선생님께서 빵이 몇 개 남았다고 두세 개를 더 주셨기 때문이다. 아마도 반장이라서 그러는가 보다 생각하였다. 같은 동네로 가는 하굣길의 친한 친구에게만 몰래 빵 한 개를 주기도 했다.

하굣길은 마을별로 줄을 서서 가야 했다. 마을별 깃발을 매단 긴 장대를 든 학생이 맨 앞에 서면 그 마을 아이들은 모두 그 깃발을 따라서 걸었다. 언제부터인지는 모르겠으나 한동안 내가 들고 다녔다. 반장이라서 그렇나? 라고 짐작했을 뿐이다. 작은 방의 아궁이 근처에 내려놓은 대나무 장대를 내일 아침이면 또 들고 간다는 생각을 하면 기분이 좋아지면서 잠이 들곤 하였다. 내가 든 깃발을 따라 아이들이 뒤를 쫄쫄 따라오는 것이 좋았던 모양이다.

학교에서 깃발을 들고 등하교시킨 이유가 무엇이냐는 생각은 내가 교사가 되어서야 하게 되었다. 당시에 신작로가 새로 생겼

고, 통영에서 마산을 거쳐 부산으로 또는 진주로 가는 시외버스
가 학교 옆을 지나는 신작로를 따라 먼지를 내며 빠르게 달렸기
때문에 안전하게 등하교를 하기 위하여 함께 모여서 길을 걷도
록 한 것이 아닐까, 생각해 보았다.

2학년 때 부산으로 전학을 한 이후로도 나는 방학이면 늘 고향
의 할아버지 댁에서 한 달 여를 보냈다. 한 살 터울의 사촌 형과
들로 산으로 해 질 녘까지 놀러 다녔다. 할아버지는 만만찮은 분
이셨다. 우리가 어디로 돌아다녔는지 일거수일투족을 다 알고
계셨다. 사실은 다 알지는 못하셨지만, 짐작으로 "어디 어디 갔
었제?"라는 말에 지레 겁을 먹고 썰매 타러 간 일, 묏등에서 공놀
이한 것들을 이실직고할 수밖에 없었다. 방학 숙제도 어느 정도
했는지 챙기셨다. 그러니 아침 밥을 먹고 바로 밖으로 놀러 나갈
수도 없었다. 나는 할아버지의 상에서 식사하였다. 할아버지와
겸상을 한 셈이다. 막내 삼촌과 고모는 할머니와 함께 식사하셨
다.

상이 물러난 후에는 할아버지의 일장 훈시가 있다. 10살 안팎
의 손자에게 하시는 말씀은 주로 사람 살아가는 예의에 관한 것
이었다. 이런 말씀도 기억난다. "이제 며칠 후에 부산으로 올라
가겠습니다."라고 말 한 적이 있었다. "부산이 왜 위쪽이냐? 올라
가게. 할아버지가 있는 곳이 위쪽이니까 너희 집이 있는 부산으

로는 내려간다고 하는 게 맞다."라고 말씀하셨다. 보통의 경우는 고향으로 내려간다는 것이 흔하게 하는 말이다. 각종 기능을 많이 가지고 있는 도시가 중심지이고 시골은 그 배후지에 해당하기 때문이다. 그러나 할아버지의 말씀은 한 집안을 기준으로 볼 때 할아버지가 계시는 시골이 본가이고 집안의 중심임을 명심하라는 뜻을 내포하고 있었다.

초등생 시절 방학을 맞아 시골 본가에 도착하면 맨 먼저 대청마루 위에 걸려있는 증조할아버지 사진에 큰절을 드려야 했다. 어릴 때는 누구인지도 정확히 몰랐다. 노 할아버지라고 들었던 것 같았다. 할아버지의 아버님 즉 증조부님이었다. 비록 초상화 사진으로만 뵙는 증조부님이지만 감히 쳐다보기 어려울 정도로 매서운 눈매를 지니셨다. 그야말로 호랑이 할아버지셨다. 10년이 흘러 내가 대학생이 된 무렵이 되어서야 증조부님은 유학자이면서 교육자, 행정가였다는 사실을 알게 되었다. 방산(芳山)이라는 호를 사용하셨고 당신의 유고집을 번역하여 책을 출간하는 일이 집안의 가장 큰 일이라는 걸 알게 되었다.

할아버지께서는 자주 심부름을 시켰다. 심부름은 주로 마을의 누구를 오라고 하는 전갈이었다. 어린아이였던 내가 한마을에 살고 있는 집안사람 또는 마을에서 무슨 일을 하는지 알 수 없는 분들의 집을 찾아가서 할아버지의 전갈을 전하는 것이 대부분이었다. 그 내용은 대부분 몇 시쯤 우리 집으로 오시라는 전갈이었다. 그분들이 오시면 마루에서 할아버지에게 큰절하고 안방으로 들어가셨다. 그러고는 한참이나 얘기를 나누시고는 돌아가셨다. 저분들은 왜 우리 할아버지에게 큰절하고 들어가는지 어린 나는 잘 알 수가 없었다.

또 다른 집으로 심부름하러 갔다. 집을 잘 못 찾아 이 집과 저 집을 두리번거렸다. 그때 안에서

"니가 누고? "하고 물으면 도대체 내가 낸데 내를 뭐라고 해야 하나라고 생각하고서는

"저기 우리 할아버지 손자인데요." 하면,

"너거 할아버지가 누구신데?"

"태자 호자입니다."

"그럼 니가 병섭이가?"라며 형님의 이름을 들먹인다.

"아닙니다. 동생입니다."

"그라모 니가 강 면장님 둘째 손자라는 말인가?"

"예? 예!"

"야아! 둘째 손자도 저 형 닮아서 똑똑하게 생겼네."

그때까지 나는 할아버지가 면장을 하셨고 지역의 유지인 줄을 몰랐다. 비로소 집에 오시는 분마다 할아버지에게 절을 하고 '면장 어르신, 저 왔습니다'라는 말을 이해하기 시작하였다. 마을의 대소사가 있으면 그 일을 어떻게 처리하는 것이 좋겠다는 의견

을 내시고 이런저런 협의를 하시고자 마을 이장이나 집안사람들을 부르셨던 것임을 차근차근 알게 되었다.

그날 이후로 나는 누군가가 "니가 누고?"라고 물어 주기를 기다렸고, 물으면 "면장 집의 둘째 손자입니다!"라고 당당하게 말하였다. 아마도 내가 반장을 하게 된 이유는 할아버지의 후광이었을 것이다. 면장의 손자라는 이유로 누군가 추천하였거나 담임 선생님께서 알아서 지명하지 않았을까 싶다.

세월이 흘러 2010년 12월 30일 도산면사무소에서는 역대 면장 사진 제막식이 열렸다. 우리 집안을 대표하여 어머님과 숙모님, 종숙부님 두 분 그리고 나까지 모두 다섯 명이 참석하였다. 증조부님은 초대 면장, 조부님은 7대 면장, 종조부님은 10대 면장으로 봉직하셨다. 생존해 계신 역대 면장 중에서 가장 연장자이신 김 면장님은 당신이 취임할 때 초대 강시중 면장님과 같이 면민을 사랑하는 면장이 되어야겠다는 각오를 다졌다는 일화를 들려주셨다. 김 면장님께서는 우리 증조부님을 직접 뵌 적은 없었지만, 면민들을 위해 도산 학교를 세워 궁벽한 시골을 타파하려 한 일, 전염병 퇴치를 위해 애쓰신 일, 유학자로서 고결한 인품으로 지역민들을 이끌어 가셨던 일들을 익히 알고 있었기에 그러한 각오를 다졌다고 하였다.

우리 집안에서는 역대 도산면장 사진 제막식 초대에 감사의 의미를 담아 도산면 불우이웃돕기에 약간의 성금을 냈다.

나는 두 아들이 스무 살 내외가 되었을 무렵에 면사무소에 걸려있는 세 분 할아버지의 사진을 참배하러 가기도 하였다. 자식들이 선조의 숭고한 정신을 만분의 일이라도 마음에 새기길 바라는 마음이었다.

방산유고(芳山遺稿) 출간

　강원대학교 교수로 정년퇴직하신 동엽 종숙부께서 돌아가신 후 얼마 지나지 않아 동관 종숙부님으로부터 연락이 왔다. 방산 유고 간행을 하지 못하고 돌아가신 형을 대신하여 유고집을 간행할 테니, 집에 보관하고 있는 자료가 있으면 사본을 보내 달라는 것이었다.

　증조부님의 유고 집 간행은 이미 내가 대학생 시절인 1980년대 초에 할아버지와 아버지에게서 들은 바가 있었다. 동엽 숙부님께서 연민(淵民) 이가원(李家源) 박사의 제자이고 고전문학을 전공하였기에 방산유고를 간행하도록 조부님과 종조부님께서 당부하신 것이다. 그래서 나도 증조부님의 유고집이 있다는 것을 알게 되었고 종숙부님으로부터 발간 계획을 들은 적이 있어서, 언젠가는 그것이 간행되기를 기다리고 있었다. 집에 있는 궤짝 안에도 증조부님의 여러 시문과 서찰이 있지만, 한학을 잘 모르는 나로서는 무슨 내용인지를 알 수가 없었다. 다만 죽일(竹逸) 정호용(鄭灝鎔) 선생의 문집을 보관하고 있어, 제자로서 그분의 문집 편찬을 간행하고자 유림(儒林)의 제현(諸賢)들을 모아 주도하신 일화 정도만 알고 있었다.

　서찰 몇 통과 진주강씨 원산종중계 창립문, 스승인 죽일(竹逸) 선생의 문집에 수록된 유사(遺事) 등을 복사하여 동관 종숙부님에게 우송하였다. 그 이후로도 여러 차례 전화를 주고받으며 추가로 자료를 보내 드렸다. 한편으로는 증조부님의 행장(行狀)을 찾아보라는 말씀에 아버지께서 써놓으신 글을 수정 보완하는 작업을 몇 개월 동안 하였다. 문체를 쉽고 간결하게 하고 좀 더 사실적이고 돋보이게 하고자 보관하고 있던 책들을 살펴보면서 증조부님의 독서 분야와 마음에 새겼던 글귀 등을 나름대로 찾아내기도 하였다. 그렇게 해서 증조부님의 행장을 아버지 이름으로 작성한 원고를 우송하였다.

　발간을 한 달여 앞둔 2022년 11월 초였다. 동관 종숙부님께서 다급하면서도 반가운 목소리로 나의 할아버지께서 1975년에 써두었던 행장을 글 묶음 속에서 발견하였다는 소식이었다. 당시 유고집 편찬을 염두에 두었을 할아버지께서 써놓으신 글이었다. 당연히 할아버지께서 당신의 아버님을 추모하면서 그 행적을 기록한 행장이므로 그것을 유고집에 담는 것이 옳은 도리라고 의

논하였고, 아버지께서 작성하고 내가 수정 보완한 글은 제외하도록 하였다. 할아버지의 글은 모두 한자로 되어 있어 전문가의 도움을 받아 번역하였다. 과연 명문이었다. 증조부님의 용모와 행적, 여러 일화를 바탕으로 유학자로서 살아간 삶의 정신을 기록해 놓은 행장이었다.

동관 종숙부님은 많은 돈을 들여 원고를 번역하고, 495쪽에 달하는 『국역 방산유고』와 276쪽의 『원본 영인본』을 함께 출간하였다. 전국의 주요 대학과 공공도서관에 배포하고 일가나 지인들에게도 나누어 드렸다. 집안의 큰 숙제 하나가 해결되었다. 방산유고에는 시 116수, 서간문 118편 외에 만사, 비문, 행장, 제문, 잡저 등이 수록되어 있어 지방에서 활동했던 지식인의 일상과 고민을 엿볼 수 있는 우리 집안의 소중한 책이다.

2022년 12월 9일 서울 종로구 석파랑에서 방산유고 출판기념회가 열렸다. 나는 부산에 거주하시는 몇 분의 종숙부님들을 모시고 상경하였다. 서울에 거주하시는 종숙부님을 비롯한 일가친척 외에 통영 출신의 향인 이십여 분도 자리를 함께해 주셨다.

나는 이 자리에서 간단한 소감을 발표하였다. 할아버지께서 쓰신 행장의 말미에 있는 글귀를 읽었다.

　'한가한 때 두세 시골 노인들과 곡식과 날씨에 관하여 이야기를 나누고 자신이 겪은 농사에 관하여 이야기를 나누며 막걸리 몇 잔을 나누어 마시고 맘껏 즐기며 헤어졌다. 집안사람들에게 "저들은 모두 천진하고 거짓이 없으니, 진심을 털어놓는 것이, 지식인들과 고금의 일을 논하는 것보다 낫다."라고 하였다.'라는 부분이었다.

　"이 글귀를 읽으면서 저는 저도 모르게 눈물이 흘렀습니다. 단지 무서운 할아버지라고 알고 있었던 증조부님의 인간적인 소탈함을 알 수 있었고, 사람을 존중하는 마음이 담긴 말이 아닐 수 없기 때문입니다."

　어릴 때부터 할아버지께서 들려주셨던 일상적인 말씀들은 이 문집에 실려 있는 방산 할아버지의 글 속에서 온 것임을 알게 되었다.

"남들은 벼슬을 귀하게 여기지만 나는 부지런함을 귀하게 여기고, 남들은 재산을 보배로 여기지만 나는 효도와 우애를 보배로 여긴다. 부귀와 빈천은 하늘에 달렸을 뿐이니 그 사이에 조금이라도 사사로움이 용납되지 않는다면 어찌 조금의 부러워하는 마음이 있을 것이며, 어찌 조금의 한탄하는 낯빛이 있겠느냐? 다만 마음을 다스리고 욕심을 막으며 행실을 독실하게 하고 예를 권장하며 고난을 인내하고 검소하며 진실로 부지런하고 분수를 따르며 형에게 마땅하고 아우에게 화목하게 한다면 집안의 도가 안정해질 것이다."

방산 할아버지께서 자손들에게 가장 강조하셨던 부분이다.

지리산 자락의 목압서사에서 한학을 전수하고 계시는 조해훈 선생님에게 방산유고 한 권을 우송해 드린 적이 있다. 2024년 6월 어느 날 전화를 주셨다. 국제신문에 연재하고 있는 '고전 속의 한 문장'이라는 코너에 방산 할아버지의 시를 소개하겠다고 하였다. 며칠 후 다음의 시가 게재되었다.

자신의 회갑 일에 어머니 그리며 시 읊은 통영 유학자 강시중

조해훈 고전인문학자(2024.6.26. 국제신문).

어머니 돌아가시고 매일 은혜 갚아도 끝이 없네
(喪餘日日報無窮·상여일일보무궁)

지난해 오늘 이 뜰 가운데서(去年今日此庭中·거년금일차정중)/ 사위가 준 술 마시고 고운 옷 입고 함께 춤추었네.(壻酒嬌衫拜舞同·서주교삼배무동)/ 어찌 죽지 않고 오래 사는 것을 슬퍼하랴?(安得呱呱長不死·안득고고장불사)/ 어머니 돌아가시고 매일 (은혜) 갚아도 끝이 없네.(喪餘日日報無窮·상여일일보무궁)/ 머리에는 완연히 두건을 쓰고(頭邊宛若加巾帽·두변완약가건모)/ 문 위에는 그대로 시봉이 걸려있네.(戶上依然掛矢蓬·호상의연괘시봉)/ 아, 내 동생 한과 조카 정호가 오니(嗟我弟翰來侄政·차아제한래질정)/ 우리 식구들 모두 어머니께서 기르셨네.(吾家百口母兮舅·오가백구모혜궁)

위 시는 경남 통영시 도산면 원산리 출신 근대 유학자 방산(芳山) 강시중(姜時中·1876~1940)의 '회갑 일에 어머니의 영전에서 곡을 하다'(回甲日 哭母氏靈座前·회갑일 곡모씨영좌전)로, 그의 유고집인 '방산유고(芳山遺稿)'에 들어있다.

위 시는 자신의 회갑인 1936년 12월 10일, 어머니 영전에 곡하며 지었다. 자신의 생일에 늘 사위와 딸이 음식을 하고 옷을 지어

25

와 어머니와 함께 즐겼다. 오늘 회갑 일에 또 사위와 딸이 음식과 옷을 가져왔는데 어머니가 계시지 않아 너무나 슬프다. 6행 '시봉(矢蓬)'은 '예기' 내칙(內則)에 나오는 말로 태어난 아이가 원대한 포부를 품고 대업을 이루기를 기원하는 의미가 담겼다.

강시중은 진주 강씨 박사공파 26세손이자 세조 때 영의정을 지낸 문경공(文敬公) 맹경(孟卿)의 17세 손이다. 15살에 통영의 유학자 죽일(竹逸) 정호용(鄭灝鎔·1855~1935) 문하에서 본격적인 학문을 했다. 이후 서부 경남을 중심으로 활동한 강시중은 일본의 침탈을 목도하고 교육만이 현실 극복의 유일한 길임을 자각해 원산리에 도원학당(道院學堂)을 열고, 도산면 최초 도산공립보통학교 설립에 힘을 기울였다.

강시중의 증손자 강병수(62) 부산 금정고 교장으로부터 '방산유고'를 받았다. 이 문집에는 시·서간문 등이 실려 있어 지방에서 활동한 지식인의 일상과 고민을 엿볼 수 있다. 필자는 가끔 보내오는 문집을 훑어본 뒤 목압서사에서 한학 공부를 하는 학인들에게 소개한다. '방산유고'도 몇 번 언급한 적이 있다.

평생 올곧게 살아가고자 했던 선비의 기상이 담긴 방산유고를 가까이 두고 여러 번 읽었다. 유학의 도를 실천하고 사문(斯文)을 지키는 일, 작은 고을이지만 백성의 고통을 덜어주고자 애쓰는 일, 사람됨에 관한 끝없는 질문과 성찰이 담긴 서찰을 읽으면 절로 고요한 연못처럼 마음이 차분히 가라앉는다.

어머니

'자주 고름 입에 물고'
부르고 싶은 찔레꽃 노래도
이젠 잊혀져 가는 어머니

동백 아가씨처럼
그리움에 지쳐 울다 지쳐서
빨갛게 멍이 들고 또 들었네

병상에 누웠어도
많이 먹고 아프지 말라며
생일 케잌 건네시던 어머니

두 손 꼬옥 잡고
왜 이제 오냐며
말라버린 눈물 다시 흐른다

꿈에서도 나눈 세상살이 얘기
울면서 쓰던 시도
이젠 절필하겠다는 어머니

하늘 푸른 새봄이 오는데도
알 수 없는 아픔
참고 또 참기만 하네

내일이라도 성큼
나을 거 같다며
자식 집 얼른 가고 싶은 어머니

밭에 가서
달포 전 심어두었다는
배추며 무 짊어지고 오시겠지

울면서 쓰는 시

어머니는 어젯밤 꿈 얘기를 하신다. 외할아버지께서 집에 들렀다며 그래서 오늘은 시골에 가보아야겠다고 하신다. 밭에 심어 놓은 배추가 얼기 전에 김장 준비를 해야 한다면서, 함께 일하던 사람이 많이 모였을 텐데 늦었지만, 지금이라도 가야겠다고 중얼거리며 병원 침상에서 일으켜 달라고 하신다. 며칠 전에는 시동생인 작은아버지께서 병문안을 오셨다며 식구들의 안부를 전해 주더라고까지 헛 말씀을 하신다. 나는 곧이곧대로 숙부님은 몇 해 전에 돌아가셨지 않느냐고 사실을 따져 묻는다. 그러면 어머니는 '그렇구나!' 하시며 당신이 다 겪어서 아시면서도 언제 그랬느냐, 왜 돌아가셨나 하시며 나의 얘기를 귀담아들어 주신다.

파킨슨병의 증세가 그런 건 줄 알았다. 이유는 알 수 없지만, 뇌의 기능이 쇠약해져 옛 기억이 희미해지고 그래서 엉뚱한 얘기를 늘어놓는 것이라고. 그래서 어머니 얘기를 한 귀로 듣고는 그 상황에 적당히 맞추어 대답하거나, 때로는 그게 아니라며 큰 손짓으로 흔들어 사실을 알리려 하였다. 심지어는 뇌가 정상으로 돌아오길 바라는 마음으로 이건 이거고 저건 저거라며 일일이 사실관계를 따져서 얘기를 늘어놓기도 하였다.

어머니는 병원 신세를 지기 전에도 평소에 자주 꿈 이야기를 하셨다. 그 꿈속에서는 내가 아는 주변의 누군가가 등장하였고, 늘 긴박한 상황이 전개되었다. 그 속에서 어머니가 쉽게 이해하기 어려운 진땀 나는 고생을 했었다는 꿈 얘기를 하실 때마다 어머니는 꿈을 잘 꾸시나 보다 생각했었다.

순천 와온 바다에서 곽재구 시인을 만났다. 시를 잘 쓰려면 어떻게 해야 하느냐는 물음에 시인은 꿈 얘기를 하였다. 현실과 꿈의 경계가 없을 정도로, 꿈에서도 시를 쓸 수 있어야 좋은 시인이될 수 있다고 말했다.

문득 어머니는 꿈과 현실의 경계가 없는 삶을 사시는 것은 아닌지 하는 생각이 스쳤다. 꿈속에서도 세상살이 얘기를 나누는 울 어머니. 어머니는 뇌가 이상해진 것이 아니다. 병상에 누워서도 여느 살림집의 대소사가 잘되기를 바라는 마음을 아직도 '꿈꾸는 어머니'이다.

어머니는 병상에 누워서도 시를 쓰고 계신다. 울면서 쓰고 계신다. 울면서 쓰던 시, 꿈에서도 나는 세상살이 얘기조차 이젠 절필하겠다는 어머니.

장롱 속 저고리

2015년 7월 24일

부평시장에서 염색약과 간편한 윗옷 한 개를 사서 통도사 앞 부산식당으로 갔다. 먼저 도착하신 어머니와 형님 내외, 막내 고모님, 종숙부님 내외, 아내까지 모두 8명이 저녁 식사를 하는 자리였다. 거동이 불편해진 어머니를 더 이상 혼자 계시게 할 수는 없어서 형님 내외가 경기도 안양으로 모시고 갈 참이었다. 부산을 떠나기 전에 같이 모여서 저녁 드실 식당을 여쭈었더니 뜻밖에도 통도사 앞의 산채비빔밥을 먹고 싶다고 하셨다. 절집을 자주 다녔으니 통도사 앞에서도 먹어본 기억이 있다고 하셨기 때문에 곧바로 그곳으로 정하였다.

꽃무늬가 새겨진 여름용 옷을 입혀 드렸다. 고모님은 "너는 엄마 옷 맞춤을 어떻게 그리도 잘 아느냐."며 칭찬하셨다. 염색약은 어머니가 지정한 일본산 제품이었다. 부평동 깡통시장에만 판매한다고 하여 물어물어 가게를 찾아 어렵게 구했다. 형님 댁으로 떠나는 길이 서운해서 인근 옷 가게에 들러 윗옷도 구입했다. 비싼 옷은 아니지만 꽃무늬가 잔잔하게 들어간 것을 골라달라고 가게 주인에게 요청하여 고른 것이다. 어머님께서도 적당히 만족하신 것 같았다.

파킨슨 병세가 악화하여 형님 댁으로 가신 지 한 달여 만에 요양병원에 입원하셨다. 형님 댁에서 가까운 곳이라 안심이 되었다. 집과 병원을 오가며 간호에 애쓰시는 형님 내외에게 미안한 마음이 들었다. 자식이면 누구라도 해야 할 일인데 나는 아직 현직에서 바쁘다 보니 어쩔 수가 없었다. 형님은 곧 퇴직을 앞두고 있어 회사에서 여유 시간을 낼 만한 상황이 되었기에 가능한 일이었다.

2015년 9월 20일

다시 한 달쯤 지나서 텅 비어 있는 어머니 집의 고지서 확인도 해야 하겠고 집 안 청소도 겸해서 들리게 되었다. 대충 고지서를 확인하고 먼지 청소를 끝낸 후 작은 방에 홀로 있는 통영장(統營欌)장을 들여다보았다.

통영장은 삼 층으로 구성되어 있다. 맨 아래층은 서랍장이 가로로 세 개 있으며 받침대 역할을 한다. 이층과 삼 층은 공간이 하나의 통으로 되어 있어 이것저것 옷가지들을 넣기 좋게 넓고 깊숙한 공간으로 되어 있다. 아마도 시집오실 때 통영장을 해 오신 게 아니겠냐고 짐작만 했을 뿐 어떻게 구입한 것인지를 물어본 적은 없다. 통영장은 고향의 시골 마을 이집 저집에 다 하나쯤은 다 있는 장이다.

맨 위쪽 삼 층을 열어보니 가늘고 기다랗게 얇게 접힌 한지 뭉치가 있다. 한자로 쓰여 진 글을 대략 읽어보니 혼서(婚書, 혼인 때, 신랑집에서 예물과 함께 신붓집에 보내는 편지)였다. 겉봉에는 오산마을 강 생원, 원동마을 김 생원이라 쓰였으니, 나의 친가와 외가를 일컫는 다는 것을 단박에 알아차렸다. 그러니까 할아버지께서 당신의 아들(나의 아버지)이 외할아버지의 따님(나의 어머니)을 배필로 삼을 수 있도록 해주심에 감사의 마음으로 예물을 보내는 납폐(納幣, 함을 보내는 일)의 예를 갖춘 글이다.

신붓집으로 함이 들어오면 혼서를 펴서 읽고 "예를 갖추어 납폐를 하시니 어찌 감히 사양하겠나이까?"라고 하면서 신랑 측 집사와 일행을 대접하였다고 한다. 그날에 있었던 외갓집의 모습이 상상이 되었다.

혼서지에 적힌 날짜를 살펴보니 신묘년 정월 26일이다. 1951년 1월 26일을 양력으로 환산해 보니 3월 3일 토요일이다. 함은 보통 혼인날의 하루나 이틀 전에 보내는 것이니, 어쨌든 3월 초순에 아버지와 어머니의 혼례식이 이루어진 것으로 추정하였다.

물목(物目)에는 현 일단(玄 一段)과, 훈 일단(纁 一段)이라고 적혀 있으니, 검은색 비단 한 단과 분홍빛 비단 한 단을 보낸다는 뜻이다.

혼서지 아래에는 하얀 보자기로 싸맨 보따리가 있었다. 보자기를 풀었더니 노랑, 하양, 분홍, 포도색 네 가지 색상의 저고리가 나왔다. 예전에도 한두 번 보기는 했지만, 그냥 그렇게 보았던 옷이었다. 저고리 길이만 보더라도 근대의 저고리임을 짐작할 수 있었다. 또 분홍색과 포도색의 저고리는 바로 그 혼서지의 물목에 적힌 각 일단의 비단 색상과 일치한다는 것을 알아차리고는 신기한 발견을 한양 살펴보는 재미가 있었다.

아마도 시집가는 연안김씨의 맏딸이자 종손녀, 장 질녀가 새색시 되어 시집가는 길에 딸려 보내고자 친정어머니와 할머니, 몇 살 많거나 비슷한 나이의 숙모들이 봄날 밤을 새워가며 고운 옷 여미어 네 벌을 준비했으리라.

내 어릴 때도 어머니께서 입은 모습을 본 적 없고 흑백사진에도 남겨진 흔적 없는, 아마도 시집와서 고운 자태 한 번 뽐내본 적 없이, 지어진 그날 그대로 장롱 속에서 새색시 저고리만으로 세월을 떠나보냈으리라 생각하니, 몸뻬 바지로 훌쩍 떠나보낸 어머니 당신의 청춘이 서럽다.

깡깡이 마을

2015년 10월 24일

　투병 중이신 어머니를 뵈러 서울 가는 기차의 출발 시간을 기다리느라 부산역 광장을 잠시 기웃거렸다. 가을날 주말이라서 그런지 역 광장에 오가는 사람이 꽤 많다. 그중에서도 부산을 방문하는 관광객이 놀라울 정도로 많아 보인다. 부산 시티투어 승강장에 늘어선 줄을 보니 그렇다. 시티투어가 잘된다는 기사를 보기도 해서 가끔 지나가는 투어 버스를 보기는 했지만, 아리랑 호텔 앞의 승강장에서 투어 버스를 타려고 줄을 서 있는 광경은 외국의 관광지를 연상케 할 정도이다.

　그 옆의 천막 부스에는 부산 매력 충전을 위한 여러 가지 여행 프로그램을 안내하고 있다. 부산 사람이라면 그저 주변의 일상 모습일 뿐인데 이게 관광상품이 된 것을 보니 지리 교과의 자원 단원에서 말하는 '자원의 가변성'은 이런 것을 말하는 셈이다.

'산만디로 떠나는 시간 여행'에는 초량동의 유치환 우체통을 시작으로 168계단과 아미동 비석마을, 최민식 갤러리, 영도대교, 깡통시장, 이바구공작소를 거쳐 산복도로 야경을 감상한다. '부산 원도심 스토리 투어'에는 '영도다리 건너 깡깡이 길을 걷다', '용두산 올라 부산포를 바라보다', '이바구길 걷다', '흰 여울을 만나다'는 네 가지 주제로 이야기 할배 할매가 관광객을 태우고 이야기꽃을 피운다고 한다.

　대부분 다 가본 곳이다. 40년 넘게 부산에서 살면서 그저 그렇게 보아온 풍경들인데 이게 딴 지방 사람들에게는 볼거리이고 얘깃거리가 된 세상이다. 격세지감이다. 피난 시절에 호구지책으로 공동묘지에 집을 지으면 살았던 마을, 선박의 녹을 제거하기 위해 위험하게 매단 줄에서 망치로 페인트를 두들기던 조선소의 일상이 관광상품이 된 것이다.

　1980년대 초, 그러니까 내가 대학생 시절의 어느 날, 어머니는 깡깡이 일을 하고 왔다고 말씀하셨다, 얘기를 들어보니 얼마 전부터 몇 번이나 가셨고, 위험천만한 줄에 매달려 그 일을 하셨다는 것이다. 들어보니 그 일이 당신에게는 쉽지 않아서 힘들었다는 얘기였다. 나는 엄마가 왜 그런 위험한 일을 하시냐며 불만 섞인 말투로 따져 물었다. 위험하므로 하시지 말아야 하며, 울 엄마에게는 어울리지 않는 일이며, 용돈 많이 달라고 안 할 터이니 그런 일은 하지 말아 달라는 나의 하소연이었다.

그런 추억을 담은 깡깡이 일이 이제는 '깡깡이 마을'이라는 관광상품이 되어 타지의 호기심 많은 사람에게 눈요기가 되고 귀호강 거리가 되었다. 참으로 격세지감이다.

관광객이 호기심으로 낯설게 기웃거릴 영도다리 저쪽의 그 골목길 속에 배어 있을 어머니 인생을 떠올리며 서울행 기차에 올랐다.

소나무

경주 남산에 다녀왔다
삼릉에서 소나무 사진을 찍었다

흥덕왕릉 소나무 숲이 훨씬 생동감 있었는데
사진은 이게 더 나은 것 같다

실제와 생각, 실물과 이미지가 서로 다르다
사람도 그럴 것이다

선본사 갓바위

    선본사는 팔공산에 자리 잡은 고찰이다. 흔히 팔공산은 대구 팔공산이라 부르는데 그 팔공산이 워낙 넓다 보니 선본사는 팔공산에 있지만, 행정구역상으로는 경산시 와촌면에 소재한다. 팔공산의 동쪽 자락 품에 안겨 있으니, 부산에서 가려면 대구-포항 고속도로 청통와촌 IC에서 나와 들어가면 된다.

    팔공산 선본사는 몰라도 '갓바위 부처'는 부산 사람이라면 모르는 사람이 없을 정도로 기도처로 유명한 곳이다. 갓바위 부처가 바라보는 방향이 부산이라서 부산 사람에게 영험이 있다고 소문이 나면서 부산의 많은 불자들이 찾는 곳이다. 바로 그 갓바위 부처를 관리하는 사찰이 선본사이다.

    갓바위 부처의 정식 명칭은 '관봉석조여래좌상'이다. 보물 제 431호로 지정되어 있는데 '갓'으로 불리기도 하는 머리 위 판석이 마치 학사모처럼 보여 대입 수험생 학부모들의 필수 순례 코스가 되었다. 나 역시 두 아들의 대입 시험을 앞두고 찾았던 곳이다.

내가 선본사를 처음 찾아간 것은 20대 대학생 때였다. 여동생들의 입시를 앞두고 부모님께서 기도차 여러 번 찾아가실 때 두어 차례 따라갔었다. 그래서 갓바위의 존재를 알게 되었다. 80년대 당시에는 동대구역에 내려서 공산동의 동화사 입구 삼거리를 지나서 올라가는 남쪽 코스를 주로 이용하였다. 길이가 짧은 북쪽 코스에 위치한 선본사는 진입 도로가 멀어 한참을 돌아가야 하므로 쉽게 가지 못하였다. 하지만 '갓바위로'가 제대로 포장되면서 이제는 많은 사람들이 북쪽 코스를 이용한다.

2012년 추석 다음 날, 팔공산 갓바위 부처를 찾아뵈었다. 큰 녀석이 수능 시험을 앞둔 지 두 달이 채 남지 않았기 때문에 갓바위 부처님의 영험에 기대어 볼 요량으로 찾은 셈이다. 11월의 수능 시험 전까지 모두 세 차례를 방문하였다.

30여 년 전 어머니께서 당신의 자녀들 소원 성취하길 바라며 수없이 오르내리셨던 길이다. 공양미 약간과 양초를 지니고 예전보다 훨씬 짧아진 선본사 쪽으로 갓바위에 오르니 정상 마루에 발디딜 틈이 없다. 108배 속에 그 옛날 어머니의 마음이 어땠을까 절로 떠오른다. 나와 아내는 겨우 108배를 세 차례로 나누어서 기도할 뿐인데, 옛 기억을 더듬어보니 어머님은 여러 차례 밤샘 기도를 다녀오셨다.

내려오는 길에 선본사 경내를 들렀다. 대웅전을 비롯하여 이곳저곳을 돌아보면서 한쪽에 서 있는 종각 불사에 올랐다. 예전에 어머니께서 "너희들 소원 성취 빌려고 종각 불사에 헌금을 내었다."라는 말씀을 하신 기억이 있었기 때문이다.

성금 현판에 새겨진 형님과 나의 이름까지 찾아보니 부모 노릇 나는 아직도 한참이나 모자라는구나.

결과적으로 큰아들 수능 시험 때는 부지런히 세 번을 다녀와서 그런지 단번에 합격했었다. 둘째 아들이 재수하게 된 이유는 바쁘다는 이유로 한 번만 갔기 때문이 아닐까 하고 자책할 때는 나 역시 그 영험을 믿었기 때문이다. 둘째에게 미안한 마음이 들었다.

고모

여동생은 고모의 간도 반찬이 일품이라 하였다
다진 마늘을 넣은 엄마보다 맛있다고 하였다
그랬던 고모의 밥상을 이젠 맛볼 수 없게 되었다

끝내 엄하셨던 친정아버지 사무친 그리움을
조카들 사랑으로 돌려주신 계임 고모
뭐가 그리 급하다고 하늘나라 벌써 떠나시나요

이제는 두 마음 내려놓았으니
그곳엔 언제나 꽃향기 가득하면 좋겠네

계임 고모

나에게 친고모님은 모두 네 명이다. 아버지께서 큰아들이므로 모두가 아버지의 동생들인데, 3남 4녀의 형제 사이에서 고모님들은 세 번째부터 여섯 번째이다. 그중 계임 고모님은 할아버지의 셋째 딸이다.

계임 고모는 부산에 사는 동안에 우리 집과 같은 동네에 살았기에 당시에는 왕래가 가장 잦았다. 큰오빠인 아버지와 가까운 곳에 있으니 의지하기에도 좋았을 것이다. 어머니는 가족과 이웃들을 잘 챙기시는 성품이라 가까이 있는 시 여동생 가족을 살뜰히 챙기셨다. 고모부는 월남전에서 돌아온, 이른바 김 상사였다. 맹호부대인지 청룡부대인지 백마부대인지는 잘 몰랐지만 어쨌든 월남전을 다녀와서 택시 운전사가 되었다.

나는 거의 매일 하교 후 고모 집에 들러 신문을 읽었다. 신문읽는 일이 재미있었다. 그런데 간혹 앨범을 보게 될 때는 월남전쟁의 잔혹한 모습들을 찍은 사진이 보였다. 성인이 되어서도 그때 보았던 참혹한 사진의 잔상이 남아 있어서 베트남 사람들에 대한 미안한 마음이 한편에 있었다. 베트남 호찌민의 대학교와 교류 행사를 할 때에도 그런 마음 때문에 조심스러웠다. 하지만 베트남의 젊은이들에게 한국의 월남전쟁 참전에 관한 이야기를 꺼내 보면, 6~70년대의 전쟁에 대한 인식은 거의 없었다. 지금의 경제성장 모델은 대한민국이며 우리나라를 따라가고자 하는 마음이 더 강해 보였다.

몇 년 후 고모부는 집을 나가 다른 곳에서 살림을 차렸다. 세 아이를 둔 계임 고모는 생계의 어려움을 겪게 되었다. 어머니는 용기를 잃지 않도록 자주 다독거렸고 여러 도움을 주려고 애를 썼다. 어느 날 계임 고모는 야반도주하듯이 아이 셋을 데리고 부산을 떠났다. 이후로 한동안 고모님을 만날 수도 소식도 알 수가 없었다.

1~2년이 흘러 내가 대학생이 되었다. 어머니는 계임 고모를 고성읍에서 보았다는 고향 사람들의 얘기를 전해 들었다고 하였다. 나는 여름방학을 이용하여 고모님을 찾아 나서기로 하였다. 어머니가 대략 알려주신 동네의 위치를 파악하여 이집 저집을 수소문하면서 찾아다녔다. 마침내 어느 허름한 집 마당을 들어섰는데 꼬마 여동생 선희와 영희가 뛰놀고 있는 광경을 보았다.

오빠를 알아보겠냐고 하니 대략 고개를 끄덕였다. 고모님은 장사를 나가고 없다고 하였다. 남동생인 태완도 어디엔가 나가고 없었다. 주소지를 적은 후 다시 부산으로 돌아와 어머니에게 고모님 집의 자세한 위치를 알려 드렸다. 얼마 후 어머니는 고성에서 계임 고모를 만나 그동안 자초지종을 자세히 듣게 되었다. 그동안 이런저런 삯일을 하면서 끼니를 이어가고 있다는 얘기를 들었다.

그렇게 조금씩 저축하고 고성읍에서 약국을 운영하시던 둘째 고모부님의 도움으로 고성시장에 조그마한 가게를 얻어 식당 장사를 하게 되었다. 원래부터 음식 솜씨가 좋았던 고모의 반찬이 맛있어서 나는 중학교 때 일부러 고모 집에서 자고 간 적이 많았다. 내가 중학생일 때 일 년이 넘게 주례 냉정이라는 동네에서 영도까지 통학했을 때이다. 하굣길에 주례까지 버스를 타고 가는 게 힘들 뿐만 아니라 다음 날 아침 일찍 나와야 하는 등굣길이 여간 힘든 게 아니었다. 그래서 학교 앞에 있는 계임 고모 집에서 동생들과 놀아주고 잠이 들곤 하였다. 고모의 간또 반찬이 일품이라는 동생 민주의 말은 괜히 하는 소리가 아니었다.

셋째 딸의 힘든 처지를 안타까워했던 할아버지는 외손자들을 데리고 고향 본가로 들어오라고 하셨지만, 계임 고모는 친정으로 돌아갈 수가 없었다. 친정아버지인 할아버지의 반대를 무릅

50

쓰고 한 결혼이라 차마 얼굴을 들 수가 없었기 때문이다. 같은 동네에 살았던 김 상사 총각 집안을 꿰뚫고 있었던 할아버지는 셋째 딸을 그 집안에 시집 보내는 것은 있을 수 없는 일이라고 하였다. 큰딸과 둘째 딸 모두 집안이 너르고 공부깨나 하는, 당시로는 드문 대졸 출신의 총각에게 시집을 보냈는데, 셋째 딸은 무슨 일로 탐탁잖은 김 상사에게 정분이 나서 난리를 치다가 결혼하고서는 버림받은 처지가 되었으니 차마 친정아버지의 부름에 마냥 돌아갈 처지가 못 되었다. 그래서 친정에는 돌아가지 못하고, 그렇다고 부산의 큰오빠(나의 아버지) 곁에 있을 처지도 못 되어, 고향 마을에 가까운 고성읍에 숨어서 식당 일을 하면서 생계를 꾸리고 있었던 게다. 조그마한 읍내이다 보니 오며 가던 고향 사람들의 눈에 띄게 되고 결국에는 고성읍에서 약국을 하시던 둘째 고모부에게 들통이 났다.

둘째 고모부는 체구는 굉장히 왜소하였지만, 배포가 크고 배려심이 많은 분이었다. 당신의 장인상(나의 할아버지)을 당하여서는 초상집에 먹을거리를 찾아온 걸인에게도 접객용 상으로 겸상을 하면서 융숭히 대접하실 정도로 사람의 귀천을 가리지 않으셨다. 그런 둘째 고모부는 가련한 처제(계임 고모)를 그냥 모르는 체하고 지나갈 분이 아니었다. 온전한 식당을 차릴 수 있도록 고성 새 시장에 아무런 대가 없이 가게 한 칸을 마련해 주셨다.

계임 고모는 성화식당이라는 간판을 내걸고 식당업을 하였다.

업이라고 할 정도는 아니고 시장통의 노점에서 장사를 하는 분들을 대상으로 밥장사를 한 것이다. 가게로 와서 먹는 분도 있고, 자리를 비우지 못하는 상인들에게는 머리에 쟁반을 이고 밥상 배달을 하면서 세 자녀의 학비를 당해냈다. 부산에 살고 있던 우리 친척들은 여름 벌초 때나 가을 시제가 되면 항상 고모님의 식당에서 제수 음식을 주문하고 식사도 하면서 그 품삯을 조금 넉넉히 드리곤 했다. 우리가 찾아가면 늘 조카들을 반갑게 맞이하고 손님이나 이웃 상인이 찾아오면 서울과 부산에서 출세한 조카들이라고 자랑하시곤 하였다. 나에게는 "우리 교장선생님이 오셨네!" 하면서 늘 살갑게 대해 주시며 여전히 맛있는 반찬들을 내어 주셨다. 그랬던 계임 고모는 몸이 불편해지셨고 석회화가 진행된 관상동맥 수술까지 하였으나 결국 다시는 일어서지 못하고 하늘의 별이 되었다.

계임 고모는 늘 친정아버지에게 너무나 큰 죄를 지었다고 하셨다. 그래서 아버지가 너무 좋으신 분이고 자랑스러운 분이지만 지은 죄 때문에 감히 고개를 들고 쳐다볼 수가 없었다고 하셨다. 대신에 우리 조카들에게 많은 내리사랑을 주셨다. 지금도 고성읍 새 시장에 가면 이웃에서 장사하시는 꼬부랑 할머니들이 "계임이 조카들이 왔네!" 하면서 반겨 주신다.

우리 형제는 계임 고모님의 3일 상 내내 자리를 비우지 않고 먼저 하늘에 가 계신 할아버지를 꼭 다시 만나시기를 염원하면서 보내드렸다.

아빠, 자고 가세요!

우리 집엔 네 살, 여섯 살배기 두 아들이 있다.

매일 야간자율학습 지도를 마치고 자정이 가까운 시간에 집에 오다 보니 두 아이 얼굴은 잠들어 있을 때 보는 게 대부분이다. 내심 이 아이들의 어린 시절 기억 속에 아빠의 존재는 어떤 모습으로 남게 될지 하는 생각을 할 때면 안타까울 뿐이다. 그래서 같이 지낼 수 있는 휴일이면 자주 밖에서 놀아주곤 했는데 요즈음에는 일요일도 일주일의 피곤함과 싸우느라 아들과 함께하는 시간이 적어 늘 미안하게 생각해 왔다.

그러니까 지난 4월 초, 둘째 아이가 제법 문장으로 자기 의사를 표현할 때쯤이었던 것 같다. 토요일이라 일찍 들어온 아빠를 보고 말하는 작은아이의 첫마디가 불만 덩어리였다.

"아빠, 왜 맨날 집에 안 와요?"

너무 황당한 물음이었다.

"아니야. 매일 왔어. 오니까 너희들 자고 있던데"

"아니에요. 오늘 아침에 일찍 눈떠봤는데 아빠가 없었어요."

이젠 큰아이까지 못 믿겠다는 말투다.

"은빈이 아빠는 날마다 낮에 오시는데, 아빠는 안 오잖아요."

작은아이가 끝까지 고집을 꺾지 않았다. 어제 친구 집에서 재밌게 놀고 있을 때 친구의 아빠가 오시는 바람에 더 많이 못 놀고 오는 바람에 서운했던 것 같다는 아내의 말을 듣고는

"그래, 미안하다. 이젠 아빠도 낮에 올게."

지킬 수 없는 약속인 줄 알지만 그렇다고 아빠를 이해해 달라고 할 수도 없었다.

그로부터 며칠 지난 어느 날 아침, 전날 밤 여느 때와 다름없이 24시가 되어서야 집에 와서는 아무 일 없이 자고 나서 출근하려는 참이었다. 구두를 막 신으려는데 둘째 놈이 눈을 비비며 문간방에서 나오더니 출근하려는 나의 다리 한쪽을 붙들어 매달리고는 울면서 애원하였다.

"아빠, 자고 가세요! 제발요~ 네~"

"야 이놈아! 아빠는 외박 안 했다. 어제 밤늦게 네가 자고 있을

때 들어왔단다."

이 소란에 큰아이도 달려 나왔다. 양쪽 다리에 매달려 엉엉 우는 두 아이를 보니 눈물이 핑 돌았다.

"오늘은 꼭 일찍 들어오마. 믿어다오! 남훈아, 태훈아!"

매일 집에 들어가는 당당한 가장인데 그런 아빠를 그리워하다니? 아이들에게 이렇게도 무심했던가!

하지만 나는 이날도 잠든 두 아들의 볼만 비벼 주고 말았다.

위의 글은 부산국제고에 근무할 때 어느 제약회사에서 주최한 가정의 달 가족 사랑 수필 공모에서 장려상을 받은 수필이다. 당시 나는 밤 23:40까지 야간자율학습 지도를 마치고 퇴근하였으며, 아침에는 0교시 수업을 하기 위하여 7시 전에 출근하는 생활을 매일 하였다. 퇴근할 때는 승용차에서 KBS 라디오의 '오재호의 밤을 잊은 그대'라는 프로그램을 청취하면서 나보다 더 힘든 삶을 살아가는 사람들의 사연에 하루의 피곤을 잊기도 하였다.

사실 공모에 응모한 이유는 아이와 함께하지 못한 것에 대한 반성적 의미도 있었다. 하지만 글을 쓰면서 당시 유행하였던 경시대회에서 우리 반 학생들이 많이 도전하기를 바라는 마음에서 담임인 내가 솔선수범하여 상이라도 받았으면 하는 동기 유발이 촉매가 되어 쓴 글이다.

내 자식보다 남의 집 아이 키우는 학교가 우선인 천생 교사의 이야기이다. 비록 아빠의 사랑을 많이 받지는 못하였지만, 두 아들은 아내가 잘 보듬어 주어 어엿하게 성장해 주었으니 이보다 더 고마운 일이 없다.

아내

아내는 강원도 삼척 산골 출신이다. 고향서 여고를 졸업하고 부산으로 유학을 왔다. 부산에 와서는 나이 차이가 적은 막내 이모와 막역하게 또 의지하며 지냈다. 큰딸이라 나중에 줄줄이 유학 온 동생들 뒷바라지로 타지에서 부모 노릇까지 하느라 일찍부터 고생이 많았다.

여동생이 친구의 친구라며 소개해 주었다. 아마 둘이서 둘이 어울릴 거로 생각한 모양이다. 서면 고려다방에서 만났다. 괜찮아 보였다. 아니 마음에 들었다. 나를 어떻게 생각했을지는 잘 모르겠으나, 내가 차남이므로 장녀 처지에서 봤을 땐 그 조건 하나는 괜찮을 거로 생각했다. 결과적으로 결혼에 이르렀으므로 차남으로 태어나길 잘했다. 대신 나는 맏사위의 노릇이 무엇인지? 내가 처가에 극진히 할 형편이 못 된다면 내 정성을 조금이라도 보탤 일은 무엇인지? 하는 생각을 해보았다. 그 실천을 잘하고 그만한 점수를 받았는지는 사실 잘 모르겠다. 만약 있다면 덤덤하게 잘 모른다고 해야 할 것이고, 아니면 처음부터 별로 한 게 없다고 아예 접혀 있는 게 낫다.

아내는 사모님처럼 이래저래 치장하는 것을 좋아하지 않는다. 이렇게 말하면 여자를 잘 모른다고 할 것이다. 어쨌든 내가 겪기로는 대체로 그런 것 같다. 좋게 말해서 낭비하지 않고 검소하고 알뜰하다.

아내가 커피를 잘 마시지는 않지만, 커피 마시는 걸 예로 들어보자. 내가 학교에 근무하니 여선생님들이 커피 얘기하는 걸 가끔 듣게 된다. 어느 카페의 커피가 맛있으며, 분위기는 어디 어디가 좋으며, 요즘은 이런 잔이 유행이라든가, 어느 정도의 온도에서 내려야 좋다든가 등등의 진지한 얘기를 들으면 솔깃해 질 때가 있다. 이런 얘기를 아내에게 전하며 어디가 좋다던데 한번 가보자고 하면, 아내는 커피를 잔에 마시든 사발로 마시든, 서서 마시든 앉아 마시든 그게 무슨 대수냐고 하는 식이다. 물론 남편한테만 하는 얘기겠지만 그만큼 검소한 게 몸에 밴 사람이다. 그러니 쉽게 커피 마시러 가자고 할 엄두가 나지 않았다.

이런 아내를 어머니도 인정하였다.

"너 집사람 하는 걸 보니, 요즘 젊은 여자치고는 보통내기가 아니다. 둘째 너는 단단히 해야 하겠다."

나는 어머니의 이 말을 아내에게 한 번도 꺼낸 적이 없다. 왠지 내가 잘못하는 거 같기도 하고, 시어머니의 신임을 받는 아내가 혹시라도 마음을 놓을까 봐…. 안 해도 될 걱정을 하였다.

어머니가 돌아가신 후 아내가 한 번씩 어머니의 정성을 떠올릴 때가 있었다. 나는 최근에야 아내에 대한 어머니의 평가, 보통내기가 아니라는 그 말씀을 전했다. 그러자 아내는 매우 궁금해하였다. 어머니의 그 말씀이 무슨 뜻이냐? 고 물었지만 나는 웃기만 하고 아무 대답을 하지 않았다. 나보다 아내가 어머니의 마음을 잘 알고 있기 때문이라고 믿었다.

홑벌이였던 나는 24평 아파트를 은행 융자를 내어 겨우 마련했다. 그리고 곧 IMF가 터졌다. 소상공인들은 아우성쳤다. 일자리를 잃고 여기저기서 부도 소식이 들렸다. 다달이 월급이 꼬박꼬박 들어오는 공무원은 어려운 경제 시국에 그들에 비하면 형편이 나았다. 그래도 나는 융자를 갚기 위해 월급의 절반 이상을 은행으로 보냈다. 차비와 용돈은 몇 푼 안 되는 보충수업 수당으로 충당했다.

그렇게 해서 융자를 거의 다 갚아갈 즈음에 아내는 또다시 은행 융자를 내자고 하였다. 이유인즉 IMF로 작은 평수 아파트값은 올랐어도 큰 평수 아파트값은 분양 금액대 가까이 내려왔으니 32평을 사자면서, 같은 단지에 뷰가 트인 앞 동으로 가자고 했다. 나는 여전히 멋진 곳에 가서 커피 마시는 꿈을 포기해야 했다. 0교시와 8교시 보충수업에 방학 중 보충수업까지 해가면서 계속해서 융자금을 갚아야 했다. 어쨌든 32평으로 이사 가서 아이들을 문간방으로 독립시켰다. 아내도 책 배달 발품을 팔며 거들었다. 또 3년이 지나가니 그럭저럭 수천만 원의 융자금을 갚게 되었다.

2001년 태풍 매미가 왔다. 우리 동의 절반 정도가 베란다 창이 와장창 깨졌다. 강한 바람을 상쇄할 만한 건물이 없을 정도로 앞이 훤히 트였기 때문이었다. 나는 태풍은 매년 오니 불안해하지 말고 뒤쪽으로 이사하자고 했다. 어차피 나는 학교에서 밤늦게 퇴근해서 일찍 출근하고 휴일엔 낮잠 자기 일쑤니 좋은 전망이 아무 의미가 없었기 때문이다. '아빠, 자고 가세요!'는 바로 이 아파트에서 있었던 이야기이다.

몇 달 뒤 아내는 맨 뒤쪽의 아파트를 보고 왔다고 했다. 내가 흡족해할 사이도 없이 간 큰 아내는

"그런데 50평짜리다. 아직 안 올랐으니 모자라는 만큼은 융자를 내어 사면 된다."라고 하였다.

사실 나는 학교에만 다니니 아파트 시세니 하는 것은 잘 모른다. 아이들이 커가니 큰 평수가 필요한 건 알겠지만 그럴만한 벌

이가 못되고, 32평도 충분하다고 생각하였기 때문에 당장 평수를 넓힐 생각은 없었다. 아내는 아이들은 곧바로 크니까 곧 각방을 주어야 하고, 어느 정도 경기회복이 되어가니 큰 평수가 오르기 전에 이사해야 한다는 것이다. 나는 마지못해 동의하고 그놈의 보충수업을 끊으려야 끊을 수가 없었다.

계약하고 12월에 이사를 하기로 하였다. 다행히 32평 값이 제법 올라 이전에 빌렸던 만큼만 융자를 또 내면 되었다. 그래도 혼자서 감당하기가 어려웠다. 나는 학교엔 미안했지만, 큰 결심을 하고 수능 출제본부에 검토위원으로 가기로 하였다. 4주 간 감금 생활을 하면 한 달 치 정도의 생활비를 마련할 수 있는 기회였다.

시월 단풍이 들 무렵에 오대산 인근의 수능 출제본부가 있는 합숙소로 들어갔다. 11월 중순에 나오게 되니, 그때부터 12월에 있을 이사 준비를 하면 될 일이다.

어느덧 4주가 지나 첫눈이 내렸고, 수능이 있는 날 저녁에 출소하였다. 오대산에서 부산까지 워낙 길이 멀다 보니 집으로 돌아오는 길이 한참 걸렸다. 자정이 넘어서야 겨우 집을 찾아갈 수 있었다. 집을 겨우 찾아 가게 된 사연이라 함은, 그사이 아내가 두 아이를 데리고 이사를 했기 때문이다. 원래는 12월 말에 이사할 예정이었는데 우리 집으로 이사 들어오는 분들의 요청으로 일찍 집을 비워주어야 했다는 아내의 설명이다.

그런데 수능 합숙소는 출입이 금지된 공간이고 휴대전화 반입도 안 되니 이사 연락을 할 수도 받을 수도 없었다. 어쨌든 나 몰래 이사를 한 것이다. 새로 계약한 아파트 단지는 멀지 않은 곳이라 위치는 알았지만, 정작 그 집의 동호수를 정확히 알지 못했던 나는 알아서 찾아오라는 아내의 말에 당황했다. 부산에 도착할 무렵 다시 전화를 하니 아내는 그제야 동호수를 알려주었다. 천만다행이었다. 까딱했으면 가정을 위해 멀리 돈 벌러 갔던 순진한 내가 쫓겨날 뻔했다. 수능 출제본부에 있는 동안 그곳에 출장 온 많은 사람이 이러다 집사람이 도망가겠다는 농담이 나의 현실이 될 뻔한 사건이었다.

이사한 50평의 집은 정말 넓었다. 첫째와 둘째에게 방을 나누어 주고 서재 방까지 있으니 마흔에 벌써 중산층 느낌이 확 들었다. 그래도 고달픈 보충수업과 특강은 몇 년을 더 계속할 수밖에 없었다. 그놈의 융자금 때문. 남들은 멋진 여행에 좋은 카페를 다녀온 얘기를 하고 있었지만….

이 일로 아내는 시어머니로부터 많은 칭찬을 들었다. 큰 간과 빠른 판단력, 적절한 타이밍으로 잘 갈아탔다고….

동호수를 찾지 못하여 한밤을 헤매야 했던, 밤낮으로 보충수업에 찌들었던 나의 고충쯤이야 그냥 '단단히 해야' 할 지나가는 에피소드로만 남았다.

그런 아내는 유럽 여행을 벌써 두 번이나 다녀왔다. 친구들과 여행 곗돈을 모아서…. 돌아와서는 여행지에서 멋진 카페에 들렀다는 이야기를 들려준다.

나는 우리 아파트 주민카페로 가서 커피 머신이 내려 주는 천 원짜리 아메리카노를 서서 들이키고 있다. 이나마 사는 게 아내의 현명한 판단력 덕분이라 되뇌며….

발걸음 소리

4월에 수학여행단을 이끌고 제주도에 다녀왔다.

남쪽 제주도의 여유로움과 화사함이 누구에게나 그리운 모습인 것처럼 여유를 기대하였을 법 하지만 나에겐 그럴만한 형편이 못되었다. 교내에서 일어난 교사와 학생 간의 일로 나흘 내내 전화통만 붙들고 있었기 때문이다. 석물원이라는 곳에 들렀다. 천태만상의 얼굴에서 나의 길을 찾아보았다. 이 중에 나는 누구일까? 잠시 생각에 잠겼다. 먹고 자고 일하는 일상에서 웃고 화내고 떠들고 싸우다가도 한 번쯤 자신을 돌아보는 생각하는 힘을 가진 우리들인데…. 천태만상의 얼굴에서 나는 나의 길을 한참이나 찾아보았다.

다시 학교의 일상으로 돌아왔다. 중간고사 기간이라 오후에 교직원 체육대회가 열렸다. 체육대회라 해도 학교 뒷산인 장산 등

산이 고작이다.

오르는 도중 나는 일행과 떨어져 바위가 많은 너덜 길을 택했다. 그것도 세로로 가로질러 가보았다. 길이 없는 바위들을 이리저리 200여 미터를 헉헉대며 타올랐다. 앞을 가로막은 거대한 바위를 마주칠 때는 옆의 바위와의 틈새로 내려앉은 깊은 수렁에 빠지지 않을까 조심하면서 이 바위 저 바위를 뛰어넘으면서 올랐다.

나중에 되돌려 생각하게 되었지만, 거대한 바위들을 힘차게 내디뎠던 나의 발걸음 소리는 전혀 들리지 않았다. 혼신의 가쁜 숨을 다하며 올랐기에 전혀 듣지 못하였을 것이다.

한참 뒤 정상 언저리의 억새밭에 올라 동료들을 만났다. 인증샷이라는 통과의례를 마친 후 나는 다시 내가 선택한 평탄한 하산길로 나섰다.

지난 가을 찬란한 억새의 흔들림이 조용히 내려앉은 길에는 그 지푸라기들로 덮여 있었다. 맨 앞에서 무심코 걷고 있던 나의 두 귀에 지푸라기로 변한 억새를 밟고 밟는 나의 발걸음 소리가 뚜렷이 들려왔다.

이 무슨 조화인가? 힘없이 하산하는 길에 뚜렷하게 들리는 이 발걸음 소리는 도대체 무엇인가? 바위를 힘차게 밟으며 차올랐던 그 발걸음에는 아무 소리가 들리지 않았는데 힘없이 내딛는 발아래에서 들려오는 이 또박또박한 소리에는 그 무슨 오묘한 이치라도 있는 것인지.

산을 오를 때는 꽃을 못 보았는데 내려오는 길에서야 비로소 보게 되었다는 어느 시인의 글귀가 떠 올랐다. 올라가는 일에만 정신을 쏟으니 내가 어떤 마음가짐으로 오르고 있는지를 알지 못하고 오로지 빨리 올라가기만 하면 된다는 생각뿐이었나 보다. 그런 연후에 휴식을 하면서 마음을 가라앉히니 하산길에서야 비로소 자신의 발걸음 소리를 듣게 되었구나. 세상사 모든 이치가 이와 같은가.

목표를 향하여 나아가는 그 길에 앞도 뒤도 옆도 볼 것 없이 그저 가고자 하는 그 길에 온몸을 맡겼을 뿐이다. 목표를 이루고 본연의 길로 다시 걸음을 옮기고 나서야 비로소 오를 때의 욕심이 귓가를 때리는 것이다. 아니면 애썼노라! 잘했노라! 그렇게 발걸음이 대신 대답해 준 건 아닐까? 이도 저도 아니면 이제부턴 천천히 발걸음 소리도 좀 들어가면서 뒤도 옆도 한 번쯤 돌아봐 가면서 걸어가라는 뜻일지도 모르겠다.

제주도 천태만상의 얼굴에서 찾아보고자 했던 나의 모습은 이
놈의 발걸음 소리에 더 헷갈리게 되었다.

부산의 랜드마크

　오랜만에 사무실을 벗어나 자성대공원에 있는 영가대를 처음 다녀왔다. 부산에 살면서도 이렇게 무관심할 줄이야.

　영가대는 1614년 경상도 순찰사 권반이 부산진지성 서쪽 해안에 선착장을 축조하면서 지은 누각이다. 훗날 권반의 고향인 안동의 옛 지명 영가(永嘉)를 따서 이름을 지었다고 한다. 1607~1811년 열두 번의 사행을 다녀온 조선통신사 일행의 안전 항해와 무사 귀환을 비는 해신제를 올리는 장소이다. 1910년대 경부선 철도 부설과 부산항만 매축공사로 소실된 것을 현재의 자리에 복원하였다. 원래의 장소는 부산진시장 뒤편인데 그곳에 영가대 본 터 기념비와 모형이 설치되어 있다.

　부산시청과 부산문화재단이 함께하는 조선통신사 역사 캠프 업무차 조선통신사 역사관에 들렀다가 보게 되었다. 안내문에 신경을 쓰다 보니 영가대 전경을 제대로 못 찍고 온 것이 아쉽다.

명색이 지리 선생이었던 경력이 부끄럽다. 문화재에 대한 당국의 눈금도 매우 아쉽다. 부산진 지성의 동문과 서문 그리고 이 영가대 모두 원래의 위치에서 한참이나 떨어진 이곳 자성대 공원에 있으니, 그저 여기저기 둘 데 없어 한곳에 모아둔 꼴이다. 산업화의 과정에서 철도 부설과 각종 공장이 여기저기 들어섰고, 6·25전쟁 이후로는 피난민이 한꺼번에 몰려들어 거주지와 시장터 등이 우후죽순 들어서다 보니 옛 모습을 온전히 갖춘 곳 없는 모습이 오늘의 부산이다.

그러니 나 같이 몇십 년을 부산에서 살아도 이 분야를 전문적으로 공부한 사람이 아니고서는 그 연유와 흔적들을 정확히 알 수가 없다. 숭례문쯤은 아니더라도 부산 사람이라면 한 번쯤 떠올릴만한 대문은 어디에도 없는 것일까?

부산의 옛 중심지는 동래부였다. 초등인가 중학교 시절인가 금강공원에 소풍을 가면 독진대아문이라는 걸 본 기억이 있다. 산에 있으니 절의 출입문인 것 같기도 하고 산성의 출입문 같기도 한데 나중에 알고 보니 옛 동래부동헌의 외삼문이라고 한다. 어릴 때 보았지만 웅장한 크기는 아니었다. 중학교 때 서울로 간 수학여행에서 바라본 남대문만큼의 웅장한 멋을 느낄 수가 없었다. 그것만으로도 부산이 문화의 변방이라는 느낌을 조금이나마 받았다.

그것조차 시가지 정비 때문에 금강공원에 이전한 것이라고 한다. 문화재가 원래의 자리에 있지 않으면 진정한 가치와 멋이 없다. 독진대아문은 나중에 동래부동헌의 내삼문 근처로 이전하였지만, 그것도 원래의 위치는 아니다.

그렇다면 부산의 랜드마크는 무엇일까?

토목 기술의 발전으로 현대적 장대교 공법으로 지어진 광안대교의 멋진 경관은 세계 어느 도시의 현수교와 비교해도 빼어나다. 그렇다고 화려한 조명의 광안대교를 부산의 랜드마크라 할 수 있겠는가? 최근에 지어졌다는 이유로 역사성이 부족하다는 평가가 흠이라면 흠이다. 그렇지만 백년이 지나면 아마도 훌륭한 랜드마크가 될 것이 틀림없다. 광안대교 시공에 참여한 토목기술사인 형님이 자랑스럽다. 형님은 인천대교와 울산대교에서도 감리단장을 역임할 정도로 우리나라 장대교(長大橋) 건설의 최고 전문가이다.

해운대 해수욕장을 비롯한 해안가의 갈매기는 어떤가? 날개를 가진 새이다 보니 여기 있다가도 순간 없어지니 랜드마크로서의 기능을 온전히 뽐내기는 어렵다. 아무리 사직야구장에서 천날만날 부산 갈매기를 외친다고 하여도….

서울 출장을 마치고 기차 출발 시간이 남아 얼마 전(2013.5.4)

에 복원된 국보 1호 숭례문을 찾았다. 조선을 개국한 태조는 한양을 도성으로 삼고 성곽을 쌓고 동서남북에 사대문을 낸 뒤 그 사이에 사소문을 두어 출입하게 하였다. 조선 최초의 건축가 정도전이 설계를 맡은 숭례문은 도성을 출입하는 상징적인 정문이다.

1398년에 준공되어 서울에 남아 있는 건축물 중 가장 오래되었다 한다. 홍예문이 있는 석축과 그 위에 목조로 된 2층의 문루로 구성되었다. 2008년 화재 때 문루 1층은 약 10퍼센트 2층은 90퍼센트 소실되었다 한다. 특이하게 세로로 배치한 편액은 양녕대군의 필체를 되살렸다.

600년 넘게 서울을 지켜온 서울의 랜드마크인 숭례문! 다시 천년을 가는 문화유산으로 남기를 바란다.

대부분의 교가에는 '백두산 뻗은 정기 우리 동네 큰 산에 서리어…'로 되어 있다. 그런데 나의 모교 남항초등학교의 교가는 특이하게 '오륙도 다가 치는 억센 물결에 노래하며 자라는 물새들처럼…'으로 시작한다. 가사 중간에도 백두산 정기는 찾을 수 없다. 유치환 시인이 작사하셨다. 어쨌든 교가가 그냥 그런 줄 알았다. 그런데 5~6학년인가 국어 교과서에 이은상의 시 '오륙도'가 있었다. 그 시를 배우면서 오륙도가 바로 우리 학교 교가의 첫머리를 장식하고 있었으니 더욱 반갑게 다가왔다. 당연히 어릴 때부터 오륙도는 내가 사는 부산의 상징으로 자리 잡았다. 그런 감정 때문에 70년대 말 조용필의 '돌아와요 부산항에' 노래가 라디오를 타게 되면, '오륙도 돌아가는 연락선마다 목메어 불러보는~' 이라는 가사에 드리우는 정경으로 오륙도와 그 주위로 오가는 배들이 절로 떠올랐다. 그래서 내 마음의 부산! 하면 제일 먼저 오륙도가 떠 오른다.

며칠 후 이기대 갈맷길을 따라 걷다가 오랜만에 오륙도를 만났다. 오랜 연인을 만난 것처럼 반가웠다. 요즘에야 멋지게 생긴 광안대교와 해운대의 마천루를 부산의 상징으로 연상하겠지만, 무역선 드나들 때 잘 다녀오리라! 다시 만나 반갑다! 하며 손을 흔들며 마주하는 오륙도에 비길 수 있으랴. 오대양 누비는 부산 사나이들에게는 정감이 넘치는 자연유산이다.

다섯 개인지 여섯 개인지 알면서도 알지 못하는 매력을 가진 오륙도. 부산의 랜드마크로 잘 보전하자!

영도다리 아래 풍경

연안 여객부두에서 해안선을 따라 자갈치 시장까지 걸어가 보자. 롯데호텔 신축공사장 뒤쪽의 해안은 공사로 인해 통행에 불편이 있기는 하지만 좁다란 해안 방축을 따라 걸어갈 수 있다. 이곳(부산대교와 영도대교 사이의 해안)에는 일명 '유조선'이 정박하고 있다. 유조선이라고 하면 중동의 산유국으로부터 원유를 수입하는 거대한 선박을 떠올리게 된다. 그러나 이곳의 배 타는 사람들이 지칭하는 유조선은 대형 선박과는 거리가 멀다. 이들이 유조선이라 부르는 선박들은 부산항에 정박 중인 각종 선박에 선박 운항에 필요한 기름을 공급해 주는 역할을 한다. 육상에서는 자동차들이 주유소를 찾아가 주유하지만, 바다는 그렇게 할 수 없으므로 주유 선박이 손님을 찾아가는 셈이다.

이곳을 지나 영도대교 쪽으로 발걸음을 옮기면 다리 밑을 통과하여 자갈치 시장 쪽으로 향할 수 있다. 영도다리 밑 어둑한 골목길 벽보에는 '선원 모집'이라는 작은 벽보가 붙어 있다. 어선의 선원을 모집한다는 작은 벽보에는 '24시간 주야간 근무'라는 글귀가 눈에 띈다. 파도보다 더 무섭다는 외로움을 달래어 가면서 밤낮이 따로 없이 힘들게 고기 잡는 선원의 모습을 상상해 본다. 사흘이 멀다고 싱싱한 생선 반찬을 밥상에서 만났어도 한 번도 제대로 그들의 얼굴을 떠올린 적이 없었다. 그물을 걷어 올리는 억센 어깨와 무디어진 손가락, 거무튀튀하게 거슬린 얼굴에 깊이 팬 주름을 가진 그들의 모습을.

다리 밑을 통과하니 영도로 들어가는 다리 위에는 사람들이 걸어 다니는 모습이 보인다. 자동차가 다닐 수 있는 다리치고는 사람의 왕래가 아마도 제일 많은 곳이리라. 부산에 살고 있는 장년층이라면 누구나 한 번쯤 이 다리를 걸어가 보았을 정도로 볼거리가 없었던 그 옛날에는 그래도 관광 명소가 아니었던가? 하물며 '굳세어라 금순아'라는 대중가요의 가사에도 담겨 있을 정도로 전쟁 피난민의 애환이 담겨 있었으니….

그 아래로 지나가는 조그만 배를 타고 가는 이는 다리를 건너는 사람을 바라보며, 다리 위 사람은 이 작은 배가 가는 것을 쳐다보는 듯하다. 부산항 이곳저곳을 누비는 이 작은 배는 또 무엇인가? 배를 운항하는 항해사는 안락한 의자에 앉아 방향키를 이리저리 돌리는데 함께 타고 가는 이들은 적당히 걸터앉았다. 바다에도 택시가 있다. 바다 사람들이 '도선'이라고 부르는 이 작은 배가 바로 바다의 택시다. 아직 부두에 접안하지 않은 배들은 '바다의 주차장'에 정박하고 있으니 '바다의 택시'들이 선원들을 싣고 나르는 것이다. 배에서 육지로 가려는 선원과 다시 배로 귀환하는 선원을 실어다 주는 일을 전담하니 선원들에게는 없어서는 안 될 소중한 발이 되어 주고 있다.

자갈치 입구를 들어서는 어귀에는 팔각의 하얀 지붕을 기둥 위에 얹은 이상한 건물이 하나 있다. 육지에 있는 것도 아니고 그렇다고 바다 한가운데 있는 것도 아니고 바닷물이 들락날락하는 그런 곳에 혼자

서 있다. 출입이 자유롭지 못하게 창문에 살을 입혔고, 출입문인 듯한 철문은 굳게 잠겨 있다. 아마도 사람이 사용하는 건물은 아닌 듯하여, 자세히 현판을 읽어보니 '검조소'라 쓰여 있다. 검조소(檢潮所, 조위관측소)는 해수면의 변동을 주기적으로 관측하는 장소다. 우리나라에는 이곳 부산항의 자갈치 입구를 비롯하여 전국 22개 항구에 설치되어 있다고 한다. 그러니까 이 검조소 안에 설치된 우물 같은 곳에 검조기를 설치하여 바닷물의 높이를 연속

적으로 측정하여 해수면의 기준을 잡기 위한 목적으로 설치한 것이다. 즉 해수면 측정의 기준점 중 하나가 부산항에 있는 것이다.

검조소 옆에는 그리 길지 않은 방파제가 하나 있다. 특이하게도 동그란 밸브에 연결된 호스 여러 가닥이 제멋대로 늘어져 있다. 언뜻 인근의 횟집에서 바닷물을 끌어다 쓰기 위해 설치한 것처럼 보인다. 말없이 바다만 쳐다보는 중년의 신사. 햇빛에 거슬린 낯빛을 보아 선원 출신임이 짐작되어 그에게 물어보니 바다로 출항하는 작은 배에 식수를 공급하기 위해 설치한 호스라고 일러준다. 배에서도 먹어야 할 식수가 필요하지 않은가? 일일이 물통으로 지어 나를 수 없으니 바닷가 방파제 안쪽으로 배를 잠시 정박시키고 호스를 이용하여 물을 공급받는다. 바닷가에는 바다와 육지가 만나는 그런 경치만 있는 줄 알고 살았는데 온갖 장치의 시설물을 갖추고 있는 줄 미처 깨닫지 못하였구나.

그럼 멀리 바다에 떠 있는 배는 식수를 어떻게 공급받을까? 이 의문이 풀리는 시간도 그리 오래 걸리진 않았다. 방파제 옆의 모퉁이를 돌아가니 바로 자갈치 시장 건물이 나온다. 건물 동편의 부두에는 '급수선'이라는 명함을 가진 작은 배들이 정박해 있다. 한창호, 천경호…. 갑판에는 여러 가닥의 호스가 놓여있고 그 아래로 철판으로 만든 식수 창고가 있어 여기에 식수를 담아 외항에 정박해 있는 선박에 물을 공급하는 역할을 한다.

흔히 '배'하면 떠오르는 것이 어선이거나 아니면 거대한 유조선이나 컨테이너선을 연상해 왔는데 이렇게 저마다 다양한 역할을 맡은 배들이 부산항의 여기저기에 정박해 있음을 비로소 깨닫는다. 유조선, 급수선, 도선, 유도선, 경비선, 해양관리선 등은 먼 바다로 나가 고기를 잡거나 여객과 짐을 운송하는 일이 아니고서도 항구 안에서 해야 할 일이 많다. 한국에서 제일가는 항구이니 당연히 제각기 맡아서 하는 일도 여러 가지가 있는 셈이다.

우리네 주 생활 무대인 육상의 살림살이가 번잡한 것처럼 항구의 모습도 언제나 분주하다.

문 열면 봄

안방 문을 열어젖히니
온 산천이 울긋불긋

안방 문을 똑똑 두드리니
손님 맞을 채비 마친 주인장

봄날은 갔다는데

    섬진강 가 악양 들판이 내려다보이는 동매마을에도 매화꽃이 하나둘 피어나고 있었다. 박남준 시인의 집은 단출하였다. 지난밤 늦도록 지인들과 함께했던 주인이 손님 맞을 채비를 하는 동안 마당 여기저기를 서성거려 본다.

    마당 곳곳이 구경거리 천지다. 넓지 않은 마당 앞쪽으로는 매화나무와 감나무가 서 있다. 외딴집 늦가을 감나무 한 그루는 그 위로 펼쳐진 세상의 하늘을 환하게 해주었을 것이다. 팔각 연등을 매단 감나무 가지 너머로는 따스한 봄볕이 내려앉은 그네 의자가 걸려있다. 처마 끝 아래에는 긴 대나무 장대에 붉은 곶감이 주렴처럼 달려있다.

    겨울을 나기 위해 쌓아놓은 장작더미의 가지런함은 예사롭지 않다. 시인은 부지런하지 않을 거라는 선입견 때문일지도 모른다. 집 옆으로 흘러내리는 개울을 낀 자리에는 여름날의 더위를 식힐 요량으로 지었을 자그마한 정자까지 갖추었다. 당연히 뒤에 있어야 할 뒷간은 화려한 꽃 대문을 매단 채 마당 오른쪽에 당당히 서 있다. 마당으로 낸 창문에는 산 아래 세상 소식을 그리워하는 편지함과 함께 메모지가 놓여있다.

맞을 채비를 마친 시인이 '문 열면 봄'이라 쓴 유리문을 열었다. 마당에 내려서서 우리를 맞이하였다. 봄맞이하듯 반갑게 맞아주었다. 먼 산빛 같은 시인의 마음은 맑고 푸른 듯하다.

둘러앉은 도시인들에게 차 한 잔씩 건네며 주렴 같았던 곶감도 하나씩 예쁘게 잘라 놓는다. 그 솜씨에 놀랄 새도 없이 작은 수반에 띄워진 활짝 핀 매화 꽃잎의 자태에 모두 감탄한다. 흰빛과 분홍과 붉고 노란 봄날이 잔인하다면서 꽃비를 죄다 다실로 끌고 온 이유는 무엇일까? 봄날은 갔다면서….

봄날은 갔네   / 박남준

봄비는 오고 지랄이야
꽃은 또 저렇게 피고 지랄이야
이 환한 봄날에 못 견디겠다고
환장하겠다고
아내에게 아이들에게도 버림받고 홀로 사는
한 사내가 햇살 속에 주저앉아 중얼거린다

십리벚길이라던가 지리산 화개골짜기 쌍계사 가는 길
벚꽃이 피어 꽃 사태다
앞서거니 뒤서거니 피어난 꽃들
먼저 왔으니 먼저 가는가
이승을 건넌 꽃들이 바람에 나풀 날린다
꽃길을 걸으며 웅얼거려본다
뭐야 꽃비는 오고 지랄이야

꽃 대궐이라더니
사람들과 뽕작거리며 출렁이는 관광버스와

짤그럭 짤그락 엿장수와 추억의 뻥튀기와 번데기와
동동주와 실연처럼 쓰디쓴
단숨에 병나발의 빈 소주병과
우리나라 사람들 참 부지런하기도 하다
그래 그래 저렇게 꽃구경을 하겠다고
간밤을 설렜을 것이다
새벽차는 달렸을 것이다

연두빛 왕버드나무 머리 감는 섬진강 가

잔물결마저 눈부시구나
언젠가 이 강가에 나와 하염없던 날이 있었다
흰빛과 분홍과 붉고 노란 봄날
잔인하구나
누가 나를 부르기는 하는 것이냐

　　가냘픈 듯 단호한 목소리의 낭송은 시를 충분히 음미하게 하였
다. 버림받은 사내의 독백에 담긴 서러움이 시인을 울렸나 보다.
이승을 건넌 꽃들에조차 그 화려함을 시샘하였으니까. 섬진강
강가에서 하염없었던 시인에게 봄꽃은 그렇게도 버거웠었나 보
다. 속된 몸짓은 버거움을 던져 버리고자 세상을 향해 토해낸 울
음이렷다.

점심을 나눈 뒤 헤어지는 길, 시인은 동네 어귀에 핀 매화 꽃가지를 쉽게 꺾었다. 기어이 다시 오고만 봄이 또 버거운 모양이다. 그 꽃가지를 말없이 내게 건넸다. 봄의 향기를 맡아보란 듯이.

동매마을에서 돌아오자마자 매화 꽃가지를 거실에 심었다. 그러고는 한참이나 매화에 실린 봄의 향기를 누렸다. 며칠이 지난 어느 날 문득, 봄은 오고 지랄이냐며 화려한 꽃 잔치에 괴로워했던 시인이 꽃가지를 말없이 건넨 이유가 궁금해졌다. 자꾸만 다가오는 봄이 버거워질까 봐 더 오기 전에 싹을 잘라 버리고 싶다는 마음을 전한 것일까? 그래도 봄은 왔으니 멀리서 찾아온 손님에게 꽃가지 구경쯤은 보여 주어야겠다는 것일까?

봄날은 갔으면서 왜 또 오는 것일까?
나의 봄날은 다시 오는 것일까?
봄날은 간다는데….
봄날은 갔다는데….

경계

이쪽과 저쪽을 가르는 선
그래서 경계에 서는 것은 불안한 일

지나치지 않고 부족하지도 않아
한쪽으로 치우침이 없다면
그래도 서로가 통할 수 있는 공간

하지만 중간쯤에 해당하는
적절함조차 없는 일은
난제 중의 난제

뜨거움과 단호함의 경계를 이루는
눈꺼풀을 자꾸만 깜빡거려 본다

경계에 피는 꽃

사전적 의미의 경계(境界)는 '사물이 어떠한 기준에 의하여 나누어지는 한계'를 뜻한다. 그 한계의 가장자리를 연결한 선을 경계선이라 한다. 국경이나 해안처럼 자연의 지형지물 자체가 경계가 되기도 하고, 북방한계선처럼 통곗값의 끝 지점을 연결하여 지도에 표시하기도 한다. 강처럼 적당한 넓이를 가질 수도 있다. 어쨌든 경계는 이쪽과 저쪽을 가르는 선이다.

경계에 서는 것은 불안한 일이다. 또 얼핏 '회색인'이라는 불온한 느낌을 주기도 한다. 하지만 지리학에서는 점이지대라 하여 공통의 특성이 나타나는 지역을 포함하기도 하며, 인문학에서는 통섭이나 융합이라는 말과도 어느 정도 상통된다고 하겠다. 서로가 통할 수 있는 공간 또는 그런 상태를 의미하는 뜻이다. 자연 공간에서 경계로서의 넓이가 넓다면 넓은 곳이 갯벌이다. 육지와 바다의 경계이다. 썰물 때 서해안의 갯벌은 수 킬로미터까지 드러나기도 한다. 갯벌로 둘러싸인 강화도의 시인 함민복은 딱딱한 육지와 부드러운 바다의 경계에 있는 뻘을 말랑말랑하다고 하면서 그 말랑함이 지닌 힘까지도 들여다보았다.

뻘 / 함민복

말랑말랑한 흙이 말랑말랑 발을 잡아준다
말랑말랑한 흙이 말랑말랑 가는 길을 잡아준다

말랑말랑한 힘
말랑말랑한 힘

　교사 시절의 나는 갯벌의 정의를 사전적으로 풀이하고 그것이 발달하는 조건을 논리적으로 설명함으로써 수능시험 문제를 잘 풀 수 있는 능력의 신장에 초점을 맞추었다. 그게 유능한 교사라고 생각하였기 때문이다. 그러나 강화만에 펼쳐진 뻘 앞에서 그 따위 논리로는 문학기행의 동료들에게 아무 말도 할 수가 없었다. 육지와 바다의 경계에서 피어난 수많은 꽃을 찾으려는 그들의 심오한 안목 때문이었다.
　현대의 인간은 딱딱한 것을 바탕으로 해서 자기보다 높은 곳을 향하여 집을 짓는다. 더 높이 하늘에 다가가도록 한껏 과시하고

자 하는 열망이 하늘을 찌른다. 뻘이 가진 말랑한 힘은 뻘 속에 사는 어느 한 생명도 제 몸보다 높은 곳에 집을 짓게 하지 못하는 힘을 가졌다. 말랑말랑한 힘은 그런 것이다.

뻘 밭　　　/ 함민복

부드러움 속엔 집들이 참 많기도 하지
집들이 다 구멍이네
구멍에서 태어난 물들
모여 만든 집들도 다 구멍이네
딱딱한 모시조개 구멍 옆 게 구멍 낙지 구멍
갯지렁이 구멍 그 옆에도 또 구멍구멍구멍
딱딱한 놈들도 부드러운 놈들도
제 몸보다 높은 곳에 집을 지은 놈 하나 없네

지나치지도 않고 부족하지도 않아 어느 한쪽으로 치우침이 없는 평상심을 중용(中庸)이라고 한다. 갯벌이 바다이지도 않고 육지도 아니어서 그 자체로 존재의 의의가 있다고 본다면 형이상학적으로 중용이라고 비유할 수 있겠다. 육지와 바다의 생명이 아닌 갯벌만의 독자적 생명을 길러내기도 하거니와, 육지가 확장되어 그 품을 육지에 내어 주면서도 또다시 뻘을 일구어내는 말랑말랑한 힘은 과연 중용의 덕까지 품고 있는 셈이다. 그런 셈법으로 따져보아 경계는 곧 중용이다.

그런데 자연이나 문명의 경계보다 어려운 것이 사람과 사람의 경계이다. 부모와 자식, 주인과 손님, 남자와 여자, 경영자와 노동자의 관계처럼 그 경계는 매우 명확하다. 이쪽에서 저쪽을 바라보는 태도가 분명하기 때문일 것이다. 인간사에서 '많다'와 '적다' 또는 '크다'와 '작다'와 같은 상대적 대립에서 적절한 자리매김은 쉽지 않다. 서로 많은 걸 요구하고 양보하지 않는 일이 다반사다. 밀물과 썰물처럼 한 번씩 오고 가면서 그 양도 달과의 약속으로 매일 조금씩 변화를 주는 적절함은 매우 정의롭기까지 하다.

그런데 '있다'와 '없다', '옳다'와 '그르다'의 문제에 이르게 되면 먼저 그 사실이나 가치를 두고 입장을 달리하니 참으로 난감하다. 여기에는 그 중간쯤에 해당하는 적절함은 없으므로 이쪽도 저쪽도 아닌 방안을 찾아야 한다. 이쪽도 아니고 저쪽도 아니면서 모두를 만족시켜야 하기에 난제 중의 난제다.

강화에서 돌아오는 길에는 좁은 수로가 있다. 섬과 육지를 가르는 경계이다. 그곳에선 조선과 프랑스, 미국의 화포가 으르렁대기도 하였다. 쇄국과 개방의 경계였다. 섬에서는 시인과 함께하였지만 육지로 건너는 순간 나는 그 난제들을 계속 만날 것이다. 그들을 마주할 때마다 무슨 방편으로 해결할 수 있을지 큰 산들은 자꾸만 가까이 다가온다.

철학자 최진석은 말한다. "경계에 서 있으면 과거에 붙잡히지 않고 미래로 몸이 기운다. 미래가 열리지 않는 것을 한탄하지 말라. 내가 그저 한쪽을 지키는 성실한 투사임을 한탄해라." 이기적이면서도 합리성과 절제의 미덕을 갖춘 인간의 존재성을 굳게 믿으면서, 뜨거움과 단호함의 경계를 이루는 눈꺼풀을 자꾸만 깜빡거려 본다.

눈물을 자르는 눈꺼풀처럼　　　/ 함민복

뜨겁고 깊고
단호하게

순간순간을 사랑하며
소중하다고 생각하는 것들을
바로 실천하며 살아야 하는데
현실은 딴전.

딴전이 있어
세상이 윤활히 돌아가는 것 같기도 하고
초승달로 눈물을 끊어보기도 하지만
늘 딴전이어서
죽음이 뒤에서 나를 몰고 가는가
죽음이 앞에서 나를 잡아당기고 있는가
그래도 세계는
눈물을 자르는 눈꺼풀처럼
단호하고 깊고
뜨겁게
나를 낳아주고 있으니

진교 만찬

하동군에 진교면(辰橋面)이 있다. 고속도로 IC로만 기억하거나 남해를 가면서 지나쳤을 뿐 진교에 내려본 적은 없다. 그런 진교에 우리 부부가 여행하기로 한 것은 은퇴하신 교장선생님의 부름 때문이었다. 조 교장님은 정년퇴직 이후에도 5년 6개월을 영재교육 담당 기관에서 더 봉직하신 후 때마침 들이닥친 코로나 19를 피하여 당분간이라 하시면서 진교로 귀향하셨다. 귀향하신 이후로 가끔 부산 집에 오시지만 하루 정도만 머물다 보니 여간해서는 뵐 수가 없었다. 그러나 간간이 문자메시지로 고향 소식을 보내 주셨다.

비 오는 날 마루에서 내다보는 마당 정원의 정경에 빗소리를 담아 보낸 동영상은 시골 생활의 추억을 되살리게 할 정도로 운치가 있었다. 시골 마루의 청량감도 함께 전해졌다. 그날 나는 아침 일찍 고향의 선산을 돌아보고 바닷가 포구 선착장에서 비 내리는 바다를 바라보고 있던 참이었다. 나도 포구의 정경을 빗소리와 함께 담아서 보냈다. 이런 모습에 누군가는 조 교장님과 나의 관계를 '찐 쏘울'이라고 하니 괜찮은 표현으로 들렸다.

어느 날엔 촌 할배들과 문학기행을 떠났다면서 손수 만든 자료집과 동행하신 친구분들의 사진을 보내 주셨다. 조정래 문학관과 티베트기념관 등을 둘러보았다고 하셨다. 두세 해 전 함께 다녔던 문학기행 생각에 잠시 잠겼다. 늘 떠나기 전 손수 만든 자료집을 준비해 오시던 부지런함에 부끄러움을 느껴 문학기행을 다녀온 뒤로는 나만의 감정을 담아 짧은 글을 두어 편 쓴 적이 있다. 함께 다녀온 사람끼리 서로 글을 나누어 읽기도 하였다.

하지만 글을 쓰는 일은 쉽지 않은 일이다. 글을 써야 하는 이유보다 못 쓰는 이유를 대는 게 다반사이다. 굳이 글로 남겨야 할 만한 자격이 안 된다는 이유를 대거나 글의 수준이 남에게 보이는 게 싫기 때문이기도 하다. 문학기행을 다녀와서 해야 하는 글쓰기 숙제의 제출률이 떨어지다 보니 조 교장님은 당분간 문학기행 중단이라는 폭탄선언을 하시기도 했다.

마당 정경을 보내온 그날 우리 부부에게 진교 방문을 특별히 허락하셨다. 코로나 때문에 외지인의 방문을 스스로 자제하던 중 그나마 확진자 증가가 줄어들 때쯤이었다. 집사람의 일정을 물어볼 필요도 없을 정도로 진교 방문이 기다려지기 시작했다.

그곳 마루에 앉아 마당 정원의 정경을 바라보는 모습을 상상하는 것만으로도 벌써 설렘이 가득해졌다.

출발하기 전날에 다시 톡이 왔다. 가능하면 6시 전에는 도착하라는 당부였다. 친구분들이 오기로 했으니 그 전에 와 있어야 하는 그런 정도의 매너는 말하지 않아도 알아차려야 할 일이다. 뜻하지 않게 친구분들이 합석한다고 하니 주제넘기도 하거니와 집사람이 안 간다고 하면 어쩔까 하는 걱정에 도착할 때까진 말하지 않기로 하였다. 정원에 보탤만한 작은 화분을 집사람과 함께 준비하였다.

출발과 함께 고속도로가 정체되었고 결국 예정 시간보다 늦게 도착하였다. 조 교장님 댁엔 벌써 친구분들이 사모님들과 함께 기다렸다가 환대해 주셨다. 그냥 환대가 아니라 손수 담은 막걸리와 남해 바다에서 잡은 싱싱한 회에다가 장어구이까지 직접 장만하여 마루에 한 상을 차려 내었다.

심지어 친구 두 분은 마루 끝자리에 나란히 앉아 우리 부부에게 상석을 권하는데 못 앉겠다는 나의 사양쯤은 일언지하에 거절되었다. '부산에서 오신 귀한 손님'이라는 친구분들의 정겨운 맞이는 도회에서 돌아온 동생을 맞이하는 형님의 우애로 느껴질 정도이다. 또 사모님들과 조 교장님의 여동생도 함께한 자리이다 보니 예비 막내 사위가 처가에 인사하러 왔을 때 손위 처남들과 마주한 느낌이라고 하니 모두 파안대소하였다.

푸짐하게 내놓은 저녁상에는 이루 말할 수 없는 정성이 담겼다. 심지어 지짐까지 구워서 가지고 오셨다고 하니 극진한 대우에 몸 둘 바를 몰랐다. 쥐치는 진교에서 멀지 않은 삼천포가 주산지이다. 초등학교에서 교장을 역임하신 강 교장님은 손수 남해 포구에서 쥐치와 장어를 사다가 회와 구이를 장만해 주셨다. 두툼하게 썰어낸 쥐치회 맛이 일품이다. 장어는 아내가 좋아하는 음식이다. 강원도 산골 출신이기에 해산물 구경은 시집에 와서야 비로소 조갯국, 꽃게탕, 파래무침, 생선을 넣은 미역국을 제대로 맛보았다. 아내는 이십 년 전 전북 고창 여행길에 먹었던 풍천장어 맛을 잊을 수 없다면서 강 교장님께서 마련한 장어를 맛있게 먹었다.

정겹게 둘러앉은 마루에서 맛있는 안주와 술잔이 오가며 마당을 정원으로 가꾸어 간 얘기로 웃음꽃이 더불어 피었다. "오빠, 꽃이 질라 하는데 어짜꼬예?"라는 전설을 간직한 선인장을 필두로 두 달 넘게 심고 가꾸어 온 할미꽃, 매발톱꽃, 수련, 수국, 조롱박, 참나리, 코스모스, 은방울, 능소화까지 어느 것 하나 예쁜 자태와 이야기가 빠지질 않을 정도로 정성껏 가꾸었다. 손자들이 좋아하도록 자전거 인형까지 달아 놓으니 할아버지 사랑을 듬뿍 받게 될 손자의 웃음이 절로 상상된다. 시골에서 살아본 적이 없는 손녀는 이곳을 오랫동안 지키겠다며 야무진 다짐의 미소를 할아버지 할머니에게 쏟아부었다고 한다.

흔히 손님을 맞을 때면 집 청소에다가 정갈한 음식을 준비하는 일이 우리네 정서이다. 과장된 상상이지만 귀향하신 지 녁 달 동안이나 마당을 예쁜 정원으로 가꾸고 친구분들까지 불러 음식 장만까지 준비하신 다음에 소인의 방문을 요청하셨다고 생각하니 감히 몸 둘 바를 모르겠다. 능소화는 기다림의 미학이다. 담 넘어 임금을 기다렸다는 전설처럼 길 따라 이어진 기다란 담 위로 능소화까지 올려놓고 기다리실 줄이야. 긴 담의 끝자락에 붙은 대문에서 "어서 오시게!" 하며 밖에까지 나와 마중하신 정겨운 장면은 담장 위 능소화와 함께 오랫동안 가시지 않을 것이다.

다음 날 이른 아침, 서둘러 이부자리를 정리하고 조 교장님 부부와 함께 진교면 내로 이어진 길을 따라 산책을 나섰다. 마침 장날 아침이라 오고 가는 사람들이 많은 편이다. 중평 마을쯤에 자리 잡은 장터 입구에서는 늘어진 빨간 대야에 근처 바다에서 잡아 온 참게와 바지락을 트럭에서 내리고 있다. 이제 막 장이 설 준비를 하는 모양이다. 시골 할머니들의 대야는 점점 늘어나고, 아지매들의 좌판도 속속 날개를 펼치기 시작한다. 생선이 늘어서 어물전, 몸뻬바지를 내건 옷 가게, 호미와 낫을 바닥에 펼쳐놓기 시작하는 아저씨, 이제 막 반죽을 시작하는 풀빵 장수 등 삶의 현장은 분주해지기 시작하였다.

장터를 지나니, 어젯밤 고등학생 시절에 친구의 결혼식장을 가기 위해 몰래 학교 담을 넘어 우인 대표로 참가하여 막걸리 거나하게 얻어 마셨다던 그 시절 추억 얘기를 풀어내시던 강 교장님 댁 앞에 다다랐다. 조 교장님 댁과는 달리 텃밭으로 가꾼 마당에는 오이며 고추, 가지 등 반찬거리가 수두룩하다. 진교 다리를 건너자마자 둑방 길을 따라 핀 금계국과 산딸기를 동무 삼아 걸었다. 둑방 왼편으로 펼쳐진 들판은 간척으로 얻은 땅이다. 우리나라 해안에 있는 반듯한 들판은 대부분 오랜 세월에 걸쳐서 바다 쪽으로 점차 넓어진 간척의 역사를 품고 있다. 먼저 강을 따라 둑방을 쌓았을 것이고, 바다에 면한 곳은 양쪽에서 제방을 쌓아나가 가운데쯤에서 맞닿으면 그만큼 바다였던 곳이 육지 사람의 손으로 메꾸어졌을 것이다. 지금의 들판을 보면서 그런 역사의 두께를 아는 이는 얼마나 될까?

둑방 길을 걷는데 어디선가 달려온 자전거. 강 교장님은 아침 일찍 동네 파크골프 한 게임을 하고 오시는 길이란다. 우리와의 아침 약속을 지키려고 집으로 돌아가 사모님과 식당으로 오겠다며 우리가 지나온 둑방 저편으로 다시 달렸다. 우리 넷은 큰 도로까지 이어진 둑방의 끝을 돌아 건너편 둑방 길까지 산책을 마친 후 약속된 복국집으로 향하였다. 이불집을 하신다는 강 교장님 사모님도 가게를 잠시 비워두고 함께 오셨다. 출중한 미모에다 즐거운 인생에 술은 빠지면 안 된다면서 맹장 수술로 어제 못 드신 막걸리 한 잔을 챙겨가실 정도였다. 복국집 주인과는 아는 사이인지 인사를 나눈 후에는 반찬거리도 손수 날라 주셨다. 밥을 비벼 먹을 수 있도록 큰 대접에 약간의 나물을 담아 내놓는 것이 다른 집과는 달랐다. 콩나물을 함께 넣어 비벼 먹는 색다른 맛이 있었다. 어젯밤 극진한 환대 속에 오랜만의 숙취를 시원한 복국으로 달랠 수 있었다.

돌아오는 길에 다시 장터에 들렀다. 훨씬 많은 사람으로 북적이는 시장에 활기가 넘쳐났다. 아내가 장어를 좋아한다는 얘기를 놓치지 않았던 조 교장님 사모님께서 어물전에서 장어를 장만해 주셨다.

아침 산책과 식사를 마치고 마루에서 잠시 휴식을 취하였다. 조 교장님은 뜻밖에 최근 책을 발간하셨다는 얘기를 꺼내셨다. 며칠 전부터 나에게 시집을 내어 보라고 자꾸만 불씨를 지핀다 싶었는데 당신의 책 발간을 계기 삼아 나에게도 도전의 길을 보여 주시려는 마음이었나 보다. 책은 그동안 국제신문에 연재하였던 칼럼을 모은 것이었다. 대부분 신문을 통해 읽어보았던 글이었다.

미스터트롯으로 유명해진 정동원 카페랑 하동요 도예전시관

등을 둘러보고 저녁 무렵 부산으로 향했다. 어젯밤 꽃단장한 정원을 앞에다 둔 마루에서 마주한 진수성찬 속에 담긴 진교의 정성이 자꾸만 떠올려진다.

언젠가는 내 고향의 맛있는 막걸리를 가득 담아 다시 방문하리라.

초록에서 쪽빛까지

전라도라 하여 멀게 느끼는 사람이 많은데 보성 땅은 부산에서 당일에 다녀올 수 있는 좋은 답사처이다. 남해고속도로를 따라 가다가 하동의 섬진강을 건너면 곧장 광양과 순천으로 이어지고 순천에서 4차선의 널찍한 2번 국도를 따라 불과 30분 거리에 벌교가 있고 거기서 또 30분 거리에 보성이 있으니, 부산 사람이면 하동에서 섬진강을 따라 구례의 화엄사나 지리산 온천을 둘러보는 시간과 별반 차이가 없다. 보성 땅에 진입하기 위해서는 광양이나 순천 나들목에서 빠져나와 4차선의 2번 국도로 진입하여야 한다. 순천을 빠져나와서는 차량도 적고 길도 널찍하여 운전하기에 좋으나 그래도 안전 운행은 잊지 말아야 할 것이다.

관광지로 유명한 낙안읍성에 갔다 와서 별 볼 것도 없더라 하는 이도 보았는데 찬찬히 따져서 보면 재미있는 곳이다. 여하튼 그 낙안에 가기 위해서라도 반드시 지나쳐야 하는 곳이 벌교읍이다. 벌교는 보성 땅에서 가장 큰 도회인데 군청이 있는 보성읍에서 30여km 동쪽에 있으며 보성보다 사람 수가 많고 읍내의 번화가도 크다. 남으로는 고흥반도로 이어져 나로도나 소록도로 가는 길목이고, 북으로 낙안읍성을 거쳐 조계사와 선암사로 가려면 여기를 거쳐야 하며 곧장 승주로도 연결된다. 동서로는 순천과 보성을 이어주니 가히 교통의 요지라 할 수 있다.

벌교(筏橋)라! '뗏목다리'라는 뜻이니, 이전에 순천만으로 들어가는 벌교천에 뗏목다리가 있었는데 홍수 때마다 떠내려간 그 다리가 이 고장 이름의 유래이다.

홍수에 이 뗏목다리가 자주 끊어져 불편하였기에 1728년 선암사의 초안 선사가 보시로 홍교를 건립하였으나, 일제에 의해 훼손되어 지금은 시멘트 교량으로 이어져 품위를 잃었다. 그래도 홍교 중에서는 그 규모가 가장 크고 아름다워 보물로 지정되어 있다. 그런 아름다운 다리가 있는 벌교가 '벌교 가서 돈 자랑, 주먹 자랑 하지 말라.'는 무시무시한 동네라니? 지척에 있는 순천의 '인물 자랑 말라'나 '여수의 멋 자랑 하지 말라'는 것에 비한다면 이 고장에 들어설 때는 바짝 긴장이라도 하라는 것인지….

어쨌든 벌교가 힘깨나 쓰는 동네가 된 이유를 소설 '태백산맥'

에서는 김범우의 생각을 빌려 이렇게 설명하고 있다.

　'벌교는 한마디로 일인들에 의해서 구성, 개발된 읍이었다. 그 전까지만 해도 벌교는 낙안고을을 떠받치고 있는 낙안벌의 끝에 꼬리처럼 매달려 있는 갯가 빈촌에 불과했다. 그런데 일인들이 전라남도 내륙지방의 수탈을 목적으로 벌교를 집중 개발시킨 것이었다. 벌교 포구의 끝 선수머리에서 배를 띄우면 순천만을 가로질러 여수까지는 반나절이면 족했고, 목포에서 부산에 이르는 긴 뱃길을 반으로 줄일 수 있었다. 목포가 나주평야의 쌀을 실어 내는 데 최적의 위치에 있는 항구였다면, 벌교는 보성군과 화순군을 포함한 내륙과 직결되는 포구였다. 그리고 벌교는 고흥 반도와 순천, 보성을 잇는 삼거리 역할을 담당한 교통의 요충지이기도 했다. 철교 아래 선착장에는 밀물을 타고 들어온 일인들의 통통배가 득시글거렸고, 상주하는 일인들도 같은 규모의 읍에 비해 훨씬 많았다. 그만큼 왜색이 짙었고, 읍 단위에 어울리지 않게 주재소 아닌 경찰서가 세워져 있었다. 읍내는 자연스럽게 상업이 터를 잡게 되었고, 돈의 활기를 쫓아 유입 인구가 늘어났다. 모든 교통의 요지가 그러하듯이 벌교에는 제법 짱짱한 주먹패가 생겨났다. 그래서 언제부턴가 "벌교 가서 돈 자랑, 주먹 자랑하지 말라."는 말이 "순천에 가서 인물 자랑하지 말고, 여수 가서 멋 자랑하지 말라."는 말과 어깨를 나란히 하게 되었는지도 모른다.'

이런 벌교에 돈 없고 힘없는 내가 5월의 어느 날 네 분의 여 선생님을 모시고 답사길에 올랐다. 박무(搏霧)가 끼어 적당히 흐린 날씨가 돌아다니기에는 그만이었다. 벌교에 가기 전 초록 물감을 발라 놓은 듯한 보성 차밭과 득량만의 끝없는 둑길을 걸으니 도회지 생활에 찌든 가슴이 오랜만에 활짝 열렸다. 빨간색 반 팔 티가 너무 잘 어울린다고 자랑하시는 박 선생님. 소녀 같은 목소리의 서 선생님, 자연의 색상 천연물감에 푹 빠져버린 미술 선생님, 키가 커서 단체 사진 찍을 때 허리 굽혀주는 김 선생, 그리고 인솔자인지 찍새인지 기사인지 분간되지 않는 필자의 정체성이 무엇이든 간에 우리는 실컷 5월의 보성 땅을 즐기고 드디어 벌교로 향하였다.

나의 역할이 인솔자인 것은, 답사길을 안내하고 여기서는 무엇을 보아야 하고 그것은 무슨 연유로 생겼으며 오만가지 나름으로 설명하였으니 그렇고, 한편으로 찍새와 기사인 것은 내 카메라로 으레 한국인이면 즐겨 찍는, 이른바 단체 사진과 인물 사진, 그리고 스냅 사진을 가는 곳마다 눌러 주고는 공짜 밥을 얻어먹으니 관광 기사임이 틀림없다.

벌써 4시가 넘어 아무리 좋은 여행길도 지칠 만한데, 나는 부산에서 여기까지 온 길이 얼마인데 하면서 한 군데만 더 보고 가자고 제안했다. 더 구경하고 싶기도 하고, 인제 그만 돌아가고 싶

어 하는 것 같기도 하여, 아니 더 정확히 말하자면 좀 더 구경하
고 싶은 사람과 빨리 돌아가야 한다는 의무감에 사로잡힌 아줌
마 선생님, 그래서 두 부류 간에 미묘한 순간의 감정이 승용차 안
에서 한 바퀴 돌기도 전에 이왕지사 멀리 왔으니 한 군데만 더 보
자고 재촉하였다. 내심 더 구경하고 싶었던 서 선생님과 미술 선
생님은, 빨리 갔으면 하는 나머지 두 선생님에게 시간을 빼앗게
되는 것이 미안해서, 반대로 두 선생님은 자기들 때문에 필자를
비롯한 싸돌아다니길 좋아하는 '꾼'들이 실망할까 봐 모두 "그러
면 그러지 뭐." 하는 알듯 모를듯한 반쯤의 감정을 숨기며 적당
히 속내를 내뱉었다. 마지못해 따라오는 것 같기도 하여 미안하
기도 하고 가는 곳이 마음에 안 들면 어떡하지 싶어 목적지는 도
착하여 알려주겠다고 기대만 잔뜩 부풀려 놓았다.

　벌교 읍내에서 십 리쯤 떨어진 곳에 고읍이라는 동네로 찾아
들어갔다. 관광지도 아닌 이런 곳에 왜 오는가 하며 자꾸 "뭐 좋
은 게 있어요?" 하고 물어보길래 "쪽물 들이는 거 구경이나 하
자"고 하니 "정말 그런 게 다 있어요?" 하며 눈을 동그랗게 만들
며 반기는 것이었다. 그제야 진작 말할 걸 하고 뇌까리며 안심이
되었다.
　내가 그런 마음을 가지는 이유는 직원 연수니 여행이니 하며
멀리 바람 쐬러 가는 길에 무슨 골치 아픈 설명 따위를 싫어하는

우리네 여행 풍토 때문에, 또 나는 늘 지리 교사들과 가는 답사를 만들고 설명하는 일에 익숙하였던 터라, 동료 교사들이 여선생님과 함께 놀러 가니 재미있겠다는 시샘의 눈초리 속에서도 내심으로는 내가 인솔자 역할을 잘할 수 있을까 하는 걱정이 있었던 게다.

사실 오전에 도심을 벗어나 고속도로를 달릴 때

"참 좋은 날씨다."

"스트레스가 확 풀린다."

"초록이 싱그럽다." 하며 들뜬 마음의 이 여선생님들에게 주제 넘게

"초록에도 여러 빛깔이 있는데 활엽수와 상록 침엽수의 색깔이 다르고, 우산을 접은 모양은 침엽수이고 편 모양은 활엽수인데…." 하며 자랑삼아 지껄였다.

확 트이려는 가슴에 그런 썰렁한 말을 해댔으니 돌아올 화살이 무서워 조심스럽게 안전 운전을 하는 척 핸들 조작을 이래저래 하는데 미술 선생님 왈

"아! 그렇네요. 우산 모양과 나무…, 그런 비유를 하신다니? 강 선생님 말씀이 맞네요. 그리고 초록색 말이에요, 이게 얼마나 다양하고 까다로운지 몰라요. 숲을 그릴라치면 그놈의 녹색을 우째 처리해야 할지 이만저만 고민이 아니에요."

덩달아 서 선생님도

"도대체 파란색과 푸른색이 헷갈려서…."

여사 풍의 박 선생님은

"그중에 하얀 초록은 아카시아인데 벌꿀 중에 최고야. 우리 시아버님이 양봉을 하는데 그게 꿀맛(?)이라구."

김 선생님 왈

"한 통에 얼마 해요?"

나보다 더한 임자들을 만난 셈이었다. 한바탕 자기 얘기를 꺼내느라 운전에 지장을 줄 정도였다.

아침에 도마에 올려졌던 초록색은 보성 다원에 가서 이 대단한 아줌씨들한테 제값을 톡톡히 하였다. 가지런히 줄지어 선 차밭이 뿜어내는 초록의 자태에 모두 한껏 취하고 말았다. 나의 주가는 당연히 올라갔으며 점심도 거나하게 얻어먹었던 게다. 그래도 이 아줌씨들은 아깝지 않았던 게 틀림없다. 초록의 향내가 가슴속을 안개 이슬처럼 적셔 놓았으니….

그런데 놀랍게도 초록만으로는 다 채워지지 않은, 아니 더 채울 물통이라도 만들어서 그놈의 쪽물을 보겠다니 참으로 여자란 모를 일이다. 내 딴엔 이곳에 가면 이런 것도 있나니 하고 여행을 다니려면 이렇게 하시라고 잘난 척하고 있는데 도대체 이 사람들은 그게 아니다. 쪽빛 환상에 사로잡힌 건지, 남편 있는 아낙들이 마누라 있는 남자 앞에서 이렇게 좋아하니 뭐가 뭔지 모르겠다. 낯설고 그래서 더 조용한 시골의 흙담 골목길에서 좋아하며 웃는 모습을 상상해 보오.

한결 가벼워진 기분으로 마을 공터에 주차하고서는 바로 앞집의 반찬거리 다듬는 아낙에게 무작정 한광석 씨 댁을 찾으니

"우리 집인디?"하며 낯선 이들을 반가워하였다. 이어지는 두 사람의 대화

"바로 찾았네. 염장 한광석 씨 댁이지요?

"아녀~어, 그 집은 저 짝인디"

"네~에?"

"우리가 타관에서 살다 본께로 한 집안인 디 같은 이름을 지어 버려써"

아무리 내가 지리 선생이지만 어쩐 일로 단번에 찾았나 싶더니만 결국 동명이인의 집에 간 것이다. 어쨌든 이 집에 물어보길 잘한 셈이다. 곧장 발길을 되돌려 염장 한광석 씨 댁에 들어서니 몸빼 차림의 할머니께서 반갑게 맞이해 주셨다. 할머니는 염장 한광석의 어머니이시다.

그런데 "왜 지금 오느냐, 오려면 전화를 해야지." 하며 구박부

터 주셨다. 말인즉, 쪽물을 내리려면 한창 더운 8월이 되어서야 하는데 지금은 볼 수 없으니 허탕 친 셈이라는 것이다. 자부심으로 똘똘 뭉친 할머니의 나무라는 듯 친절히 설명하는 듯 묘한 말씀에 넋을 잃고 열심히 들었다. 말만 듣고서도 반쯤 취한 우리들이 염장 작업은 볼 수 없더라도 쪽물들인 베라도 보고 싶다고 하자 안방으로 안내해 주셨다. 지난해 여름에 물들였던 베가 한 필 묶음으로 말려져 있는 것을 보면서 미술 선생님은 자투리 한 조각이라도 얻을 수 없냐며 할머니를 졸졸 따라다녔다. 내가 거실 재봉틀 위에 있던 쪼가리 천을 건네자, 미술 선생님은 좋아하면서 곧장 마당 한편의 항아리에 가득한 지난해 쪽물에 연신 베를 담가 보았다. 할머니가 그래서는 물이 들지 않으니 괜한 일 하지 말래도 자꾸만 담그길래, 부산 가서 여름 되면 해볼까 하는 심산으로 내가 빈 음료수통에 쪽물을 가득 담았다. 한 통 가득 담고 나서는 능청맞게도

"죄송하지만 쪽물 좀 가져가도 되나요?" 하고 여쭙자, 인심 좋은 할머니는

"한번 해 보라."며 주셨다.

미술 선생님은 부산 가서 항아리에 담아 놓고 한여름 뙤약볕에 펄펄 끓으면 쪽물 한번 들여보자며 여기까지 온 보람이 있다고 좋아하였다.

쪽물 들이는 방법은 대충 이랬다. 1년생 풀인 쪽을 봄에 심었다가 여름이 되어 쓸만하게 자랐으면 이슬에 흠뻑 젖은 쪽을 베어다가 항아리에 담아 색소를 우려내고 조개껍질을 태워서 만든 석회를 넣어 푸른색을 띠게 한 다음 쪽 대나 찰 볏짚을 태운 재를 우려낸 잿물을 넣어 쪽물을 만드는데, 처음엔 황토색이었던 물빛이 옥색으로, 옥색에서 다시 하늘색으로, 하늘색에서 점점 더 푸른색으로 변해 가는 것을 보면 자못 신비롭기까지 하다는 것이다. 푸르다 못해 눈이 시릴 정도의 쪽물도 아름다운 색깔이지만 이 쪽물에다가 천을 넣고 손질해 건져내면 녹색을 띠게 되는데, 꼬옥 짜서 빨랫줄에 널면 그 녹색이 공기와 만나면서 푸른색으로 변하는 것도 신비스러울 뿐만 아니라, 쪽빛 가을 하늘과 어우러진 그 빛깔은 저절로 탄성을 자아내게 한다. 그래서 한광석 염장은 이렇게 말한다.

"쪽물들인 베를 빨랫줄에 널고 하늘 한 번 쳐다보고 베 한번 쳐다보면서 느끼는 기분이란 일을 해 보지 않은 사람은 모르제."라고.

완전히 마른 천을 그대로 걷어다가 다시 물들이고 또 말리기를 반복하다 보면 어느새 천은 더욱 진한 빛깔로 염색되는 것이기에 염색 횟수에 따라 같은 쪽물이라도 연한 하늘색에서 진 청색에 이르기까지 여러 가지 아름다운 색깔로 물들여지게 되고, 천에 따라서도 조금씩은 다른 느낌이 들게 하는 색깔이 나오는 것이다.

우스갯소리로 '기운 빠진다.' '멋쩍다', '창피하다'라는 뜻으로 '쪽 팔린다'는 말을 쓰는데 아마도 얼굴을 쪽이라 하는 것 같기도 하다. 아무튼 '쪽이 팔리면 좋은' 사람이 있으니 바로 한광석 씨다. 쪽 베 한 필에 200만 원을 호가하니….

할머니는 할머니대로 한창 열을 내어 설명해 주시고 우린 조금이라도 더 귀동냥하느라 한참이나 그 쪽빛에 취해 있었다. 쪽물을 담아 놓은 항아리, 원료가 되는 쪽나물, 베를 말리는 빨랫줄, 물들인 옷감 하며 눈에 보이는 모든 게 예사롭게 보이지 않았다. 나도 가을 하늘을 쪽빛에 비유하는 건 들었어도 쪽을 본 적은 없었기에 눈에 보이는 이 집의 모든 게 신비롭게 보였다. 하물며 그림 하는 미술 선생님이야 오죽 할 것이며, 옷 잘 입는 서 선생님도 이색 저색 몸에 걸쳐보며 구미에 맞는 때깔 찾느라 정신이 없었다.

바로 그때, 빨랫줄에 걸려있는 쪽빛으로 물들인 듯한 파란 망사 천을 한참이나 올려 보던 서 선생님,

"이 색깔도 참 곱네요! 할머니, 이건 무슨 베에 쪽물들인 거예요?"

그 색깔에 너무나 감탄하며 물었다. 미술 선생님도 '정말 좋다!' 하며 쪼가리를 얻어 갈 수 있는 기회라고 생각했던지 할머니의 대답을 연신 기대하는 눈치였다. 처마 아래 그늘에 앉아 열심히 설명하시던 할머니가 천천히 고개를 들어 빨랫줄에 널려 있는 파란색의 천을 보더니 서 선생님에게 친절하게 설명하여 주셨다. 이렇게….

"아, 이 사람아! 그건 모기장이야."
"네~에?"

우리는 그날 완전히 쪽 팔았다.

다정한 것이 살아남는다

사실 독서라는 게 쉽지 않다. 특히 하루 종일 글로써 업무를 하는 직장인들은 여유 시간에 다시 책을 대하기보다는 운동이나 휴식을 하고 싶어 한다. 나는 대체로 업무용 글을 많이 대하는 편이라 퇴근하고서는 아예 컴퓨터이든 책이든 글자를 되도록 안 보려고 한다. 저녁 시간에 글자를 많이 접한 날에는 잠자리에 들면 글자가 아른거리기 때문이기도 하다.

그래도 마음의 양식이라 하는 독서를 외면할 수는 없는데 두꺼운 책을 보면 지레 부담이 들기 마련이다. 책은 끝까지 다 읽어야 한다는 무의식이 있기 때문이다. 그런데 언제부터인가는 책의 한 페이지만 읽어도 좋은 글귀를 만나게 되고 이런 독서로도 괜찮겠다는 생각이 들었다. 다른 사람들이 쓴 글은 자기만의 방식으로 바라본 세상 이야기이므로 짧은 글이라도 내가 경험하지 않아 생소한 게 많으니 큰 도움이 된다.

학생들에게 독서의 필요성을 늘 강조하지만 정작 나는 책을 꾸준히 읽지 못했다. 전공 서적이야 밥벌이용이니 젊었을 때 많이 읽었으나 나이 들면서 시들해졌다. 장학사와 교감·교장이 되고 나서는 수업을 하지 않으니 자연스럽게 전공과 멀어지게 되었다. 당연히 시대 변화에 따라 교육의 방향을 일러 주는 책이나 교양서적을 자주 접하게 되었다. 그렇지만 만나는 분들의 다수가 학생이고 선생님들이다 보니 다른 영역의 전문 분야에 대한 교양도 필요했다.

부산국제고에서 함께 근무한 반 선생님의 제안에 따라 한 달에 한 번씩 책을 읽고 토론하는 모임을 만들자고 하였다. 다른 분들은 모두 퇴직하였는데 나 혼자 현직이니 시간 내기가 어렵다고만 말할 수는 없었다. 제안하신 반 선생님이 서양미술사에 대하여 직접 토론과 강의를 병행하시겠다고 하니 미술 공부에 큰 도움이 될 것 같았기 때문이다. 내 서재에 있는 그 어느 책보다 두꺼운 곰브리치의 서양미술사 책을 샀다. 한 달에 한 번씩 적당한 분량을 정하여 읽고 자신의 소감이나 인상 깊은 구절을 소개하고 자기 경험과도 접목하면서 조금씩 세상을 새롭게 바라보는 안목을 넓혀갔다.

조 교장선생님은 칼 세이건의 코스모스를 추천하셨다. 이 책 역시 두꺼운 책이었다. 과학책이지만 인문서에 가까웠다. 2년이 지나고 3년째가 되었다. 나는 그전부터 조금씩 읽고 있던 사마천의 사기를 내밀었다. 나도 두꺼운 거 하겠다면서…. 그렇게 세 권의 책을 각 일 년씩 읽어 나갔다. 동서와 고금을 넘나들며 여러 가지 사실과 의미를 이해하려니 머리가 복잡하였지만 결국 모든 지식은 인간 삶의 본질에 관한 물음과 답이었다. 네 번째 순서인 최 교장선생님은 이젠 두꺼운 거 많이 했으니 얇은 책으로 여러 권 하자고 제안하셨다. 그리하여 최 교장님이 세 번째로 추천한 책이 브라이언 헤어 부부가 쓴 '다정한 것이 살아남는다'이다.

다른 책보다 빠르게 읽혔다. 과학책이기는 하나 결국 인간의 본성에 관한 이야기이다.

다정함은 타인과의 협력이나 긍정적인 태도 즉 협력적 의사소통과 친화력을 말한다. 호모사피엔스라는 현생 인류 종이 번성할 수 있었던 이유는 바로 이 다정함으로 말미암은 협력적 의사소통이라고 주장한다. 이 협력적 의사소통 능력이 인간의 인지 능력을 폭발적으로 높였기 때문에 가능했다는 것이다.
저자의 스승인 랭엄 교수의 제안에 따라 시베리아 야생 여우를 대상으로 친화력이 높은 여우들을 선택하여 여러 세대를 번식시켰는데, 이 여우들에게서 협력적 의사소통 능력이 증진되었고 인지기능도 우발적이긴 하지만 이 개체군에서 발생한다는 사실을 밝혀냈다. 또 개와 늑대를 대상으로 실험을 해 보니, 이 같은 협력적 의사소통이 개에게서 더 잘 나타나고 있는데 이는 개가 가축화의 결과로 진화한 능력이라는 것이다.

저자는 사람도 자기 가축화한 것은 아닐까? 하는 가설을 내세우고, 친화력이 높은 여우에게서 털색이 변한 것처럼, 인간의 두개골이나 얼굴 모양, 손가락 길이와 같은 신체적 변화를 화석을 이용하여 친화력의 발달을 설명하고 있다, 또 인간만이 유일하게 가지고 있는 하얀 공막이 눈맞춤이라는 행동을 가능하게 하였고, 이 행동이 바로 협력적 의사소통에 이바지하도록 설계되었다는 것이다.

그런데 이 친절을 베푸는 능력이 우리 인류의 고유한 특성이 되기는 하였지만 서로에게 행하는 잔인성도 뇌의 동일한 부위에서 일어나는 것이 문제이다. 결국 인간은 친화력을 지니면서 동시에 악행을 저지른다는 것이다. 우생학의 관점은 우리의 본성 가운데 어두운 부분을 제거하고 바람직한 형질만 살려 번식하면 된다는 식이다. 이것이 특정 민족이나 사람들을 청소하는 끔찍한 일들을 일으켰다. 신체 형질이든 행동 형질이든 각각에 관여하는 유전자는 수천 개인데, 이 유전자 중에서 우리가 선택하고자 하는 유형의 친화력을 유발하는 유전자를 지닌 사람을 찾아내기란 불가능하다.

따라서 사회적으로 야기된 문제에는 사회적 해법이 필요할 것이다.

결론적으로 '평화로운 노력만이 내구력 있는 변화를 이끌어낼 수 있다.', '내 안의 분노와 증오가 무언가 다른 것으로 변화할 수 있다는 것을 깨달아야 한다.'라고 주장하면서, '우리의 삶은 얼마나 많은 적을 정복했느냐가 아니라, 얼마나 많은 친구를 만들었냐.'로 평가해야 함을 강조하였다. 그것이 우리 인류가 살아남은 비결일 테니….

이 책을 읽은 날 밤에 12.3 비상계엄이 선포되고 나라가 혼란에 빠졌다. 집단 간의 갈등이 증폭되고 환율은 급등하여 경제에 미치는 파장이 커갔다. 모두 자기만의 목소리를 높이고 있으니 나라가 참으로 어수선하다. 국민은 착하고 현명하며 애쓰는데 자리를 맡은 이들은 말로만 서로 옳다고 주장하고 행동은 멋지게 하려고만 하니 스스로 부끄러운 줄 알아야 한다.

서로의 마음을 털어놓으면 상대의 불편한 구석을 이해할 수 있다. 세상 사람이 사는 곳에서는 갈등이 있게 마련이다. 우리 인류종이 다정함이라는 인자로 만물의 영장으로 번성하여 온 것이 사실이라면 우리는 언제나 이 협력적 의사소통 능력을 발휘할 수 있다. 비록 적이라 할지라도 함께 살아가야 할 인류이자 동료임을 잊지 말아야 한다.

현규

큐브 도사 현규[1]
머리보다 빠른 손
손보다 빠른 큐브
더 많은 세상을 열어본다

절대 음감 현규
허둥지둥 달려온 바이올린
쏟아진 눈물방울엔
시집가는 누나의 미소가 담겼다

---

1) 여동생 민주의 아들, 곧 생질이다.

올려 보니 현규

어느새 훌쩍 커버린

집 떠나는 과학도의 꿈

언제쯤 영그나 부푸는 청운

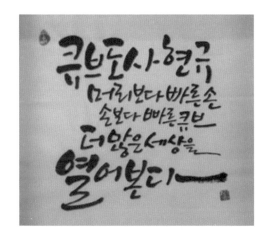

말없이 꽃대를 밀어 밀어 올렸다

2부 당신을 만나야겠다는 간절함

선생이 되어 학교에서 만난 그들과 나의 이야기이다.

문둘레

그 넓은 들판 두고서
굳이 블록 틈으로 핀 이유는
나도 꽃 봐달라는 간절함

바람불면 어디로 갈지 몰라
이곳에서 꼭 한번
당신을 만나야겠다는 간절함

손 편지

나는 수많은 손 편지를 보관하고 있다. 잘 버리지 못하는 습성 때문이다. 주로 학생들이 보내온 편지이다. 긴 편지글도 있지만 작은 카드에 써서 놓고 간 감사의 글이 대부분이다. 다른 물건들을 찾다가 우연히 편지 상자를 열어보는 식으로 몇 년에 한 번쯤 읽어보기도 한다. 착한 마음들이 보인다.

젊었을 때 받은 편지 중에서 잊을 수 없는 편지가 두 통 있다. 지금은 편지 종이 색이 바래 누렇게 변하였지만, 그 글의 내용만큼은 선명하게 남아 있다.

내가 부산대학교 입학시험에 합격하였다는 소식을 들으신 조부님께서 곧바로 축하의 편지를 써서 우편으로 보내 주셨다.

秉樹 奉見(병수 봉견)

祝 大學入學 合格(축 대학 입학 합격)

二月 一日 正午(2월 1일 정오)

祖父 書(조부 서)

오날 충무 고모님으로부터 드러 아랐다.

其間(기간)의 苦心(고심)은 水泡(수포)로 흘이고

몸 健全(건전)하고 學業(학업)에 熱中(열중)하여 成功(성공)하기를 心祝

(심축) 하노라.

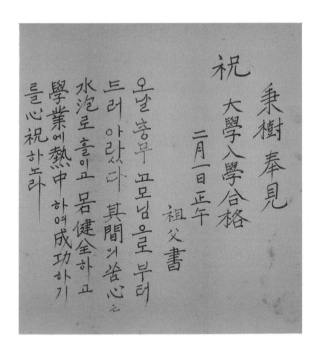

대학을 졸업하고 군에 입대하여서는 훈련소에서 조부님께 안부의 편지를 보냈다. 2주 후에 조부님으로부터 답신을 받았다.

秉樹 答書(병수 답서)

積阻(적조)하고 窮襟(궁금)하든 中(중)에 汝之手書(여지수서)를 奉見(봉견)하니 欣喜無限(흔희무한)이로다. 繼續(계속)하는 장마의 비가 자주 나리니 念慮(염려)가 이만저만이 아니다.

其間(기간) 淸健(청건)한 몸으로 訓鍊(훈련)에 熱心(열심)한다 하니 多幸多幸(다행다행)이로다. 이곳 祖父母(조부모)는 無事(무사)하니 安心(안심)하여라. 樹(수)야, 將校任(장교님) 上司任(상사님)의 命令(명령)을 服從(복종)하고 訓兵間(훈병간)의 和目(화목)과 親切(친절)하여 訓鍊(훈련)에 熱中(열중)하기를 祖父(조부)는 信之無疑(신지무의)하니 銘心不忘(명심불망)하여라. 내내 몸 操身(조신) 操心(조심) 操行(조행)하고 健勝(건승)하여 맡은 바 任務忠實(임무충실)하기를 祝願祝願(축원축원)하면서 餘(여)는 不具(불구)하노라.

7월 5일

祖父 答書(조부 답서)

(6월 24일 편지를 밧고도 조부 신양으로 있다가 7.5일에 근근히 회답을 써서 부친다. 병수야 그리 알고 잘하여라.)

秉樹 答書

積阻하고 窮樣하는 中에 汝之手書를 接見하니
欣喜無限이로다 繼續하는 장마의 비가
자주 나리니 念慮가 이만저만이 아니다
其間 淸健한 몸으로 訓鍊에 熱心한다하니
多幸々々이로다 이곳 祖父母는 無事하니 安心
하여라 樹야 將校任 上司任의 命令을 服從
하고 訓兵間의 和睦과 親切하여 訓鍊에 熱
中하기를 祖父는 信之無疑하니 銘心不忘이
여라 秉々 몸 操身 操心 操行하고 健勝
하여 맡은바 任務 忠實하기를 祝願々々하
면서 餘는 不具하노라

7.5日

祖父 答書

참고(參考) 欣喜無限(기쁘기 한이없다)

積阻(막힌자) 窮樣(궁한 모양) 汝之手書(너의편지) 接見(접하여 본다)

念慮 繼續 淸健(건강) 信之無疑(믿고 의심) (하지않다)
염려 계속 청건   신 지 무 의

銘心不忘(명령함을 잊지마라) 來來(오는 올) 健勝(건강) 同 淸健(건강)
명심불망   래래   건 승

餘(남아 있는말) 不具(일변이 말을다 못함)
여   불구

글 속에 담긴 조부님의 사랑에 하염없이 눈물이 흘렀다. 조부님은 그해 가을부터 노환으로 자리에 누우셨고, 군에 있는 나의 안부를 늘 궁금해하셨는데 결국 1985년 음력 시월 이십일일에 별세하셨다. 나는 특별 휴가를 얻어 5일간의 조부님 장례를 치른 후 소속 부대로 복귀하였다.

조신, 조심, 조행은 지금까지도 명심하여 잊지 않고 있다.

"나는 연하장 말고 매년 300통 이상의 손 편지를 보내고 있다…. 편지는 사랑이고 배려이며 기다림이다."

2018.1.15. 국제신문의 세상읽기 칼럼에 기고한 조 교장선생님의 '손 편지 쓰는 비효율적인 삶을 꿈꾸다'의 일부이다. 조 교장님은 일 년에 손 편지 300통을 쓸 정도로 마음 씀씀이가 진심인 분이다.

나도 흉내를 조금 내볼 요량으로 직접 촬영한 사진으로 학교 엽서를 만들어 신입생과 졸업생을 축하하고, 수능을 앞둔 3학년 학생들에게는 격려하는 손 편지를 써서 전달하였다. 학교를 방문하는 손님들에게도 일일이 이름을 적고 좋은 글귀로 맞이한다.

금정고에 부임하여서도 2024년 6월 학교 엽서에 전교생의 이름을 일일이 적어 가며 격려와 깨우침의 글귀를 써서 전달하였다. 감동받았다는 여러 학생이 답신을 보내니 도리어 내가 감동하게 되었다. 교장과 학생이 편지를 주고받은 아름다운 일이 부산일보 기사로 보도되기도 하였다. 오래전 교육청에서 모셨던 조선백 교육국장님께서 오랜만에 행복한 기사를 보셨다면서 직접 전화를 주셨다. 학교 구성원 간의 갈등이 심화하고 있는 작금의 교육 현장과 지역사회에 따뜻한 울림을 선사하여 인성 교육의 본보기로 충분히 삼을 만하다며 격려해 주셨다.

언론과 방송에 홍보할 목적이 아니었는데 누군가가 제보하여 기사화되었다. 그러자 부산교통방송에서 라디오 인터뷰 요청이 들어왔다. 이왕지사 이렇게 되었으니 사양하지 않고 인터뷰에 응하였다.

"매거진 인터뷰 시간입니다. 최근 부산의 한 고등학교에서 정말 훈훈한 소식이 전해졌습니다. 이 고등학교의 교장 선생님이 6백 명이 넘는 전교생에게 일일이 손 편지를 써서 건넸다고 해요. 학생들도 교장선생님의 손 편지를 받고 감동의 답장을 보내기도 했다고 하는데요. 이 훈훈한 풍경의 주인공, 직접 만나보겠습니다. 금정고등학교 강병수 교장선생님, 전화 연결돼 있습니다. 안녕하세요?"

"네, 안녕하세요. 금정고등학교 교장 강병수입니다."

"교장 선생님, 정말 존경스럽습니다. 요즘 손 편지 한 장 쓰는 것도 참 귀한 풍경인데, 어떻게 전교생에게 손 편지를 쓰실 생각을 했는지 대단하신데, 정말 6백 명이 넘는 전교생에게 편지를 쓰신 거예요?"

"네, 1, 2, 3학년 전교생 603명에게 써주었습니다."

"모두 603명의 학생에게 손 편지를 전달한 건데, 한 글자 한 글자 직접 쓰는 일이 쉽지가 않잖아요. 꽤 오랜 시간이 걸린 건 물론이고 체력적으로도 정말 힘들었을 것 같은데, 어떠셨어요?"

"하루 100장 정도 쓰려면 4~5시간씩 걸리니 손가락이 제일 아팠죠. 눈도 침침하고 오랜 시간 꼼짝하지 않고 쓰다 보니 마지막에는 허리가 좀 불편해서 2~3일 고생했습니다. 도중에 만년필촉이 무디어져 불편했는데, 마침 교감선생님이 가지고 계신 것을 주셔서 도움이 되었습니다."

"아이들에게 전해진 편지에 어떤 내용이 담겼는지도 궁금한데, 어떤 말씀을 전하셨어요?"

"세 글귀를 준비했는데, 정호승 시인의 '아무도 반달을 사랑하지 않는다면 반달이 보름달이 될 수 있겠는가'라는 글귀는 사랑하는 마음과 겸손의 미덕을 강조한 것이고요, '마음속에 푸른 바다의 고래 한 마리 키우지 않으면 청년이 아니지'라는 글은 미래의 꿈을 못 찾아 헤매고 있는 학생들을 격려하는 글입니다. 마지막으로, '여전할 것인가, 역전할 것인가. 꾸물거리기보다 꿈을 걸어야 한다'라는 어느 분의 글을 인용했는데 나태함을 경계하고자 적어 주었습니다. 끝에는 학생의 이름을 일일이 적고 도전을 응원한다는 메시지를 함께 써주었습니다."

"학생들의 반응도 뜨거웠을 것 같거든요. 어땠어요?"
"여러 학생이 답장을 써서 들고 오고, 복도에서 만나면 감사하다는 얘기를 많이 하니까, 오히려 제가 더 감동하였습니다. 저와 학생들 간에 서로의 감성을 확인할 수 있었으니, 저도 기분이 아주 좋았죠."

"어떻게 학생들에게 편지를 쓸 생각을 하셨는지도 궁금해요. 특별한 계기가 있나요?"
"이전에 근무했던 부산남고나 부흥고에서도 직접 촬영한 사진으로 학교 엽서를 제작하여, 방문하시는 손님이나 학부모님께 환영의 메시지를 적어 드리고, 또 수능을 앞둔 3학년과 3월에 입학하는 1학년 학생들에게는 격려와 축하의 글을 써주었습니다. 학교 홍보도 되고 학생들 격려도 하고…. 금정고에 와서는 교정의 민들레와 수국이 필 때까지 기다렸다가 엽서를 만들고 이번에 전교생에게 주었는데, 어떻게 기자분이 전해 듣고서 찾아오시는 바람에 알려지게 되었습니다."

"교장 선생님께서 교직에 계신지가 거의 40년 정도 되시는 걸로 알고 있거든요. 오랜 교직 생활을 해 오셨는데, 교장 선생님만의 교육 철학이 있을 것 같아요."

"젊은 교사 시절엔 학생들을 자꾸 변화시키려고만 했죠. 제가 정한 방향으로만 끌고 가려고, 좋게 말하면 열정이지만 잔소리 많은 깐깐한 선생이었죠. 중견 교사 시절엔 어떻게 하면 좋은 대학에 많이 합격시킬 것인가에 힘을 쏟았죠. 아파트 단지가 있는 동네에서 제법 소문도 났었어요. 전설의 3학년 부장으로…. 그런데 장학사가 되고 교감 교장이 되고서는 아이들이 무엇을 바라고 있는가, 그들의 고민은 무엇인가라는 관점에서 학생들을 바라보게 되었어요. 제가 일정한 방향을 정하는 것이 아니고, 제각각의 고민을 들어주고 재능을 키우도록 도와준다는 관점에서 학생들을 만나고 있습니다."

"요즘 교권 침해다 뭐다 해서 학교에서 훈훈한 풍경을 보기가 쉽지가 않잖아요. 요즘 학교 풍경에 대해서는 어떻게 생각하세요?"

"2000년대 초반의 잠자는 교실 풍경은 사라졌다고 봐요. 학교에서 다양한 프로그램을 운영하고, 학생 중심의 수업도 많아지고 해서 공교육의 기능이 많이 회복되었다고 봅니다. 다만 우리 사회가 일등주의와 출세, 경쟁주의, 자기편만의 주장들이 난무하다 보니, 학교 구성원 간에도 일부 목소리가 높아지는 경우도 있지만, 대부분 학생과 교사 간에는 칭찬과 격려, 기다림 이런 게 학교 현장에서 일어나고 있습니다. 한 번의 칭찬과 한 번의 야단 만으로 교육 활동을 판단하기는 어렵습니다. 학교마다 사제의 정을 주고받는 학교로 나아가는 노력을 하고 있습니다. 학부모 님들도 성장통을 겪는 자녀들이 스스로 알을 깨고 나올 수 있도 록 조금 더 기다려주어야 합니다."

"요즘 아이들 치열한 입시 경쟁 속에 공부하느라 정말 고생 많 잖아요. 그런 아이들에게 진심 어린 응원과 위로를 전하셨는데, 앞으로 아이들이 어떻게 자랐으면 하시는지요?"

"모든 아이에게는 제각각의 재능이 있습니다. 재능을 발견하 기만 하면 노력은 저절로 따라오게 마련입니다. 그러므로 교육 은 재능을 발견하고 키우도록 지원하는 역할을 해야 합니다. 학 생들은 무조건 공부를 잘해야지 하는 노력보다는 자신의 재능을 찾기 위하여 다양한 분야의 경험 학습을 해 보기를 추천합니다. 그래야 자신이 누구인지, 어떤 분야에 자신이 있는지를 알게 됩 니다. 그런 다음에 도전하는 거죠."

"끝으로 후배 교사들에게, 아이들에게 한 말씀 하신다면요?"
"삶은 계획대로 되지 않는 경우가 훨씬 많습니다. 그래서 인간관계에 갈등이 생기게 마련입니다. 그러니 세상의 일을 '예스'와 '노우'만으로 판단해서도 안 됩니다. '사랑하는 힘, 스스로 질문하는 능력', 이 두 가지를 잘 키우기만 하면 아름다운 일들이 많아질 겁니다. 학교의 모든 선생님 힘내시고, 우리 학생들에게도 꿈을 찾아가는 도전에 응원의 박수를 보내드립니다. 감사합니다."

　손 편지가 가지는 힘이 대단하다. 쓰는 이의 정성은 늘 받는 이를 향한다. 받는 이도 그의 정성을 오래도록 기억한다.

털머위꽃

나비가 자꾸 불러서
왼쪽으로 기울인 노란 털머위꽃
가위에 싹둑 잘려서도
겨울 내내 견디어 냈다

그 힘으로 봄날엔
새잎까지 틔웠는데
부지런한 박 주사가
제초제 처방을 내렸다

돌 틈에 자라는 놈들은 되는데
이놈은 왜 안 된다는 것인지
싹수 노란 놈도 기다려보고

잘 키워봤으면

꽃대 잘리고 제초제 처방까지
두 번이나 좌절한 이놈을
나는 꼭 지켜 볼랍니다
노란 꽃망울 터뜨릴 때까지

털머위꽃 2

두 해를 기다려
노란 꽃망울 터뜨린 털머위꽃
가위 날과 제초제 보다 무서운
외로움도 견디어 냈다

여름내 몰아친 폭우와
거센 바닷바람과
할머니 손에 뜯겨간 상처조차
애달픈 눈길 한번 없었지만

말없이 꽃대를
밀어
밀어

올렸다

좌절과 외로움 떨치고
마침내 노란 꽃망울 터뜨린
그대
가을에 봄이 왔구나

털머위꽃 사건

가을이 되면 부산남고 교정 곳곳에는 털머위꽃이 피어난다. 해송 나무 아래로 온 세상이 샛노랗다. 습기가 충분한 반그늘 지역에서 잘 자라기 때문에 바다에 연한 남고 교정은 털머위꽃이 자생하기에는 최적의 장소이다. 경상도 방언으로 흔히 머구라고 불리는 머위 잎사귀처럼 잎이 넓고 뒷면에는 잔털이 나 있어서 털머위라는 이름이 붙었다. 국화과의 여러해살이풀인데 넓은 초록색 배경에 국화 모양의 노란색 꽃이 피면 장관이다.

조경석 틈새로도 잘 자란다, 심지어는 보도블록과 건물벽 사이에도 필 정도로 자생력이 강하다. 어느날 우연히 건물벽과 보도블록 틈새로 피어난 털머위꽃이 내 눈에 발견되었다. 오른쪽 꽃대는 수직으로 바로 올라갔는데 왼쪽 꽃대는 왼쪽으로 곡선을 그리며 기울어져 피어 있었다. 마치 학생이 수업에 집중하지 않고 창문 밖을 내다보는 모습으로 느껴졌다. 그래도 그 두 모습이 균형감이 있고 서로 다른 맛이 있어 아름답게 보였다.

몇 장의 사진을 찍어 단톡에 올리고서는 왼쪽 놈이 왜 기울어졌는지 궁금하다는 글을 올렸다. 나비를 부르는 듯하다거나 바깥세상을 기웃거리는 모습이라는 등의 답글이 올라왔다. 꽃의 모습을 의인화하여 나름의 해석을 내놓았다. 나는 입가에 미소를 띠면서 이놈들을 매일 찾아와 잘 있는지 또 감상해야지 하는 마음의 다짐을 하였다.

며칠 후 연구학교 협의회가 있는 날이었다. 행사 준비에 많은 수고를 하지 않게 하려고 간소하게 하라고 당부해 두었다. 그래도 외부의 지도위원이 참석하는 행사라 담당 선생님은 협의회 장소를 예쁘게 꾸며 놓았다. 그런데 다과야 필수로 준비해야겠지만, 복주머니에 비스킷을 담아 놓는 센스라고 할지 그것까지도 그러려니 생각했는데, 모든 참석자의 책상마다 작은 물병에 꽂아놓은 꽃장식이 눈에 들어왔을 땐 굳이 이렇게까지 하지 않아도 되는 데 하면서 어쨌든 준비하시느라 수고하셨다는 말씀을 드렸다. 나는 인사 말씀을 끝내고 다음 순서가 진행되는 동안 내 책상 위의 꽃병 속의 꽃을 자세히 들여다보았다. 교정에 만발한 털머위꽃을 잘라서 한두 개씩 담아 놓은 것이었다. 순간 깜짝 불안한 생각이 들었다. 혹시 어제 그 꽃을 꺾었으면 어쩌나 하는 걱정이 들었다. 그때부터 협의회 내용이 귀에 잘 들어오지 않았다.

자꾸만 건물 한 모퉁이에 피어 있던 꽃들의 모습이 떠오르고, 해송 나무 아래의 수많은 꽃 중에 한두 개씩 잘라왔겠지라며 안심하는 생각을 해봤지만, 그 꽃들이 잘렸으면 어떡하나라는 불안감도 가시지 않았다.

회의가 끝나자마자 나는 손님 배웅은 안중에도 없이 그곳으로 뛰어나갔다. 아 이럴 수가…. 왼쪽으로 기울어 핀 그놈이 싹둑 잘려져 있었다. 엄청 슬펐다. 해송 나무 숲속에서 표나지 않게 몇 개 끊어오면 될 일을 하필이면 그 아이를 잘랐는지…. 원망스러웠다. 하지만 아무 소리도 하지 않았다. 어쩔 수 없이 지켜볼 뿐이었다. 꽃대가 잘린 채로, 오른쪽 꽃대는 저 홀로 겨울을 보냈다.

다시 새봄이 왔다. 5월이 되니 여기저기서 새잎이 돋아났다. 건물 모퉁이의 그들도 연두색의 새잎을 띄웠다. 반가웠다. 가을이 되면 새로운 꽃대가 올라올 모습이 기대되었다. 비록 꽃대가 잘려 안타까웠지만, 오히려 기다리는 맛을 안겨준 것이 고마웠다. 며칠 동안 아침마다 살펴보니 잎사귀가 점점 자라는 것이 보였다. 희망이 부풀어 갔다. 일주일이 지났다. 주말을 잘 보냈는지 살펴보러 갔다. 그런데 처참한 광경이 펼쳐졌다. 차마 눈 뜨고 볼 수 없을 정도였다. 모두 갈색을 띠며 완전히 말라 죽어 있었다. 아예 초록색이 보이질 않았다. 주말 동안 도대체 무슨 일이 일어났는지…. 이놈들이 무슨 잘못을 했길래 이 지경이 되었는지 기가 찰 노릇이었다.

행정실로 들어와서는 모퉁이의 털머위꽃이 다 죽었다며 안타까움을 토로하였다. 그러자 박 주사님이 주말에 블록 틈새로 올라온 잡초들을 제거하느라 곳곳에 농약을 좀 주었다고 하였다. 그 말을 들은 나는 물 몇 바가지를 들고 가 그놈들 주위로 물을 부었다. 조금이라도 씻겨내려 가기를 기도하면서…. 일 잘하시는 박 주사님을 야단칠 수는 없는 노릇이었다. 자신의 직무에 충실하였기 때문이다. 단지 내가 그들을 애지중지한 것이 잘못이었다.

2주가 지났다. 놀라운 일이 일어났다. 다시 새잎이 돋아난 것이다. 아직 봄이 채가시기 전이라 뒤늦게 올라온 것인지, 내가 물을 몇 바가지나 부어서 그런지는 몰라도 어쨌든 새잎이 돋아났다. 여름이 되어 잎들이 여럿 올라왔지만 무성하지는 않았다. 농약 기운에 힘을 내지 못한 것이다. 당연히 가을엔 꽃대를 하나도 올리지 못했다.

다시 겨울이 지나고 또 새봄이 왔다. 5월이 되었다. 작년보다 크지는 않았지만 반짝이는 연두 잎이 올라왔다. 이번에는 하는 기대감이 생겼다. 6월이 되었다. 실버봉사단은 학교 운동장의 잡초를 열심히 뽑아 주셨다. 학생 수가 계속 줄어들고 여름엔 체육관에서 체육 수업을 주로 하니 운동장엔 잡초가 무성하게 뻗어나갔다. 휴지 줍기와 같은 청소 허드렛일이 주 업무였는데 운동장 잡초가 하도 많길래 잡초 제거를 요청드렸다.

스탠드 위에서 내려다보니 어르신들이 얘기하면서 소일거리로 운동장을 잘 정리해 주셨다. 며칠이 지났다. 학교가 워낙 넓으니 실버봉사단 어르신들이 어디에서 무슨 작업을 하는지 모를 때가 있었다. 행정실의 강 주무관 말씀으로는 오늘은 본관과 후관 주변에서 잡초를 뽑는다고 하였다. 그러려니 생각하였다. 점심 식사를 하고서는 털머위 그들이 있는 곳도 살펴볼 겸 해서 학교를 한 바퀴 둘러보았다. 또다시 놀라운 일이 일어났다. 이번에는 어느 할머니께서 잎사귀를 손으로 뜯어 버렸다. 잡초인지라…. 그나마 다행이었다. 뿌리까지 파내지 않아서. 같이 걷던 김 교무부장은

"교장선생님! 그러지 마시고 여기에 주의 표지판을 붙여서 앞으로는 이런 일이 안 생기도록 하면 어떻겠습니까?"

"아니다. 제 운명대로 사는 거다. 이젠 어쩔 수 없으니 지켜봅시다."

그러고는 여름을 보냈다. 그동안 뒤늦게 올라온 잎사귀들이 제법 무성해졌다. 또다시 혹시나 하는 기대감이 생겼다. 학교 안에서도 소문이 퍼졌다. 저 꽃은 교장선생님이 아끼는 꽃이니 절대

로 손대지 말라는 소문이 돌았다. 가을이 되었다. 가느다란 꽃대가 보였다. 꽃망울이 달렸는지 매일 들여다보았다. 드디어 시월 말이 되었다. 꽃망울 두 개가 맺혔다. 꽃망울이 있어도 활짝 핀다는 보장은 없었다. 계속 기다렸다. 두 주일 동안 계속 조금씩 꽃대가 올라왔다. 그러고는 마침내 꽃망울을 터뜨리며 노란 꽃을 피워냈다. 왼쪽으로 기울였던 원래의 모습대로였다. 나의 입가에 미소가 저절로 나왔다. 아니 환호성을 질렀다. 드디어 이놈이 꽃을 피웠구나. 대견스러웠다. 가위에 싹둑 잘리고, 농약에 쓰러지고, 태풍과 비바람을 견디고 할머니 손에 뜯겨간 상처에도 말없이 꽃대를 밀어 올린 그놈이 고마웠다.

교실 창문 넘어 바깥세상을 기웃거리는 학생이 더러 있다. 공부에는 영 관심이 없는 학생들이 있게 마련이다. 그들이 꿈꾸는 세상도 나름대로 있기 마련이다. 내 눈에는 왼쪽으로 기울어진 털머위꽃이 꼭 그렇게 보였다.

두 번이나 꽃을 피우지 못하고 좌절하였지만, 마침내 꽃망울 터뜨린 것처럼 우리 학생들도 언젠가는 자신의 꿈을 이루어 낼 수 있다는 믿음을 더욱 가지게 되었다. 우리가 할 일은 그들을 믿고 격려하고 기다리는 것이다.

4월 월기(月記)

　새 학년 새 학급을 맡은 3월 한 달은 이래저래 바쁘기 마련이다. 바람 같이 지나간 달이 아쉽다고 세월 타령쯤 해 봄 직한 4월의 봄이 왔건만 바쁘기는 더했다. 컴퓨터 속을 헤집어 남아 있는 파일을 세어 보았다. 학급 담임으로서 일상적으로 행하는 학급 업무와 수업 준비를 위해 작성한 파일을 제외하고서라도 자그마치 20건이 넘는 각종 계획이나 보고문서가 가득했다.

　집단따돌림 대책, 기숙사점검 결과 불량자 명단, 1999학년도 학생 생활 안내, 학교토론문화 형성 계획, 학교생활 자기점검 질서지수, 학생 건의사항 처리, 수련활동 계획 등 없어진 것까지 합한다면 한 달 동안 대략 30건, 하루 서너 시간은 꼼짝없이 문서 생산에만 매달렸으니 정시 퇴근은 달나라 얘기쯤 된 지 오래다. 하긴 달 보며 별 보며 다닌 덕에 달력 없이도 음력을 훤히 꿰뚫었을 수 있었다.

첫째 주, 오랜만에 맛보는 식목일 연휴이다. 아이들 데리고 기장 죽성의 도자기 굽는 곳에 들러 구경하고, 왜성에 올라서서 푸른 바다 배경으로 사진도 찍으며 오래간만에 아빠 노릇을 하였다. 아이들이야 놀이공원을 희망하였겠지만, 그런 곳은 복잡하다는 핑계로 다음을 약속하고 무시한 것이다.

다음 날, 식목일에는 나무를 심어야 하는데 왜 안 심느냐고 아침부터 따져 묻는 첫째의 항의를 과감히 외면하고 달콤한 낮잠을 실컷 잤다. 아! 누가 만들었을까, 식목일을 공휴일로 하자고.···. 11월 육림의 날도 중요한데, 조국 강산의 산림녹화여!

둘째 주, 논문 하나 써 볼 참으로 그놈의 계획서 마감일 나흘 앞두고 만드느라 허겁지겁 뚝딱뚝딱. 그래도 점심 저녁 두 끼 급식은 시간 맞추어 꼭꼭 먹으니 뱃살만 자꾸 나온다. 나중에 선정되었다고 연락이 왔으니 밥값은 한 셈이었다. 금요일 오후, 수련활동 장소를 정하려고 경북 영천까지 가서 보니 다른 학교 잡아놓고서는 다른 날짜를 잡으라는 사장의 거드름에 속이 상했다.

셋째 주, 무슨 평가 기준인지 뭔지 출장을 가야 하는데 뭐가 그리 바쁜지 오후 3시가 조금 못 되어 겨우 학교에서 출발하였다. 교육청에 도착하여 4층 대강당으로 들어가니 텅 비어 아무도 없었다. 날짜를 잘못 알았는가? 근래 들어 어이없는 일을 여러 번

하는 건 늘어난 흰머리와 비례하는 것은 아닐까? 허겁지겁 연수원으로 차를 몰고 가니 다행히 이제 막 연수가 시작되었다. 그래도 연수하면 지리 강, 열심히 듣고 질문도 하고 6시에 마치고는 다시 학교로 와서 늦게까지 있다가 퇴근하였다.

다음 날 수업을 오전에 몰아서 다하고 오후에 또 출장을 갔다. 이번엔 남해. 남해까지 3시간 남짓, 국제중학교에 근무하는 후배 강 선생에게 운전을 맡기고 미안했지만 쏟아지는 잠에는 어쩔 수 없었다. 수련회 코스를 단단히 점검하고 숙소 예약을 하고서는 저녁에 또다시 학교로 돌아왔다. 전화로 순두부 2개 시켜놓고서…. 무슨 놈의 학교에 보물이라도 있는 건지 참으로 알 수 없는 일이다. 이날 밤에는 교내 논술대회가 열렸다. 우리 반의 지애 양이 최우수상을 수상하였다.

넷째 주, 수요일 저녁엔 국제문화이해 보고서를 다 읽고서는, 초청 강사였던 2학년 4반의 효진 양의 아버님께 편지를 썼다. 과학 철학을 전공하신 김유신 교수님의 강의에 질문을 던진 학생은 역시 우리 반의 지애 양이었다. 지애 양은 뉴턴이 떨어지는 사과를 보고 느낀 것을

"보이지 않는 힘의 존재가 신의 전능성에 기반한다."

라는 설명에 대하여 의문을 제기하였다. 나는 김 교수님께 보고서 중에 의문점이 있다고 하니 직접 답신을 부탁드린다는

편지를 쓰고 지애의 보고서를 복사하여 동봉하였다. 고맙게도 일주 뒤에 김 교수님은 답신을 보내왔다.

"뉴턴은 인간의 합리적 이성으로는 이해하기 어려운 만유인력이라는 아이디어를 바로 수식화함으로써 증명해 낸 이 사실은, 당시 종교개혁이라는 인식의 변화라는 틀 속에서 이루어진 것이다."라고 친절하게 답변하여 주셨다. 이날 밤에는 교내 수학·과학 경시대회를 치렀다.

목금 이틀 동안에는 기숙사 방의 문을 일일이 열어 점검하고 단단히 혼을 내었다. 기숙사 생활의 어려움을 이해하여 어느 정도는 묵과하기도 했지만, 남녀 학생이 함께 있는 학교 기숙사라 여간 신경을 쓰지 않을 수 없는 일이다. 일부 학생들을 단단히 혼을 내고 나니 1반의 모 군이 '벌을 받는 사람이 다시는 그렇게 안 해야 하겠다고 생각만 한다면 벌을 그만 주어도 되지 않습니까?'라고 메일을 보내왔다. 급한 성질에 화부터 났다. '문제의 본질과 과한 벌의 관계'에 대해서 장황하게 설명하였다. 그리고는 '너그러움이 강함보다 훌륭한 것임에는 틀림이 없으나 나의 너그러움은 정작 꼭 필요할 때에 쓰일 것'이라고 못 박았다. 우리는 왜 컴퓨터로만 얘기하는가? 혼을 낸 여학생들에겐 미안했다.

토·일요일에는 교육청에 불려 갔다. 장학사로 계시는 은사님 덕에 종일 서류만 만지다가 녹초가 되었다. 마치고 돌아서는데 곽 장학관님께서 불러서 갔더니 모레까지 원고를 써내고 연수

강의를 해달라는 것이었다.

　다섯째 주, 출근해서 수업 시간 외에는 글쓰기에 전념했다. 이래저래 짜내어 정리하니 밤 10시가 되었고 곧바로 교육청에 들고 갔다. "이만하면 어떨는지요?"하고 원고를 내밀었다. 참으로 훌륭하다며 금요일 오후에 교육청 강당에서 중·고교 선생님 400명 대상으로 발표해야 하니 시간 맞추어 오라고 하신다. 자정이 다 되어 가는데도 퇴근도 못하고 대낮같이 불 켜 놓고 일하시는 장학사님들을 보니 모레까지 제출해야 할 중간고사 문제 걱정은 접어둘 수밖에 없었다.

　드디어 금요일, 무사히 연수 강의를 마치고 강당을 나서는데 어디서 들려오는 귀에 익은 목소리….

　"형부, 잘 들었어요!"

해비타트 자원봉사

여름방학이 시작되면서 8월 말까지 이어지는 나의 일정을 보신 어느 선생님 曰,

"강 선생! 여름방학에 좀 쉬셔야죠. 그렇게 바쁘니 사모님이 좋아 하실랑가?"

"그래도 점수 따는 방법이 다 있죠."

2003년 8월 12일 아침, 7명의 학생과 함께 채 여물지 않은 벼 이삭의 가벼운 인사를 받으며 논 옆에 바싹 붙은 야트막한 산 초랭이를 돌아서니 아직 뼈대를 다 감추지 못한 다섯 채의 이층집이 서 있었다. 삼척시 갈천동….

삼척은 내가 서른이 넘은 이후로 부산과 고향 땅을 제외하고는 가장 많이 밟아본 곳이다. 우리 집 큰아들의 둘째 이모의 친정이 거기에 있다는 이유로, 방학 때마다 빠지지 않고 또 틈나는 대로 들르다 보니 족히 서른 번은 넘었을 것이다. '지리연구회'에서 답사 프로그램을 진행하는 업무를 맡았을 때는 같은 전공의 선생님들을 모시고 버스를 전세 내어 삼척을 소개한 적도 있다. 그것도 모자라 학교의 학생들을 데리고 강원도 오지를 답사할 때도 삼척은 늘 빠지지 않은 단골 메뉴였다. 죽서루나 환선굴 같은 유명한 관광지가 아니더라도 내 안목을 즐겁게 해줄 자연경관이나 산골 사람들의 삶이 배어 있는 마을을 찾아다니는 일은 보통 재미가 아니었기 때문이다.

삼척은 정선 못지않은 산골이다. 바다가 내려다보이는 시골에서 어린 시절을 보내어서 그런지 바다를 낀 들녘 풍경에 익숙한 나로서는, 앞뒤로 가파른 산들이 막아선 산골 마을 풍경이 처음에는 답답해 보이기도 했다. 한편으론, 후덕하지 않은 경작지를 일구며 살아가는 그네들의 말 없는 뚝심을 대하는 것 같아 점차 범상찮은 곳으로 각인되어 갔다. 어떠한 어려움도 거뜬히 견뎌낼 만한 사람들이 사는 곳…. 어쨌든 삼척은 내가 이 나라 강토 중에서 애지중지하는 지역이 된 것임이 틀림없다.

　이런 나만의 사연을 가진 삼척이 작년 여름 끝 무렵 하룻밤 사이에 휘몰아친 '루사'의 폭우로부터 당한 상처는 말로써 형언하기 어려울 지경이었다. 두말할 것도 없이 내 아이의 외갓집 안위가 우선 걱정되기에 날이 새자마자 달려가 보았으나 50여 리를 앞두고서는 산인가 들인가, 강인가 길인가를 분간하기 어려운 산천에 넋을 잃고 말았었다.

　해가 바뀌어도 쓰러지고 할퀴어진 마을 앞에서 눈물만 고였던 기억이 아직 벗겨지지 않았는데, '사랑의 집 짓기' 자원봉사자 모

집은 찢기어 나간 그 상처를 달래줘야 하는 의무감에 사로잡힌 나를 자극할 만하였다. 해마다 방학이면 학생들을 데리고 나가 며칠 동안이라도 한솥밥을 먹어야 직성이 풀리는 탓에 몇 년 전부터 '학생들과 함께하는 방학 프로그램'을 해왔던 나의 구미에 딱 들어맞았다. 집안일로 치자면, 청소기라도 돌려달라는 아내의 구박에 내가 하고자 하는 일이 처삼촌 벌초 따위의 일은 아니라면서 면피라도 할 절호의 기회였던 셈이다.

하지만 지리 교사들의 대마도 답사 인솔과 두어 군데의 외부 강의, 8월 하순까지 이어지는 보충 수업 일정으로 안 그래도 빡빡한 여름방학 기간에 2박 3일의 일정을 보태었으니, 고3 담임이 아니면서도 온통 일로만 채워진 방학을 보내게 될 나로서는 동료 선생님으로부터 그런 핀잔을 들을 만도 하였다.

하루걸러 내리던 장맛비도 그쳤다.

"해비타트 오~예!" 구호와 함께 시작된 첫날의 어색함이 사라지기까지 긴 시간이 걸리진 않았다. "위 잉", "뚝딱뚝딱", "조심하세요", "수고합니다" 소리는 현장 속의 나를 깨닫기에 충분하였다. 합판을 모양대로 자르고 맞들어 붙이기, 무거운 석고보드를 나르고 방습제인 타이백을 두르는 일, 가로세로 줄을 못 맞추어 몇 번이고 새로 붙여야만 했던 외벽 작업, 물먹은 시멘트 나르기, 어느 하나 쉽지는 않았지만, 누구 하나 서로를 탓하거나 미루지 않고 즐거운 마음의 구슬땀을 흘렸다. 소금기 밴 땀방울이 눈을 찔러도 뿌듯해져 오는 마음을 주체하기에 어려웠다. 모두가 함께한다는 마음은 즐거운 감동이 아닐 수 없었다.

5개 동으로 나누어진 우리 일행은 제각기 알아서 맡겨진 일들을 하느라 식사 시간 외에는 만나지도 못하였다. 저녁 식사 후 좁은 숙소에 남학생 다섯 명과 같이 지냈던 기억은 또 하나의 재미였다. 마흔이 넘어서 십대의 같은 방 친구가 되었던 그날의 추억들….

초인종 소리 같은 핸드폰 음악에 한밤중 방문을 열었던 나, 동양화 맞추기 놀이라도 하자는 나의 제안에 "너희끼리 하라"던 최 군의 막 나감, 어스름한 달빛에 비친 새털구름을 가리켜 은하수를 찾았다고 좋아하더니 새벽녘에 곯아떨어져 무거운 다리를 나에게 올려놓으며 횡설수설하던 하 군, "안 그렇나?" 하는 물음에 항상 한 박자 반 늦게 "예?"하는 버릇을 가진 김 군의 허를 찌르는 유머….

주택 헌정식 때 자원봉사자를 대표하여 행운의 열쇠를 증정하면서 맞잡았던 입주자의 손에서 전해오는 감사의 정을 느끼며 마무리한 '삼척 사랑의 집 짓기' 자원봉사 활동! 처가 동네에 발품과 팔품을 모두 팔았으니 이만하면 아내에게 점수 생색낼 만도 하다면 나만의 착각인가? 어떤 여름휴가보다도 달콤하고 진한 추억의 여름 향기를 전해준 해비타트 자원봉사였다.

봉사활동을 다녀와서는 학생들에게 보고서를 쓰게 하였다. 이런저런 이유로 2학기를 마칠 무렵인 12월에야 책을 만들 수 있었다. 아래의 글은 보고서 책자에 실은 나의 발간사이다.

작년 태풍 루사가 남긴 참혹한 현장 삼척을 찾은 것이 계기가 되어, 여름방학 때 해비타트 자원봉사에 참가하게 되었다. 수십 수백의 자원봉사자들의 손이 어려운 이웃의 따뜻한 보금자리를 만들어 가는 과정을 직접 경험할 수 있는 '사랑의 집 짓기' 행사는 개인적으로도 즐거운 기억이지만, 함께 참여하였던 학생들로서도 의미 있는 첫 경험이 되었을 것이다.

한여름 뙤약볕 아래에서 이마에 송골송골 맺힌 땀방울의 의미도 새길 틈도 없이 집짓기에 몰두하였던 어린 친구들이 자랑스럽다. 하늘을 가릴 듯한 웅장한 아파트 건물 아래에서 아침이면 학교로 밤이면 학원으로 점수 따기 경쟁을 위하여, 공부에 찌든 학창 시절을 보내는 그네들이 언제 한번 이마에 맺힌 땀방울을 수건으로 닦아보았을까?

단 한 번일지라도 몸 안에서 몸 밖으로 쏟아져 나오는 이슬처럼 투명한 땀방울을 보며 즐거워하는 그네들이 자랑스럽다. 땀의 소중한 의미를 계산하기 전에 절로 나는 흥을 깨달았기에….

길지 않은 동행의 길이 너무나 재미있었기에 비록 서투른 문장
이지만 책으로 남겨 오랜 추억으로 삼고자 한다.

현재 군 돕기 모금

2002년 부산국제고에서 해운대 신시가지에 있는 양운고로 이동하였다. 집 근처라 이젠 밤늦게 퇴근할 일은 없게 되었다. 늦게 일하는 날에도 집에 가서 저녁 밥을 먹고 다시 학교로 와서 일을 해도 될 정도로 가까운 학교였다. 1학년 2반 담임을 배정받았다. 전임 학교에서 개교에 따른 업무 부담과 마지막 해에는 3학년 부장 업무를 맡아 두 아들보다는 남의 집 아들 키우는 데 더 많은 시간을 보냈다. 그래서 집에서 가까운 학교로 이동을 희망하였고 뜻대로 되었다.

학년 전체를 관리하는 업무에서 벗어나니 일이 훨씬 줄었다. 대신 전공 관련 공부와 연구회 활동을 더 왕성하게 할 수 있었다. 부산교육과학연구원(지금의 부산교육연구정보원의 전신)이 관리하는 교육연구회 지리분과의 회장을 맡았다. 총무로는 조수정 선생님을 위촉하여 도움을 받았다. 사례 발표, 서낙동강 유역 답사와 전북 내륙지방 하계답사 등 지리분과회 본연의 활동 외에도 전국지리올림피아도 예선 대회 행사 때에는 많은 회원 선생님이 무보수로 동분서주해 주셨다.

10월 19일에는 실천 사례를 발표하는 날이었다. 그런데 회장인 내가 부득이 불참하게 되었다. 원로 교사까지 초대하였는데 난감하게 되었다. 부득이 불참하게 되어 송구하다는 인사말을 편지로 적어 총무 선생님에게 대신 전하여 달라고 하였다. 나는 그 며칠 전에 대학입학수능시험 출제본부의 검토위원으로 차출되어 이미 오대산 자락 어디엔가에 입소하여 아무런 연락을 할 수 없었기 때문이다.

어느덧 4주가 지나 수능 날 저녁에 출소하였다. 한밤이 되어서야 겨우 집을 찾아갈 수 있었다. 집을 겨우 찾아 가게 된 사연은 그사이 아내가 이사한 것이었다. 원래는 12월 말에 이사할 예정이었는데 우리 집으로 이사 들어오는 분들의 요청으로 우리가 일찍 집을 비워주어야 했다는 아내의 설명이었다. 새로 계약한 아파트 단지는 멀지 않은 곳이라 알고는 있었지만, 동호수는 정확히 알지 못했던 나는 알아서 찾아오라는 아내의 말에 당황했다. 자정을 넘겨 부산에 도착할 무렵 다시 전화를 하니 아내는 그제야 동호수를 알려주었다. 천만다행이었다. 까딱했으면 가정을 위해 멀리 돈 벌러 갔던 순진한 내가 쫓겨날 뻔했다. 수능 출제본부에 있는 동안 그곳에 출장 온 많은 사람이 이러다 집사람이 도망가겠다는 농담이 나의 현실이 될 뻔한 사건이었다.

여독을 채 풀지도 못한 채 학교에 출근하여 교장·교감선생님께 출장을 보내 주신 것에 대한 감사의 인사와 무사히 일을 잘 마치고 돌아왔음을 보고드렸다. 다음으로 부담임이셨던 정 선생님께 한 달간 학급을 맡아 주신 것에 대하여 감사의 인사를 드렸는데, 뜻밖에도 우리 반의 현재 군이 서울아산병원에 입원해 있다는 소식을 전해주셨다. 급성백혈병이라는 말씀과 함께….

순간, '내가 패착을 뒀구나!' 하는 생각과 미안한 마음으로 어찌해야 할 바를 몰랐다. 나는 모든 일에 섬세하고 걱정이 많은 성격이라 학교에 야간자습을 하는 학생들이 남아 있으면 안심이 안 되어 섣불리 퇴근도 잘 못하는 편이었다. 그래서 밤늦도록 남는 일이 많았다. 그런데 학교를 한 달이나 비우고 출장을 다녀왔으니 이런 일이 생겼다는 자책감이 들었다. 물론 내가 학교를 비웠다고 해서 그 병이 생겼다고 할 수는 없지만 내가 없을 때 이런 일이 생겼고 나는 그것도 모른 채 다른 일에 몰두하고 있었다는 점이 마음에 걸렸다.

주말에 서울아산병원을 찾아가 현재 군의 증상과 향후 치료 과정 등을 소상히 여쭈었다. 골수 이식을 해야 한다는 점과 무엇보

다도 상당한 액수의 비용 마련이 쉽지 않다는 점이었다. 글리벡
이라는 치료제가 보험 적용이 되지 않았고 골수 이식 수술 비용
도 만만치 않았다.

"현재야 힘내라! 친구가 있다"

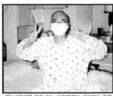

급성 백혈병, 힘든 투병생활
양운고 격려 편지·모금 운동

"현재야, 힘내라!" "제가 니 별 보이제. 그래, 실제로는 별에게 있을지 모르지만 네 주위에 뭐 수많은 친구들이 있다 아이가? 넌 혼자가 아니야" 땐땐글 나와서 농구 한판하자?"

급성 백혈병으로 입원한 양운고 1학년과의 '현재'에게는 서울 아산병원 병상에서 친구들의 편지가 닿긴 편지를 읽으며 자신도 모르게 눈물을 흘렸다.

현재는 10월 중간고사가 끝나면서 그동안 계속된 감기 증세가 낫지 않아 종합병원을 찾았는데, 뜻밖에 급성 림프구성백혈병이란 진단을 받았다. 소설에서나 있음직했던 일이 자신에게 일어난 것이다.

'치료부 이상'이란 막연한 공포와 함께 서울아산병원에 입원하여 평생 검진을 받고 항암 치료를 받기 시작하였다. 골수이식 수술을 받지 못한 경우에는 3년이 넘게 항암치료를 받아야 한다. 현재는 항암제 투여 때문에 구역질이 나와도, 온 몸에 힘이 빠져도 당신의 가슴에 하늘이 무너져 내렸을 부모님 심정을 헤아리려 애고 있다. 입원한지 별써 한달, 교실에서 함께 공부하던 친구들이 그리워질 즈음에면 편지를 현재는 일별도 넓게 읽었다.

현재의 부모님은 자식의 치료에 마련을 위해 여렵게 마련한 소형 아파트를 팔기도 했었다. 작은 회사에 다니는 아버지와 동네 슈퍼에서 파트타임 일로 일하는 어머니의 수입만으로는 거금의 치료비를 충당할 수 없기 때문이다.

이러한 사정을 알게된 학교에서는 성금을 모금하고 있다. 학생들뿐만 아니라 학부모, 동네 아파트 주변들, 현재가 졸업한 양운중학교의 후배들까지 성금모금에 뜻으로 주었다. 약국을 운영하는 빈규 어머니는 백혈병에 관한 여러 자료도 보내 주셨다.

지난 22일에는 대한적십자 현액콘의 현혈 이동차들이 학교로 와 많은 친구들이 헌혈에 참여해였으며, 학부모들과 선배들도 그동안 도와 주었던 현혈 증서를 기증하였다. 현재가 입원한지 별써 한 달이다 되었다. 교실의 자리는 모두 바쁘앉아도 현재의 자리1년은 현재가 치료를 끝내고 돌아와 앉을 때까지 비워두기로 했다.

현재가 완치되기까지 얼마나 오랫동안 치료를 받을 건지 모른다. 하지만 우리학교 선생님과 친구들은 현재가 나을 때까지 계속 도울 것이다. 많은 사람들이 우리 친구 현재를 십시일반의 마음으로 도와주었으면 좋겠다.

／손재형／양운고 1

급성백혈병을 앓고 있는 이현재군이 병상에서 친구들이 보내온 편지와 헌혈증서를 보고 투병을 다짐하는 모습과 이군을 돕기 위해 헌혈하는 친구들(사진 아래).

월요일, 학교로 출근하자마자 '백혈병 학생 돕기 계획 추진 일
정'이라는 걸 먼저 만들었다. 직원회의 공고부터 시작하여 학생
회와 학급회 개최, 학생·학부모·교직원 성금 모으기 운동, 가정통
신문 발송, 출신 중학교와 거주지인 두산동국아파트 주민에게

협조 요청하기, 위로 편지 보내기, 헌혈 운동과 헌혈증서 모으기 등의 순서로 일정을 짜고 교장·교감 선생님의 허락을 받아 시행하였다. 11월 27일에는 반장 이름으로 보도자료를 작성하여 이와 같은 활동이 국제신문에 보도되기도 하였다.

헌혈증서는 무려 162장이나 모아졌다. 3학년의 김지하 양이 18장을 모았고, 김주영 양은 인터넷으로 도움을 요청하여 알지 못하는 분들로부터 14장이나 기증을 받았다. 성금은 전교생과 교직원을 필두로 학부모, 같은 아파트 주민, 지역 인사 등 곳곳에서 십시일반의 마음으로 기탁 해주셨다. 학부모이신 최은희 부경대 무용학과 교수님은 민주공원에서 자선공연을 개최하여 수입금 전액을 성금으로 보내 주시기도 했다. 해를 넘겨 3월 초까지 모금한 금액이 자그마치 3천100만 원이 넘었다. 모두의 정성이 놀라웠다. 나는 모금액 전액을 어머니에게 송금하였다.

현재 군의 부모님은 소형 아파트를 처분하고 경기도 광명으로 이사를 하였다. 자식의 치료비 마련을 위해 어렵게 마련한 아파트를 팔기로 한 것이다. 작은 회사에 다니는 아버지와 동네 슈퍼에서 시간제 점원으로 일하던 어머니의 수입만으로는 거금의 치료비를 충당할 수 없기 때문이다. 현재의 어머니는 병원을 비울 수 없으니 간호에 전념하였다. 잠시 짬을 내어 가사를 하는 등 밤낮으로 애를 쓰셨다. 바쁜 와중에도 나에게 편지를 보내 현재 군의 상황과 앞으로의 치료 일정을 알려주시면서 성금 모금에 감사하다는 인사도 잊지 않으셨다.

2년여 시간이 지났다. 회복에 힘쓰던 현재 군은 결국 하늘의 별이 되었다. 마음 아픈 일이었다.

이 일로 나는 나중에 교감·교장으로 근무하면서, 담임선생님이 장기간 출장 가는 것에 대하여 제동을 걸거나 재고할 것을 주문하였다. 이것 또한 미안한 일이기도 했다.

당시에 물심양면으로 도움을 주셨던 많은 분께 감사의 마음을 지니고 있다.

다랭이마을 소풍

나는 학생들을 데리고 현장학습 가는 것을 좋아한다. 지리 전 공자의 특성이다. 2학기 중간고사가 끝나고 학년 회의가 열렸다. 여러 담임이 소풍지를 선정할 때 영화 한 편을 보거나 가까운 경 승지를 산책하자고 의견이 모일 때쯤 나는 학생 수가 너무 많으 니(그때 2학년 학생이 400명가량이었다), 이번엔 학급별로 가자 고 하였다. 결국 소풍 장소는 학급별로 정해졌다.

영화 관람, 해운대 바닷가 산책, 미술관 전시회 구경, 어느 남 학생반 두 담임은 연합하여 바닷가 낚시로 정하였다. 나는 유독 특별하답시고 '남해 다랭이마을 농어촌 체험활동'으로 정했다. 그것도 관광버스를 타고 가기로…. 아마도 다른 선생님들은 하여 튼 별나다고 했을 것이다.

부산에서 멀리 떨어진 남해 다랭이마을까지 소풍을 가기 위해서는 아침 일찍 떠나야 했다. 반드시 지켜야 할 안전 규칙도 물론 전달하였지만, 나는 그런 것보다는 무조건 엄마가 싸주는 도시락을 지참할 것을 소풍 참가의 필수 조건임을 종례 시간에 누누이 강조하였다. 새벽에 일찍 일어나 김밥을 준비할 어머니들에겐 미안하였지만, 먼 훗날에 학창 시절 소풍의 추억으로 엄마의 도시락 정성을 떠올리게 하기 위함이었다. 매일 학교가 차려주는 급식에, 용돈으로 쉽게 사 먹을 수 있는 간식보다 엄마의 정성속에 담긴 가족의 소중함을 느끼게 하고 싶었다.

아침 7시 무렵에 전세버스를 타고 서둘러 떠나 오전 10시에 다랭이마을에 도착하였다. 다랭이마을은 농촌 체험 마을로 지정되어 체험관광 프로그램을 운영하였다. 마을의 청년회장이 마중을 나와 간단한 마을 소개를 한 뒤에 우리 학생들은 마을의 할아버지, 할머니, 아주머니들과 함께 짚으로 새끼 꼬기 체험, 고구마 캐기, 바닷가에서 톳과 고동 따기 등으로 즐겁게 지냈다.

마을회관에서 '새끼꼬기 대회'가 열렸다. 조별로 대표 선수를 뽑아 잠시 연습을 한 후 시작 신호를 기다렸다. 이겨야 한다는 마음에 약간의 긴장감이 흘렀다. 할아버지의 팔이 올라갔다가 "시작" 소리와 함께 팔이 내려오면 새끼를 꼬아야 한다. 할아버지의 "준비" 구령과 함께 팔이 올라갔다. 몇 초 후 할아버지는 힘차게

"시~통"이라는 구령과 함께 팔을 내렸다. 순간 누구도 새끼꼬기를 시작하는 학생은 없었다. 무슨 말인지를 몰랐기 때문이다. 지켜보던 나는 혼자서 배꼽이 빠지고 눈물이 나올 정도로 웃었다. 학생들은 "시~통"이 무슨 말인지 모르니 가만히 있었을 뿐이고, 할아버지 할머니들은 왜 학생들이 안 하는지를 알 수가 없으니 그저 "야들아, 빨리 안 하나?" 하며 어리둥절해하는 모습이 너무나 우스웠기 때문이다.

'시통'은 서부 경남에서 쓰는 '시작'의 일본식 방언이다. 어르신들에겐 일제강점기를 보냈던 어린 시절부터 입에 익었던 단어이다 보니 아무렇지 않게 사용하였고, 도시의 아이들은 태어나서 처음 듣는 단어였다. 결국 내가 학생들에게 '시통'이 곧 '시작'이라는 설명을 해주고 나서야 비로소 할아버지의 "준비! ~ 시~통!"이 마을회관에 힘차게 울렸다.

조별로 새끼꼬기 시합을 한 후, 들에 나가서는 고구마를 캤다. 또 마을에서 10여 분 거리에 있는 해안의 자갈 마당으로 이동했다. 자갈 해변에서 즐거운 도시락 식사를 한 후에는 할머니, 아주머니들과 함께 홍합과 고동을 따기도 하였다. 자연산 홍합과 고동은 마을에서 준비한 냄비로 즉석에서 삶아 까먹는 즐거움도 있었다. 마지막으로 다랭이마을의 유래가 된 논배미를 만든 과정과 마을 수호신에 대한 설명을 듣고 농촌 체험 소풍을 마쳤다.

버스를 타고 돌아오는 길에는 모두가 지쳐 잠들어 있었다. 시골 사람들의 따뜻한 정을 가슴으로 느꼈던 즐거운 가을 소풍의 추억을 꿈에서 다시 한번 꿈꾸는 소녀들이었다.

3학년 부장

교육청 파견교사 1년을 마치고 양운고로 복귀하면서 3학년 부장을 맡았다. 전임인 부산국제고에서 3학년 부장을 하고 전근한 지 4년째에 다시 3학년 부장을 맡게 되었다. 2년 전에 1학년 부장을 했던 학년이라 한 해를 건너뛰어 3학년에서 다시 만나게 된 것이다.

교육청 중등교육과에서 파견교사로 근무하면서 대입 관련 업무를 주로 맡았었기로 그 연장선상에서 학교 현장의 진학지도를 맡는 것에 큰 어려움이 없었다. 처음 3학년 부장을 맡았던 부산국제고 시절에는 오로지 열정 하나만으로 시간 가는 줄도 모르고 대입전형을 분석하고 그에 맞는 학생들을 대상으로 진학 상담을 하느라 밤낮을 잊고 열심히 근무하였다. 이제는 행정 업무 능력도 갖추었고 교육청의 정책 방향을 읽을 줄도 알고, 업무 관련 지인들도 두루 확보하였기에 학년부 일에는 더욱 자신감과 추진력을 가지게 되었다.

2월 말 학년 담임 조각을 끝내자마자 교육청의 학교논술 지원 프로그램인 토요학당 거점학교를 신청하여 선정되었다. 자체 조사 결과 학생들의 86%가 논술 수업을 받은 경험이 없었고, 인근 세 학교 교사의 96%도 논술 지도를 한 적이 없었다, 학교 간 운영협의회를 개최하여 연계 학교의 강사 각 1~2명 외에 우수 강사 확보를 위하여 외부 강사를 적극 활용하기로 하여 대학 강사 3명과 타교 선생님 2명을 섭외하여 모두 9명의 강사진을 구성하였다, 수업은 논술의 기초, 주제 강의, 실전 연습 세 가지 영역으로 구분하였고, 강의 일정은 1학기에 3회, 2학기에 2회 편성하였다.

4월 1일에 첫 회 개강을 하였다. 이웃에 있는 부흥고와 신도고 학생들이 토요일 우리 학교에 와서 수강하는 학생 이동형이었다. 강사 이동형보다 행·재정적 관리가 수월하고 1인당 수강료가 쌌기 때문이다. 다만 중심학교로서 업무 담당을 맡은 나는 강의 외에도 학생 출결 관리까지 맡아야 했으므로 부담이 되긴 하였다. 그래도 당시에 유행하던 논술 사교육 시장을 따라잡기 위한 교육청의 논술 프로그램인 토요학당을 직접 기획하고 운영해 본 경험이 큰 자산이 되었다.

프로그램 명칭은 '토요 논술 아카데미'로 정하였다. 세 학교에서 매회 50여 명이 모였다. 토요일마다 3~4시간씩 17차시 분량의 논술 글쓰기와 논제 분석, 주제 강의를 다루었다. 당시 대입 논술이 세간의 관심이 큰지라 부산일보에서 취재를 나와 수업 장면을 찍고 인터뷰도 하였다.

우리 학교 학생은 잘 따라왔다. 왜냐하면 오전에 자습하고 점심 식사 후 오후 2시부터 시작하는 수업의 강의실인 3층의 도서관으로 이동하기만 하면 되었기 때문이다. 장소가 주는 편리함 때문이었다. 부흥고와 신도고 학생들은 아무리 가까운 곳이기는 해도 그래도 버스로 두세 정류장을 이동하여 우리 학교로 오는 게 불편하였던 모양인지 갈수록 출석률이 떨어졌다. 결국 여름방학 때인 3회차에는 우리 학교 학생 20명, 신도고 학생 12명이 수강하였고, 부흥고 학생은 두 명만 신청하였다.

당시 수시 1학기 전형이 있었다. 고려대학교에 1명, 서강대학교에 2명, 이화여대에 1명 등이 합격하는 성과가 있었다. 7월 하순 무렵 서강대학교 입학본부에서 연락이 왔다. 입학처장이 직접 양운고를 방문하여 학교논술 지도 프로그램에 대하여 알고 싶다고 하였다. 일자를 정하여 약속을 잡았다. 며칠 후 김영수 입학처장이 직접 방문하였다. 부산의 특목고에서도 서강대 수시 1 논술 전형에 1~2명만 합격했을 뿐인데, 일반고인 양운고에서 2명이 합격한 비결을 물었다. 토요 논술 아카데미를 설명하였더니 공교육에서 학교논술만으로도 논술 전형 대비가 가능하다는 사례라고 하였다. 펴낸 책을 참고로 드렸더니 다음 주에 우리 학교 관련 기사가 조선일보에 보도되었다.

2학기에는 학생 별로 일대일 지도를 하였다. 대학별로 예시 문제와 기출문제를 주고 학생의 답안에 첨삭지도를 하는 방식으로 지도하였다. 매번 글을 읽고 적색 펜으로 첨삭하는 방식으로 일일이 설명을 해주었다. 거기에다 EBS의 논술 첨삭 프로그램에도 첨삭지도 강사로 자원하여 틈틈이 첨삭 내용을 올리느라 퇴근 시간은 늘 자정이 되어야 했다. 일찍 퇴근하라는 경비 아저씨의 눈초리도 여러 번 받았다.

2007 대입에서 엄청난 성과를 얻었다. 11~12월에는 매일 유수의 대학 합격자가 쏟아져 나왔다. 합격자 명단 현수막을 도로에 내걸지 못하는 제한 때문에 학교 안 벽면에 현수막을 걸어 축하를 해주었다. 서울대 7명을 포함하여 무려 95명이 최상위 10개 대학에 합격하였다. 워낙 합격자 수가 많아 정사각형으로 만든 대형 현수막을 건물 벽면에 걸었다. 1·2학년 학생들에게 자신감을 가지게 하고자 하는 의도도 있었다.

이듬해에도 3학년 부장을 맡게 되었다. 박 교장선생님께서 "당신 말고 없는데 우짜노?" 하는 말씀에 못 이기는 척하며 다시 한번 더 3학년 부장을 맡았다. 그 해 2008 대입에서도 105명이 상위 10개 대학에 합격하는 쾌거를 이루었다.

당시의 나는 전공과목인 세계지리 고등학교 교과서를 집필하였고, 수능 대비 한국지리 100제와 참고서를 출간하는 등 개인적으로 교과 지도에서 완성도가 절정에 달한 시기였다. 학년 담임 진용도 좋았다. 학생 상담과 교과 지도 경험이 풍부한 선배 교사와 이제 열정을 막 쏟아내는 후배 교사들의 노력이 함께 어우러진 결과였다. 거기에다 논술 전형에 관심을 두고 논술 지도 연수 수강과 함께 손수 교재를 제작하는 등 대입 논술 지도에 매진한 것이 상위권 대학의 논술 전형에서 다수의 합격자를 냈다. 이런 저런 입소문으로 2007년 가을에는 동아일보사의 초청을 받아 논술 지도 우수사례를 발표하기도 하였다. 광화문 네거리에 있는 동아일보 빌딩에서 하는 발표였다. 부산 촌놈이 출세했다. 이렇게 하여 적어도 해운대에서는 전설의 3학년 부장이 되었다.

2년간의 대입지도 자료집을 만들었다. 무려 500페이지가 넘는 두꺼운 책자를 다섯 권 인쇄하여 한 권은 내가 소장하고 네 권은 학교에 보관하도록 하였다. 다음 학년도 3학년부에서 참고로 활용할 수 있도록 하기 위함이었다.

당시 사교육 업체의 고액 논술 과외 비용은 사회적 문제였다. 논술교육을 위해 공교육에서도 충분히 경쟁력 있는 지도 프로그램을 만들어 냄으로써 사교육비 경감에 이바지한 자부심이 컸다.

이 해를 끝으로 20년 간의 평교사를 마감하고 2008년 3월부터 부산시교육청의 장학사로 전직하였다.

채린이

2007년에 다시 3학년 부장을 맡게 되었다. 한 번도 수업을 담당하지 않았던 학생들이라 우리 반뿐만 아니라 학년의 대부분 모르는 학생들이었다. 담임들의 양해를 얻어 전체 학급 학생들의 생활기록부를 열람하여 성적과 특성을 빠르게 파악하였다. 또 성적 외에도 비교과를 많이 반영하는 전형이 있었으므로 봉사활동처럼 각 분야의 특성이 뛰어난 학생이 있다면 추천해 달라고 요청하였다. 예를 들어 '개인 봉사활동 시수가 연간 100시간 이상인 학생'과 같이 조건을 들어 담임들에게 요청하였더니, 전체 학생 중 세 명이 있었다. 두 명은 특별한 배경이나 지속성 측면에서 나의 시선을 끌지 못했다.

채린이는 김 선생님 반의 여학생이었다. 생활기록부에 적힌 내용을 보니 고교 생활 2년 동안 200시간이 넘는 봉사활동을 한 곳에서 해왔다. 어느 날 불러서 그 배경을 소상하게 듣게 되었다.

3살 때 후천성 심장병을 앓았던 채린이는 당시 한국에 있는 한 요양원과 재미교포 학생의 도움으로 재정적 문제를 해결하고 미국에서 수술받을 수 있었다. 병이 완치된 후 자신이 받은 도움을 반드시 사회에 환원해야 한다는 부모님의 말씀에 스스로 다짐한 채린이는, 자신이 치료받을 수 있도록 도와주었던 바로 그곳 '성 바오로 요양원'에서 중학생 때부터 봉사활동을 시작했다. 처음엔 간단한 환경 정리나 사무 보조 작업으로 봉사활동을 시작하였지만, 성실한 활동은 곧 그곳의 선생님으로부터 신뢰를 얻게 되었고, 다운증후군, 뇌성마비 등이 있는 아이들에게 단추 잠그기, 숫자와 글자 읽기 같은 교육 프로그램을 가르치는 활동으로 지금까지 이어 왔다는 것이다. 봉사활동을 시작하면서 결심한 '매주 일요일, 3시간 봉사'를 지키기 위해 프로그램을 계획하여 실천하고 있으며, 이러한 노력의 결과로 매주 성 바오로 요양원의 장애아이들과 약속을 지키고 있다고 자부하였다.

　채린이는 장애아동의 일상생활과 학습을 지도하는 활동 외에도 요양원 봉사활동의 일환으로 한 달에 한 번은 인근 보건소에서 주민들에게 무료로 실시하는 정기검진에도 참여하여 심장병의 예방과 재발을 막기 위해 땀 흘리고 있는데, 봉사활동을 통해 얻는 기쁨과 자부심은 채린이의 한 주간을 이끌고 있다고 하였다. 봉사활동은 대상의 이해로부터 시작된다고 생각하고 장애아동이나 정신질환에 관한 책을 꾸준히 읽으면서 요양원 아이들의 행동을 이해하고 마음을 읽기 위해 노력하고 있는 채린이는 미래에 신경정신과 의사가 되어 체계적이고, 전문적인 봉사활동으로 자신이 받은 사랑을 나누는 큰 꿈을 가지고 있었다.

이런 이야기를 채린이로부터 직접 들은 나는 당시 언론을 접해 알고 있던 자원봉사대회에 나가보자고 권유하였다. 대회에 나가서 자신의 봉사활동을 자랑하는 것 같다는 부담 때문에 선뜻 나서질 않았다. 나도 자신이 받은 도움을 봉사로 보답하고자 하는 마음의 진정성을 훼손하게 하는 건 아닐지 하는 머뭇거림이 있었다. 부모님과 상의해서 결심이 서면 내가 추천서를 써주겠다고 하였다. 며칠 후 대회에 나가보겠다는 의사를 표명해 왔다. 나는 채린이의 의사 표명을 기다리는 동안 미리 추천서를 다 써놓았다. 채린이의 자원봉사 활동이야말로 진정한 봉사라고 굳게 믿었고 널리 알리고 싶은 마음이 있었기 때문이다.

부산 예선 대회는 서류만 제출하였는데 가뿐히 본선에 진출하였다. 2학기 개학 후 2박 3일 일정으로 본선 대회가 서울 신라호텔에서 열렸다. 서울까지 직접 운전하여 채린이와 함께 참가하였다. 채린이가 만든 전시 패널도 함께 싣고 갔다. 일정 중에는 청와대를 방문하여 노무현 대통령을 잠시나마 만나보기도 하였다. 결과적으로 채린이는 제9회 전국 자원봉사대회에서 친선대

사상(대상) 두 명 다음 등급의 금상(8명)에 선정되었다.

심사평은 다음과 같았다.

"자원봉사의 지속성에 강한 의지를 보이고 있다. 본인이 받은 도움을 아이들에게 봉사로 실천하는 모습에서 진실성이 엿보이며 장애인 아동들을 가르치는 데 필요한 끈기도 갖추고 있어 자원봉사 활동가로서 충분한 자질을 갖춘 것으로 파악된다."

채린이는 교과 성적도 우수한 학생이었다. 그해 입시에서 이화여자대학교에 합격하였다. 이듬해 나는 교육전문직으로 전직하여 바쁜 시간을 보내게 되면서 채린이뿐만 아니라 여러 학생과의 만남이 자연스럽게 끊어지게 되었다.

몇 년이 흘러 나는 교감이 되었고 교감으로서 두 번째 학교인 신도고에 2015년 9월 1일 자로 전근하였다. 9월에는 수시 원서 접수가 있는 달이라 3학년은 자기소개서 작성에 한참이나 바쁜 달이다. 학생들에게 조금이나마 도움이 되고 싶은 마음에 3학년 부장인 안 선생님에게 자소서 작성에 도움이 필요한 학생이 있다면 나에게 보내달라고 하였다. 몇 명의 학생이 자소서 초안을 들고 찾아왔다. 글의 골격을 세워주고 다시 써오도록 하였다. 다시 찾아온 두진이에게 봉사활동 관련 내용을 쓸 때는 이런저런 사례를 들면서 채린이 이야기를 해주었다. 놀랍게도 두진이는 채린이가 자기 누나라고 하면서 그때 그 3학년 부장 선생님이시냐고 나에게 물었다. 나는 깜짝 놀랐고 너무나 반가운 만남이었다.

　며칠 후 채린이는 어머니와 함께 학교를 찾아왔다. 함께 양운고를 떠난 지 8년 만이었다. 채린이는 약학대학에서 마지막 학년을 보내고 있었다. 지금은 어느 약국에서 하얀 가운의 멋진 약사로 일하고 있다.

푸둥에서 한 약속

6월 11일, 해외학술시찰단 속의 나

길림의 성도 장춘에서 위 왕궁을 둘러본 후 오후 1시 50분 공항으로 되돌아오니 비행기 연착 소식부터 들려온다. 공항 대기실의 TV에서는 월드컵 프랑스와 덴마크 경기가 한창이다. 부산에서 함께 간 두 명의 김 선생님은 간식이라며 컵라면을 먹는다. 대기실 안 여기저기에 보이는 이는 온통 한국의 아줌마. 아마도 연길과 백두산 관광에 나선 모양이다. 기다리다 지겨워 화장실에 일부러 가본다. 처음 장춘 공항에 도착하여 중국에서 맨 먼저 한 일이라곤 화장실 출입이었다. 국제선의 화장실은 칸막이 시설이 잘되어 있었다. 국내선 화장실은 어떤가 싶어서 가보니 반쯤 가려 있다. 점차 궁금증 더해간다. 연길에 가면 어떨까? 여자 화장실은 어떨까?

프랑스가 결국에는 덴마크에도 졌다. 스코어 0:2 예선 탈락, 전

177

대회 우승국 체면이 말이 아니다.

연길행 비행기에 오르니 연거푸 창가의 좌석이다. 인천 출발 때는 늦게 올라타 복도 쪽에 앉아 있다가 랴오둥반도 가까이 왔을 때 제일 뒤 좌석으로 자리를 옮겨 장춘에 도착할 때까지 만주 벌판을 계속 내려다보았다. 광활함! 경지와 촌락의 철저한 구분, 한국에선 볼 수 없는 경관이다. 저렇게 넓은 들의 이곳저곳에 흩어져 살지 않고, 잘 조직된 경영촌처럼 배열될 수도 있구나! 가옥들은 30~50여 채씩 줄지어 늘어선 계획적인 열촌이다. 드넓은 경작지의 중간중간에 들어선 취락, 노변에 접하거나 집 뒤에 돌아선 텃밭의 모습도 매우 인상적이다. 가옥의 재료도 모두 같다. 붉은색의 벽돌과 기와로 되어 푸른 들판과 조화를 잘 이룬다. 집촌은 세계 각지에서 가장 흔히 볼 수 있는 촌락의 형태다. 집촌의 농가는 살림하는 가옥을 중심으로 광, 가축우리, 저장 창고, 부속 건물과 마당으로 구성되어 있다. 반대로 경지는 모두 마을의 바깥에 놓여있어 가옥이 경지에 에워싸인 예는 없다.

집촌 중 가장 대표적인 괴촌은 일반적으로 구불구불한 좁은 길과 서로 엉겨 붙은 듯한 농가들이 한데 어우러져 매우 불규칙한 형태를 하고 있다. 이러한 형태는 오랜 시간 동안 어떠한 인위적인 계획 없이 자연 발생적으로 촌락이 성장한 결과이다. 중국, 인도, 서부 유럽과 같이 인구 밀도가 높고 거주의 역사가 오래된 지역에서 흔히 볼 수 있다. 그런데 여기 만주 벌판의 촌락들은 집촌이기는 하나 매우 질서 정연한 배열을 보여 주고 있어 자연 발생적인 것으로 보기는 어렵다. 그렇다고 하여 가촌으로 보기도 어렵다. 가촌은 한 개의 도로를 중심으로 양쪽으로 농가들이 서로 인접하여 열을 지어 있는 형태이다. 가촌은 계획적인 평면 구성에 따라 취락으로 성장하였기 때문에 농가들이 한데 모여 있는 모양이 괴촌보다는 훨씬 더 규칙적이다. 가촌을 구성하는 가옥의 밀집도는 괴촌에 비해 떨어진다. 그러므로 이곳의 취락 구조는 괴촌과 같이 밀집도가 높으면서 가촌의 규칙성을 어느 정도 지닌 특이한 구조를 지닌다고 할 수 있다. 아마도 가옥과 경지의 배치에 관한 정부의 제한이 어느 정도 있었지 않았나 하는 느낌이다.

장춘을 떠난 지 10분쯤, 왼편으로 송화강을 끼고 있는 길림시가 보인다. 남쪽엔 댐으로 만들어진 거대한 호수가 있다. 벌판에서와 같이 이곳 산지의 마을들도 외따로 있는 집은 없다. 오로지 집촌이다. 구름이 끼어 더 이상 아래를 볼 수 없다. 짙은 구름을 보니 아름다우나 내일 백두산 등정에 천지를 못 볼까 벌써부터 걱정이다. 17:30 곧 연길에 도착한다는 반가운 우리말 안내. 연길의 현재 기온 18℃.

높지 않으면서 기다랗게 뻗은 능선을 옆에 끼고 펼쳐진 들판에는 심은 지 얼마 되지 않은 모가 자라고 있다. 만주 벌판에서는 거의 볼 수 없었던 논을 보니 매우 반갑다. 비가 온 지 제법 되었나 보다. 학교의 운동장엔 물이 고였다. 공항을 나서 대우자동차 버스에 올라타니 조선족 안내인 태길자씨가 반갑게 맞이한다. 운전기사도 김 기사라 하니 차 안의 우리 모두 한민족이다. 태 씨 아줌마 열심히 설명한다.

압록강 변에 접한 요녕성

두만강 변에 접한 길림성

흑룡강이 흐르는 흑룡강성

오른쪽과 위에 쓰는 한글 간판

연변 사람은 함경북도 말투

용정은 두만강 넘어 처음 거주한 곳으로 인구는 21만 명

조선족이 제일 많이 거주하는 연길시

선구자 노래에 나오는 비암사, 용주사, 해란강, 용문교 모두 용정에 있으며, 과거 대성중 교사는 역사박물관으로 운영되고, 그 뒤에 있는 지금의 용정중학교는 전원 조선족 학생들이 다닌단다.

저녁 어스름에 비가 오고 날씨가 흐린데도 비암산 근처에 다다르니 신기하게도 멀리 일송정이 보일 정도로 안개가 잠시 그치었다. 민족의 정기를 보란 듯이 선명하다. 돌아서 나오니 해란강

이 흐르고 그 위로 용문교가 있다. 대성중 교문을 들어서 2층 역사박물관에 오르니 아리따운 아가씨 고운 목소리로 대성중학을 비롯한 6개 학교의 민족 교육과 항일 독립운동의 역사를 줄줄이 설명한다. 약간의 성금을 내고 나왔다.

두 달이 지난 8월 22일 오후, 양운고 탐사단

한국에서 온 수많은 관광객 사이로 역사박물관으로 들어서는 11명의 우리 학교 학생들. 시집에서 윤동주 서시를 보기라도 했는지, 그를 아는지 모르는지 학생들은 전시관의 윤동주 사진 앞에 서서 열심히 설명 들으며 고개를 끄덕인다. 아파트촌의 풍족한 생활 속에 학교와 학원을 왔다 갔다 하는 그 들이 언제 한번 잃어버린 조국의 모습을 상상이나 해보았을까? 전람관을 내려와 이번엔 운동장을 가로질러 용정중학교 1학년 교실에 가보았다. 한창 걸레질로 바쁜 여선생님께 물으니 내일이 개학이라 직접 청소한다며, 한국의 교실보다 못해 미안해하는 표정 속엔 당찬 패기도 서려 보인다. 우리네 6. 70년대의 책걸상과 작은 전등, 철문으로 된 출입문, 때 묻은 교탁, 그러나 교실 뒤쪽의 게시판 위에 쓰인 강렬한 구호 '우리의 사명은 학습'은 조선족의 높은 교육열을 상징하는 듯하다. 기념으로 중학교 1학년 여름방학 숙제장을 얻었다. 숙제장 첫머리에는 다음과 같이 씌어져 있었다.

"학생은 방학을 어떻게 보내려 하는가?"

"방학 숙제를 참답게 완수하겠습니다."
"전에 배운 내용들을 공고히 하겠습니다."

구호가 걸린 교실, 다짐을 쓰도록 한 숙제장을 보면서 그들의 정신이 살아있음을 느낀다.

대성학교를 나오니 가이드는 곰 사육장으로 가겠다 한다. 어제 가이드와 한바탕 실랑이하였더니 오늘은 고분고분 나의 요구를 다 들어주었다. 나도 마지막 일정이 끝나고 시간이 남으니 그렇게 하자고 동의하고 곰 사육장으로 향했다. 도로를 달리던 버스가 모퉁이를 돌아들어서는 순간,
"아! 여긴 바로⋯."

다시 시간을 거슬러 6월 12일 아침 6시
식사 전 혼자서 대우 호텔 앞의 허름한 동네 골목길 답사에 나섰다. 어제 내린 비로 질퍽한 흙탕길에 중국 여행한답시고 새로 산 운동화가 젖을까 봐 조심스럽게 걷는데 한 아이 다가온다.
"어디 가니?"
"불 차러 갑네다."

열 살쯤 되어 보이는 꼬마 녀석이 어깨엔 책가방을 메고 학교

에 공 차러 간단다. 순간 초등학교에 다니던 시절 일요일 아침 일찍 친구들과 뽈 차러 가자며 동네를 휘저었던 모습이 떠오른다. 유일하게 알았던 영어 단이 바로 그 뽈을 이 녀석이 똑같이 하네.

골목길 안으로 들어간 저만치에 허름한 건물 하나가 보인다. 궁금하다. 아마 아침에 볼일 보러 가는 곳이지 싶어 카메라를 만지며 입구에 들어섰다. 청년, 아줌마, 노인네 하나둘씩 들어갔다 나왔다 한다. 그러나 웅크린 자세의 한 남자와 꼬마 아이를 보고는 차마 카메라를 들이댈 수 없었다. 말로만 듣던 문 없는 공동변소!

식사를 마치고 호텔 광장에서 골목길 잡담을 늘어놓으며 서울 사는 조 선생님더러 저기 골목 안에 있는 허름한 건물 구경을 권유하였더니, 궁금증 많은 조 선생님 냉큼 갔다 온다.

"안에 들어가니 아줌마들이 실례를 하는 게 다 보여요. 그래서 엉겁결에 '실례했습니다' 하고 나왔죠. 그런데 도대체 누가 실례한 건지 모르겠네요!"

두 달 전 생각이 새롭다.
그 골목길의 끝이 바로 곰 사육장 입구였다. 웅담 선전은 나 몰라라 하고 곰 사육장을 혼자 빠져나와 반가운 그 골목길 다시 들어서는데, 젊은 아기 아빠가 아이를 업고 왔다 갔다 한다. 한국서

왔다고 소개하고 집 구경하고 싶다 하니 집으로 안내한다. 한 지붕 아래 세 집을 연이어서 지었는데 현관문을 들어서니 바로 부엌이다. 새댁이 인사하며 반기는데 아기 기저귀 빨래하던 중이었나 보다. 방은 두 칸이 앞뒤로 나란히 있어 한 칸을 두 칸으로 만든 셈이다. 방안의 벽면으로는 우리 식으로 치자면 세련되지 않은 이불장과 옷장이 놓여있다. 그러나 TV와 냉장고는 물론이고 세탁기까지 갖추어져 있어 가전제품의 보급이 일상화되었기에 속으로는 놀랬다. 비록 골목길은 포장되지 않아 질펀하고 주택들도 허름하여 별 볼 일 없어도 가전 도구는 우리네 사는 바와 별다르지 않다. 더구나 한국의 방송 드라마까지 볼 수 있다 하니, 은근히 못사는 동네 구경 온 허영에 찬 부끄러움이 내 얼굴을 붉힌다.

부엌 아궁이엔 연탄을 때는데 바닥의 높이가 방과 같다. 북부지방의 전통가옥에 정주간이 있듯이 겨울 추위 때문에 부엌을 방과 나란히 같은 높이로 만들었나 보다. 부엌일 할 때 신발을 갈아 신지 않고 할 수 있는 장점이 있다. 백문이 불여일견(百聞不如一見)이라 하였다. 지리를 공부해서 가옥구조의 대강은 이해할 수 있었지만 그래도 눈으로 확인해 보니 다시 중국 땅을 밟은 보람을 찾은 셈이다.

다시 6월 13일의 버스 안

태 씨 아줌마 가이드 쉬지도 않고 열심히 설명한다. 남편은 의사이고 자신은 한때 공무원으로 있었으나 월급이 적어 안내원으로 전직하여 요즘은 벌이가 좀 나아졌다는 얘기, 예쁜 옷을 입은 여자는 대개 조선족이란다. 그 이유가 중국인들은 생활 습관이 하도 검소하여 옷치장에 신경 쓰지 않으므로 그들의 겉모습만 보고는 빈부를 알 수 없다고 얘기하며….

연길을 떠난 버스는 한참을 달려 백두산으로 향하는데, 주위는 야트막한 산지가 있고 그 사이로 들판도 제법 넓다. 백두산 화산체의 저 아래 어딘가를 달리는지 한참을 달려도 산간 지역을 실감할 수 없다. 산간 지역이기는 하나 태백의 산지와는 너무나 달라 완만한 구릉의 경사면을 개간하여 대부분 밭으로 경작되고 있고 물이 흐를만한 낮은 지대에는 모가 자라고 있다. 벌과 같은 산지. 마치 전라도 해제 반도에서 보았던 모습이다. 산 능선 위로 난 도로가 가장 높고 저 멀리 아스라이 또 다른 능선이 보이고 그 사이로는 저기복의 파랑상 지형이 펼쳐져 있다. 달리 보면 태백 산간지에서 규모가 크지 않은 고위평탄면의 모습이 큰 규모로 펼쳐져 있는 느낌이다. 아마도 순상화산체의 측벽을 버스는 서서히 오르는 모양이다. 이렇게 몇 시간을 달렸으니, 백두의 크기를 쉽게 짐작하기 어렵다.

모퉁이를 돌아서니 제법 넓은 곡저 평야가 시야에 들어온다. 어김없이 빨간 지붕의 집들이 모여 있다. 도시와는 제법 멀리 떨어진 곳인데도 마을의 규모는 도시 주변의 농촌과 다를 바 없이 큰 편이다. 일정한 경작지와 그에 상응하는 규모의 인구를 가진 마을이 일정한 거리를 두고 분포하고 있는 셈이다. 가옥은 질서 정연하게 4~5열로 줄지어 있으며 한 곳에만 모여 있다. 아무리 찾아보아도 우리의 산간 지역에서 흔히 발견되는 외딴집은 없다. 거주 공간과 농업 활동 공간이 명확히 구분된다.

완사면의 밭에는 만주의 대표적인 농작물인 콩과 옥수수가 이제 막 싹을 틔운 정도여서 흑갈색 토양이 잘 드러나 보인다. 스쳐 지나가는 아낙네의 김매는 모습도 우리 농촌 아낙네와는 다르다. 무릎을 굽히지 않은 채 허리만 낮추어 김을 매고 있다. 중국 여인의 체형 특징이 곧게 뻗은 다리라고 하더니, 쪼그려 앉아 일하는 우리네 시골 아낙네의 다리가 그래서 숏 다리인가 보다.

이제 버스는 조금은 가쁜 숨을 몰아쉬며 서서히 산을 오른다. 비는 멎은 지 벌써 오래, 천지를 볼 수 있다는 희망을 품을 수 있어 좋다. 먹구름 사이로 희끗희끗한 밝은 흰 구름이 희망을 품게 한다. 가끔 햇살도 비친다. 그러나 백두산 입구에 도착하니 급하게 흐르는 계곡의 물살하며 주위를 둘러 한 높은 수직의 단애가 우리를 반길 뿐 봉우리들은 구름에 모습을 감추었다.

그래도 올라가면 날씨가 달라질 거야 하면서 한참을 기다리다가 오후 3시경 17번 짚차에 올라탔다. 출발 때의 시야는 괜찮았다. 그러나 곧 구름이 눈앞에 다가오면서 앞을 분간하기 어려울 정도였다. 싸락눈이 내리는 6월의 백두. 강한 바람은 백두산 접근을 허락지 않는구나. 제 앞집 동산에 오르는 것도 게을러 한 달 만에 가는 나에게 그렇게 쉽사리 모습을 보여 줄 턱이 있겠는가?

수 미터 앞도 보이지 않는 정상에 섰다. 아니 강하고 찬 바람 때문에 웅크리고 있었다. 구름은 좀체 걷히지 않았다. 기온은 영하 1℃. 체감 온도는 훨씬 낮다. 천지를 보지 못하고 하산할 수밖에 없었다. 천지가 밀어 올리는 세찬 바람에 오늘은 인연이 아닌가 보다 하며 발길을 돌렸다. 짚차를 타고 내려오는 도중 흑풍구(黑風口)라는 무시무시한 이름의 전망대에 올라서니 저 아래로 장백 폭포의 모습이 드러나니 정상에서의 아쉬움을 달랠만하다. 통천하(通天河)를 따라 흘러온 천지의 물줄기가 힘차게 세 갈래로 떨어지니 가히 장관이로구나.

빨리 내려오라고 재촉하는 클랙슨 소리를 무시하며 저쪽 언덕으로 뛰어오르니 폭포에서 떨어진 물줄기가 머나면 송화강을 향하여 힘차게 뻗어가는구나. 두만강이 아니면 어떠한가! 압록강이 아니어도 좋다! 성산의 성수가 뉘 땅을 적신들 어떠한가! 하물며 한 핏줄 동포가 개척한 땅이지 않은가?

백두산 아래 온천에서 두어 시간 휴식한다. 이도백하에서 통화로 가는 열차가 지연되므로 월드컵을 시청한다. 스페인 3 : 2 남아공, 그리고 죽음의 F조 '아르헨 집으로'라는 멘트의 뉴스를 끝으로 빗속의 백두산 등정을 모두 마쳤다. 언젠가 다시 찾아오리라 다짐하면서 이도백하 역을 향한다. 태 씨 언니가 작별을 고한다. 스스로 '예쁘진 않지만 크고 하얀 얼굴의 아줌마 언니'로 기억해 달라고 한다.

밤 11시 10분 이도백하 역에 도착. 통화 행 야간열차. 만주 벌판을 가로지르며 달리게 될 열차. 한낮에 달리면 얼마나 좋을까! 내일의 여정에 설레면서 오늘 밤은 푹 자도록 하자.

8월 21일 수요일 오전 5시

깨어나 보니 벌써 바깥은 날이 밝았다. 학생들을 깨워 짐을 챙기니 열차는 벌써 이도백하 역에 다다랐다. 첫날 심양에서 통화까지 처음 탄 야간열차 때문에 잠도 제대로 못 잔 우리 아이들. 이틀 연속 야간열차 타느라 피곤한 기색이 역력하다. 그래도 집안(集安)에서 광개토왕비와 장군총, 환도산성, 황조가(黃鳥歌)를 노래했던 국동대혈, 그리고 북한 아이들과의 만남 때문인지 제법 여행의 의미를 찾은 듯하다. 그리고 오늘은 그토록 보고 싶은 백두산 천지 오르는 날이라 모두 잘도 일어나 짐을 챙긴다.

두 달 전 열심히 안내해 주었던 태 씨 아줌마 가이드를 생각하니 오늘은 어떤 가이드를 만날까 궁금하다. 플랫폼에 발을 내려서니 사냥복 차림의 기골이 크고 부리부리한 눈을 가진 남자가 우리를 맞는다. 조그만 시골 역 모습의 이도백하 역 앞마당엔 관광객을 기다리는 버스로 가득 차 있다. 대부분 한국인, 함께 열차를 타고 왔던 서울의 교회 신도들도 보인다.

아침 식사를 한 후, 백두산 입구에 도착하였다. 짚차 순번을 기다리면서, 두 달 전의 모습과는 다른 광경이 눈앞에 펼쳐진다. 공사판이 벌어진 것이다. 주차장 아래 이편과 저편으로 갈리어 있던 남녀 화장실을 신축하고 있다. 불결하고 문 없는 두 달 전의 백두산 화장실을 '중국 답사 사진전'에 내걸었더니 놀라던 우리 학생들. 이제 관광지의 화장실 신축을 보면서 중국의 조용한 변화를 읽어낸다. 그러고 보니 여름방학이 되어 한국에서 온 대학생을 비롯한 관광객으로 주차장은 북새통이다.

짚차에 올라탔다. 공교롭게도 두 달 전 바로 그 17번 짚차. 그때 그 기사. 한국말, 중국말 대충 섞어 얘기하니 알아보는 듯하다. 날씨는 완전 쾌청. 위로 올라갈수록 깨끗하다. 이젠 천지를 볼 수 있겠구나. 짚차에서 내리자마자 한달음에 올랐다. 모두 입을 다물지 못하고 감탄을 연발한다.

구름 한 점 없는 백두산 천지!

두 달 전 눈구름 속의 아쉬움이 스르르 녹는다. '양운고 고구려 유적 및 백두산 탐사단 만세!'

에필로그

연강 재단이 마련해준 '제14회 교사 해외 학술 시찰' 일정 중, 상하이 푸둥에서 있었던 마지막 세미나에서 나는 3조를 대표하여 몇 가지 소견을 얘기하였다. 그중 한 가지는, 큰 비용을 들여 나에게 해외 학술 시찰 기회를 준 것에 대한 나름의 약속이었다.

"저는 이번 경험을 바탕 삼아 학술 시찰의 목적을 살리는 의미에서 우리 학교 학생들을 대상으로 해외 답사 프로그램을 만들어 운영해 보겠습니다."

시찰을 마치고 학교에 돌아온 후 약 두 달간 나는 다음과 같은 일을 하였다. 4박 5일 일정의 프로그램 짜기. 여행사 섭외하기, 학생 여권 발급 안내, 학교운영위원회 심의안 제출과 설명, 학생들에게 프로그램 안내, 동참할 교사 모시기, 참가 신청받기, 탐사 자료집 만들기. 탐사단의 명칭 정하기, 사전 오리엔테이션, 프로그램 시행 후 추수 교육 구상하기. 탐사 지역 중 6월의 학술 시찰 때 가보지 못했던 훈춘과 멀리 녹둔도가 바라보이는 두만강 하류 지역을 답사할 수 있었던 것도 큰 수확이기도 하다.

푸둥에서 한 약속은 지켜졌다. 가능한 한 앞으로도 그러한 기회를 만들어 많은 학생이 우리 민족의 성지를 밟을 수 있게 하겠다. 언젠가는 북녘땅을 밟으며 천지에 오를 날을 꿈꾸며…. 꿈은 이루어진다!

TAFT 고교의 TEC Workshop

2004년 양운고에서 3년째 근무하던 때이다. 나는 교육청의 교원 전문성 함양을 위한 테마 연수단 공모에 응모하여 2,000만 원에 가까운 지원금을 받았다. 지리분과회 활동을 열심히 하던 강내희, 권순표, 임종옥, 이화영, 하미혜 선생님과 통역을 맡아 줄 영어과의 신문성 선생님까지 모두 7명으로 미국 연수단을 꾸렸다. 4월부터 연수 준비를 하고 7월 여름방학을 이용하여 10박 12일의 해외 자율연수를 다녀왔다. 항공권과 숙소 등을 직접 예약하였다. 방문 학교 섭외에는 신 선배의 도움이 컸다. 주요 방문지로는 TEXAS A&M 대학, TAFT SCHOOL, CHOATE ROSEMARY HALL 등의 학교와, 오스틴, 텍사스의 어느 농장과 옥수수밭, 휴스턴의 석유 산업 경관, 오크앨리의 플랜테이션 농장, 미시시피강 삼각주와 뉴올리언즈의 흑인 문화, 워싱턴에서 뉴욕까지의 메갈로폴리스, 보스턴의 대학, 애팔래치아의 빙하지

형 핑거레이크, 나이아가라 폭포 등을 견학하였다.

연수 기간 중 후배 강 선생을 뉴올리언즈 공항 터미널에 예상치 못한 사유로 내버려둔 에피소드는 두고두고 회자하였지만, 비행기 이륙 시간에 맞추어 도착하지 못한 인솔자의 책임을 통감하였다. 뉴올리언즈 공항 터미널에 홀로 남겨진 강 선생은 핵심 영어 세 마디 "only today, Washington!"을 외친 끝에 3시간 후 워싱턴 공항에서 다시 만날 수 있었다. 톰 행크스 주연의 영화 '터미널'이 생각났다.

그날 밤 나는 강 선생에게 침대를 양보하고 속죄의 뜻으로 바닥에서 잤다.

아래의 글은 TAFT 고교와 CHOATE ROSEMARY 고교를 방문한 내용을 기록한 보고서이다.

워크숍 운영의 개요

TAFT 고교는 미국 코넷티켓 주의 Watertown 에 있는 미국 유수의 명문 사립고등학교로서 1976년부터 시작한 교사 연수 프로그램을 운영 하고 있다. 이른바 TEC Workshop (Teacher Workshops)이다. 해마다 여름방학을 이용하여 운영되는 이 프로그램의 2004년도 강좌 스케줄은 모두 5주간이다. 모두 75개의 강좌가 1주 또는 2주 단위로 개설되고, 교사들도 개설된 강좌를 1

주 단위로 신청하여 수강하는데, 연수에 참여할 수 있는 최소 기간은 2주간이다.

2004년도 연수에 참가한 교사들은 약 200명이며, 이중 미국 북동부 지역의 고등학교 교사들이 많은 편이나 멀리 서부의 캘리포니아와 남부의 텍사스주에서도 참가하였으며 심지어 중국, 기아나, 인도, 요르단, 폴란드에서 참가한 5명의 외국인 교사도 있었다.

2004년도 연수 과정의 개설과 운영은 TAFT 고교의 과학과 부장교사인 David Hostage의 책임아래 진행되고 있었다.

수업 참관

방문 당일에 참관한 강좌는 Environmental Science 과목으로 모두 14명의 교사 들이 수강하고 있었다. 교실의 좌우, 뒷면에 과학실험 기구들이 잘 정리된 교실에 서 14명의 연수교사들이 1명의 교수와 함께 토론식 강의를 듣고 있었다.

영어 듣기가 서툰 데다 전문적인 용어들이라 강의의 내용을 충분히 습득하기는 어려웠으나, '화학 물질에 의한 토양 오염의 사례'에 대하여 자신들의 의견을 제시하고 토론하는 모습이 인상적이었다. 마치 학교에서 학생들에게 수업하는 것처럼 대부분이 강의식으로 이루어지는 우리 교육연수원의 강의와 비교되었다.

　강좌의 내용은 대부분 AP(Advanced Placement) 과목을 가르치기 위한 교수법이나 교과 내용의 심화에 중점을 두고 있다. 즉, 미국의 각 고등학교에서는 대학 입시에 우수한 학생들이 선택적으로 응시하는 AP 과목을 개설하여 운영하는 데, 이 과목을 담당하는 교사들이 TAFT 고교의 교사 연수프로그램에 참여하여 교과 내용이나 교수법 관련 전문 능력을 신장하는 수업이다. AP 과목 제도는, 우수 학생들에게 더 높은 수준의 학업 기회를 주기 위해 고교 또는 대학에 AP 과목을 개설하고 이를 이수한 학생들을 대상으로 시험을 거쳐 일정 학점을 대학 점으로 인정해 주는 제도다. 미국에서는 AP 이수 과목이 많고 그 성적이 좋을수록 대한 입학에 유리하다고 한다. TAFT 고교의 연수프로그램은 바로 이 AP 과목을 담당하는 교사들을 위한 연수이다. 교사들은 짧은 기간이지만 이곳에서 나름대로 고도의 전문적 식견을 쌓은 후, 학교로 돌아가 이곳에서 배운 연수 내용을 활용할 것이다. 강의를 담당하는 강사는 대학의 교수나 전문 능력을 지닌 고등학교의 교사들이다.

한국의 교사들도 TAFT 고교의 연수 프로그램 이수가 가능하다. 물론 이를 뒷받침할 가장 큰 조건은 영어 실력을 갖추어야 한다. 그러나 최소 2주간의 연수 과정을 위하여 많은 항공료를 지불하면서 미국까지 간다는 것은 오히려 고비용 저효율의 낭비성 연수도 될 소지가 있다. 우리 스스로 교수법 향상과 교재 개발을 위해 교과 연구 활동에 참여하는 것이 우선이라는 생각이 든다.

근자에 보면 각종의 교과교육 연구팀이 활발한 연구 활동을 펼쳐 과거와 비교할 수 없을 정도로 수많은 결과물이 쏟아져 나오고 있으나, 그러한 연구 결과들이 일반화되는 사례를 찾기는 어렵다. 일부 교사들에 의해서 활발한 연구 활동이 이루어지고 있는 것이 사실이지만, 좀 더 그 저변을 확대하는 항시적인 연구와 연수 활동이 이루어질 수 있도록 교육 당국은 교사에 대한 폭넓은 지원책을 마련해 주어야 할 것이다.

우리 연수단의 또 다른 관심은 TAFT 고교에서 지리과 수업은 어떻게 운영되고 있는가 하는 점이었다. 지리 교과와 관련한 몇 가지 궁금점은 방학을 맞아 학사 운영의 일부를 돕고 있는 이 학교 졸업생이 풀어 주었다.

TAFT 고교에서 세계지리 과목은 11학년에서 필수로 채택되어 모든 학생이 수강한다. 또한 AP 과정에서도 세계지리를 개설하고 있는데, 아쉽게도 그 선호도는 세계사나 정치 등에 비해 낮은 편이라 하였다. 학생들은 대체로 미국사를 선호하는 경향이 있다고 한다. 섬머 프로그램에 지리 과목이 개설되는 경우도 극히 드물다고 한다.

학생용 섬머 프로그램 역시 5주간 운영되는데, 오전과 오후에 각 두 과목을 수강하고 있다. 오전에 편성된 강의는 90분 수업으로 진행되며, 오후는 40분 수업이다. 중간 휴식도 30분을 배정하여, 집중과 휴식을 감안한 일과이다. 오전에 중요 과목 두 개를 90분으로 배정한 것은 학생들의 일상 사이클을 고려하여 고도의 집중력을 발휘할 수 있도록 배려한 시간 편성이라 볼 수 있다.

이에 비하여 우리들의 설정은 어떠한가? 오전 8시부터 오후 1시까지 줄줄이 이어지는 방학 중 보충수업 시간표는 학생들의 건강 리듬을 전혀 고려하지 않는다. 교사 역시 집중적으로 수업을 하니 마찬가지이다. 그래도 중간에 수업이 없는 시간이 있어 나름대로 여유를 가질 수 있지만 학생들은 3~4주간 하루도 빠짐없이 연속되는 5시간의 수업을 듣기란 여간 힘든 일이 아니다.

수업 중간에 도망가는 학생을 나무라기 전에 불합리한 시간표 편성이 학생들에게 가해지는 고통을 우리 모두 한 번쯤 되짚어 보아야 한다.

TEC Workshop을 통해 본 부산지리연구회의 발전 방안

TAFT 고교의 워크숍 참관을 통해 일개의 단위 학교가 전국을 넘어 외국의 교사에게까지 교육 서비스를 제공하고 있다는 사실은 여러모로 우리에게 시사하는 바가 크다. 단위 학교가 전국의 교사를 대상으로 연수 프로그램을 운영하는 사례를 들어본 적은 없다.

학교는 교육 활동에서 일어나는 여러 가지 문제 즉, 어떤 내용을 기본적으로 다루어져야 할 것인가? 그것을 어떤 방법으로 가르칠 것인가? 어떻게 하면 학업 성취 수준을 높일 것인가? 하는 교수 학습의 기본적인 문제들을 가장 잘 알고 있는 주체이다. 이러한 교육 활동의 문제들을 누구보다도 잘 알고 있는 학교가 이 문제들을 연구하고 해결하기 위한 연수프로그램을 편성하여 운영한다면 이상적인 형태의 연수프로그램이 될 것으로 생각한다.

한편으로는 이러한 프로그램을 개발하고 운영한다는 것은 결코 쉬운 일이 아니다. 교수 활동 하나만 보더라도 교사 각 개인의 전문적인 방법과 꾸준한 노력의 결과로 점차 개선될진 데, 다수가 고민하는 공통 분모의 여러 문제 요 소들을 발견하고 이를 해결하려는 방안을 프로그램 형식으로 풀어나가는 일이란 쉽지 않다.

부산지리연구회는 교과 연구 전문 단체로서 학교 현장의 중·고교 교사들과 관련 전문가인 대학의 교수 즉, 문제 해결의 주체들로 구성된 단체이다. 그러므로 그 조직 구성원의 측면에서 본다면 앞서 설명한 학교 현장에서 제기되는 교육 활동의 여러 문제를 해결할 수 있는 적합한 전문 단체가 될 수 있다.

지난 10여 년간 부산지리연구회의 주요 활동 사업은 연간 2회의 학술 세미나와 2회의 학술 답사를 개최하고 그때마다 자료집을 발간하는 활동 중심으로 이루어져 왔다. 또한 회보를 발간하고, 통신네트워크를 통하여 그 활동을 홍보해 왔다. 세미나에서 발표된 주제들 대부분이 지리 교과와 관련된 것으로 대학을 떠나 중등 교육 현장에서 전문적인 내용을 접할 기회가 없는 교사들에게 전문 지식의 습득에 기여했다. 또한, 학교 현장의 교과교육 사례 발표를 통하여 비슷한 문제들을 고민해 온 회원들 간에 문제의식을 고양하고 폭넓은 교류의 장을 마련하였다.

아쉬운 면도 있다. 학술 발표와 답사 활동이 유수의 학회처럼 체계적이고 연계성을 갖지 못하다 보니 노력에 비하여 회원의 참여도가 낮다. 물론 학술 답사는 성황을 이루는 편이다. 아이디어 채택이라는 측면에서 이번 미국 연수 과정의 TAFT 고등학교가 운영하는 TEC Workshop을 사례로 본다면, 교과 중심의 교사

연수 프로그램을 부산지리연구회가 적극적으로 시도해 볼만 하다 하겠다.

학교 교육 환경

TAFT와 CHOATE ROSEMARY 두 개의 방문 학교들은 모두 미국 내 명문 사립고교로서 공립고교와 비교하여 대학 진학 수준이나 학교 시설 수준이 매우 좋은 곳이라 할 수 있다. 빽빽이 들어선 아파트 건물의 위용에 둘러싸인 우리네 학교의 삭막함이 초라하다는 느낌이 언뜻 들기도 한다. 넓게 조성된 잔디와 키 큰 나무숲 사이로 난 오솔길의 끝자락에 자리한 교실에서 공부하는 이곳 학생들은 저절로 공부가 될 것 같았다.

특히, 쾌적한 자연 환경, 각종 시청각 교재가 잘 갖추어진 교실, 편안하게 책을 읽을 수 있는 도서관, 정돈된 복도 게시판, 휴식과 집중을 충분히 고려한 일과 운영 시스템 등은 우리 연수단의 눈길을 끌었다.

우리나라 학교 시설도 매우 현대화되었다. 다양한 특별실이 기능적으로 잘 배치되어 있고, 실내에서도 체육활동이 가능한 체육관이나 다목적실이 설치되는 등 날이 갈수록 좋아지고 있다. 그러나 아쉬운 점은 역시 충분한 여유 면적을 갖지 못하므로 학생들의 정서적 안정을 위한 푸른 숲을 가진 교정이 드물다는 점이다. 학교에 푸른 숲을 가꾸기 위한 사업조차 정부 기관에서 하나의 연구 사업으로 추진해야만 할 정도로 삭막한 학교 캠퍼스가 우리 눈에 익숙하니, 두 학교의 드넓고 푸른 교정이 대학의 캠퍼스로 착각할 정도로 마냥 부럽기만 하였다.

이번 해외 연수 과정에서 방문한 TAFT 고등학교와 CHOATE ROSEMARY 고등학교에서 확인한 수준 높은 시설과 프로그램은 우리 연수단의 새로운 활동을 자극하기에 충분하였다.

교장선생님의 마지막 수업

인연

"강 선생님! 약간은 설레던 독도행 뱃길에서의 첫인상, 성의껏 맑게 살아가는 모습, 참으로 보기에 좋았습니다. 별도의 시간도 마련하지 못한 채 헤어졌지만, 김 장학사님만큼이나 상큼한 인연에 감사드리며 좋은 친구가 되었으면 합니다."

오래전 여름 어느 고등학교 3학년 부장으로 근무할 때, 독도 방문을 주관하셨던 장학사님께서 행사가 끝난 후 집으로 보내온 편지의 일부분이다. 독도 방문 참가자로서 주소를 제출했는데, 아마 그것을 보고 집으로 편지를 부쳤을 터이다.

당시 처음 뵈었기 때문에 통성명과 함께 잠시 담소를 나누었을 뿐인데 편지를 써서 집으로 보내 주시다니, 참 특이한 분이라 생각했다. 한편으론 함께 근무했던 김 장학사님과의 인연을 매개로 기억해 주시는 것이 퍽 고맙기도 했다. 김 장학사님이 교육청으로 떠나기 전에 같은 학교에서 쌓은 추억이 많았기 때문이다.

12년이 지난 후 나는 그분이 교장으로 계시는 고등학교의 교감으로 부임하게 되었다. 교육청에 근무하게 되면서 업무상 몇 차례 만난 적이 있었고, 또 예전에 받았던 편지 인연으로 낯설지는 않지만, 부임을 앞두고 문득, 그때 그 편지에서 무슨 말씀을 하셨는지 읽어보면 그분의 성향을 알 수 있지 않겠나 하는 마음에서 오래된 편지를 찾아보게 되었다.

다행히 책장 한편의 해묵은 수첩 속에서, 십여 년간 고요히 숨쉬고 있던 빛바랜 편지를 찾을 수 있었다. 만년필로 한 글자 한 글자 꾹꾹 눌러쓴 필체 속에 담긴 깐깐함에서 긴장감이 느껴지기도 했지만, 동시에 행간에서 흘러나오는 따뜻함에 약간의 안도감이 스쳐 지나갔다.

꿈

교장선생님은 강의하시기를 좋아하셨다. 학기 초와 말에는 어김없이 과학과 교사의 수업 시간을 빌려 수업하셨고, 강당에서 하는 전체 모임에서도 늘 파워포인트를 활용한 강의 형식으로 진행하셨다. 그러면서 자신의 수업에 늘 불만을 토로하셨다.

"수업을 통해 학생을 졸도시키겠다는 마음으로 수업 준비를

하는데 그게 참 잘 안되네. 아무래도 졸도 한 번 못 시키고 정년
을 맞을 것 같다."

크나큰 감동의 물결이 흐르는 수업을 하고 싶은데 그게 잘 안
된다 하시며 이젠 시간이 얼마 남지 않음을 아쉬워하셨다.

1학기 기말고사를 치른 후 정년퇴임을 한 달여 앞둔 어느 날,
교장선생님은 학부모 대상 특강을 하시게 되었다. 여러 주제가
뒤섞여 있었는데 강의 막바지에 이르러 당신의 꿈에 관한 얘기
를 하셨다.

"저는 지금까지 열여덟 가지의 꿈을 꾸었습니다. 초등학교 1학
년 때는 '풍선 불기', '풍금 치기'에 도전하는 꿈을 꾸었고, 4학년
때는 'UN 본부 방문', 5학년 때는 삶이 그대를 속일지라도 슬퍼
하거나 노하지 말라던 푸시킨에게 흠뻑 빠져 '푸시킨의 고향 방
문'을 꿈꾸었습니다. 중2 때는 '그룹사운드 활동'을 하고 싶어 했
고, 고등학교 때는 '선생님'의 꿈을 꾸었습니다. 1996년에는 '남
을 위해 매일 기도하기', 2000년에는 '메모하기'와 '매년 300통
이상의 편지 쓰기', 2001년에는 'Hotel California에서 숙박하기',
2005년에는 '천 권의 책 읽기', 2008년에는 '수업을 통해 학생들
졸도시키기', 2012년에는 '사진으로 우리 선생님 감동' 등이 저
의 꿈이었습니다. 대부분 이루었거나 진행 중인데요. 그런데 말
입니다. '졸도', 이게 잘 안 됩니다."

204

학부모들 사이에서 강의를 듣고 있던 나는 정말 정통으로 머리를 한 대 맞은 기분이었다. 저렇게나 많은 다양한 꿈을 꾸고 실천해 가고 있다는 사실에 놀랐고, 수업을 통해 학생들을 졸도시키고 싶다는 평소의 말씀이 허투루 하신 말씀이 아니라 당신의 오랜 꿈이었다는 사실에도 적잖이 놀랐다.

그러나 더 놀랐던 사실은, '매년 300통 이상의 편지 쓰기(2000년)'이다. 우리 집으로 배달되었던 그 편지가 바로 그해에 보낸 300통 중의 하나라는 사실을 그제야 알게 되었기 때문이다. 이런 사연이 그 편지에 있었다니! 단숨에 13년이라는 시간을 거슬러 올라간 사실이 너무도 신기하였다.

졸도

"손님을 초대하는 퇴임식은 하지 않겠지만 집사람은 초대하고 싶다."

역시 깐깐함과 따뜻함을 동시에 담은 주문이었다. 나는 여름방학 내내 퇴임식의 모양새를 어떻게 해야 할지를 구상하느라 애가 쓰였다. 당신 스스로 대단한 자긍심을 지닌 모교의 교장인 데다 현직 교육감의 출신 학교의 교장이니 주위의 관심도 있을 법하기 때문이었다. 이미 웬만한 자리에 계신 분들로부터 퇴임식 관련 전화도 여러 통 받았던 터이다.

도대체 이분의 마음에 꼭 맞는 퇴임식은 무엇일지 여러 날 고민하던 나는, 다시 그 편지를 떠올렸다.

　　나에게 보낸 편지가 당신이 이루고 싶었던 꿈의 하나였다고 생각하니, 아직 이루지 못한 '수업으로 졸도시켜 보고 싶다'라는 그 꿈을 이룰 기회를 드리자는 생각이 언뜻 떠올랐다.

　　겉으로는 교장선생님께,

　　"꿈을 이루면 대박이고 못 이루면 교장선생님 수업 능력은 여기까지이니 이젠 퇴임과 동시에 쟁쟁한 후배들에게 숙제로 남기시라."고 아무렇지 않게 말씀드렸지만, 마음속으로는 교장선생님이 그 꿈을 꼭 이룰 수 있게 해드리고 싶었다.

　　8월의 마지막 날이 되어 모든 교직원과 전교생이 강당에 모였다. 교장선생님을 소개하기 위해 단상에 올라갔다. 나는 13년 전의 편지를 낭독하고는, 편지를 보낸 주인공이 교장선생님이셨고, 편지에 담긴 사연인즉 당시 1년에 300통의 편지를 쓰겠다는 꿈을 이루기 위해 보낸 편지 중의 하나였음을 공개하였다.

　　계속해서 나는 이 사실을 최근에야 알게 되었고, 더불어 아직 이루지 못한 꿈이 '졸도'임을 알게 되었는데, 오늘 마지막 근무일에 그 기회를 교장선생님께 드리고자 한다는 말을 하였다.

　　그리고는 「조갑룡 교장선생님의 마지막 수업」이라는 현수막을 내렸다.

나의 소개는 계속 이어졌다.

"그러면 '졸도'의 기준은 무엇인가? 교장선생님의 수업이 끝났을 때, 모두가 자리에서 일어나 이 강당을 감동의 박수로 가득 채울 때, 그것이야말로 여러분이 졸도한 것으로 생각합니다. 교장선생님의 마지막 수업을 큰 박수로 요청해 주시기를 바랍니다."

무대에 선 교장선생님의 얼굴에는 교단을 떠나는 아쉬움보다 새로운 세계를 향한 설렘이 더 많아 보였다. 굳이 긴 이야기가 없더라도 학생 하나하나를 둘러보는 그 분 특유의 투박하면서도 진지한 눈길이 그간 당신이 얼마나 학생들을 사랑해 오셨는지를 충분히 설명하고 있었다.

삶과 꿈, 미래를 담아내는 인문학 수업에 이어 학생과 함께 한 기타 연주…. 그리고 이어진 노래, 그룹 라이너스의 '연'.

하늘 높이 날아라. 내 맘마저 날아라.
고운 꿈을 싣고 날아라.
한 점이 되어라. 한 점이 되어라.
내 맘속에 한 점이 되어라….

교장선생님의 수업이 끝나자, 모든 학생과 교직원은 벌떡 일어나 강당이 떠나갈 듯 우레와 같은 박수를 보냈고, 맨 앞자리의 사모님은 연신 눈시울을 붉히고 계셨다.

그날 교장선생님은 기어이 당신의 열일곱 번째 꿈을 이루고 교단을 떠날 수 있게 되었다.

언젠가 우리가 다시 그분을 만날 때면, 아마도 그는 호텔 캘리포니아의 기타 애드립을 그룹 Eagles보다 더 잘 연주하고 있을 것이며, 어느새 멋진 인생 노트를 책으로 엮어 펼쳐 보일 것이다. 그리고 아름다운 우리 강산을 두루 다니시며 끊임없이 멋진 사진들을 보내 줄 것이다.

이 글을 쓰는 동안에도 여전히 교장선생님의 말씀이 머릿속을 맴돈다.

"학교장은 동기 유발자로서 매력을 갖고 아이들을 움직이게 하려면 끊임없이 유혹해야 합니다. 교육은 지식 전달이 아니고 에너지 전달이기 때문입니다."

부산고를 떠나는 날

2015년 8월 29일

주말이 지나면 2년간 정들었던 부산고등학교를 떠나 신도고등학교로 자리를 옮긴다. 오늘도 출근하여 오전에는 '다 같이 토론대회'에 참가한 학생들을 열심히 응원하였다. 오후에는 자기소개서 지도하느라 바빴다. 지난 3월에 지도교사를 모시지 못하여 길 잃은 학생들의 지도자를 자임했던 '스콜라스 토론동아리'와의 마지막 활동이었다.

양 군은 용돈을 절약하여 선물을 샀다며 음료수를 건넸다. 마음이 울컥했다. 어제도 한 녀석이 교무실로 찾아와서 "교감샘이 우리 학교에 같이 계셔주어서 고맙습니다." 하며 매점에서 사 온 캔 커피를 내밀었다. 고마운 마음에 달콤한 커피를 단숨에 들이켰다.

오후 늦게는 흔히 골통이라고 불리는 세 녀석이 작별 인사를 하러 왔다고 한다. "나 월요일까지 근무한다!"라고 하니 그때 다시 인사하러 오겠다며 머리를 긁적거리며 웃는다. 이 모두가 고마운 일이다.

저녁 무렵에 책상 정리를 다 하고 사물을 들고 나오니 수경 씨는 기어이 짐을 나누어서 들어주었다. 또 세 사람이 함께 골랐다며 운동화를 건네준다. 제발 운동 좀 하라며.

참 고마운 사람들이다. 나는 무엇으로 이 사람들의 마음에 보답해야 할지 선뜻 떠 오르는 방법이 없다.

어느 학부모님은 문자를 연이어 보내 주셨다.

"영전을 축하드림이 마땅하지만, 서운함과 막막함은 어쩔 수가 없습니다. 짧은 기간이었으나 참 오래도록 잔잔한 여운이 남을 듯합니다."

"이루 말할 수 없는 아쉬움으로 은사님을 떠나보내 드린 아침, 부산고에서 다시 뵐 날을 하염없이 고대합니다."

3학년 혁이도 문자를 보내왔다.

"교감선생님, 2년간 정말 감사했습니다. 감사하다는 이 마음을 글로는 다 전해지지는 않네요. 끝까지 저희 자소서로 힘써 주시는 모습에 감동이었습니다. 급식실에서 전해주시는 따뜻한 말씀

한마디에 힘이 났던 것도 이제는 추억이 되었네요. 항상 건강 유념하시고 신도고에서도 즐거운 추억들 만드시길 바랍니다. 감사합니다!"

이미 졸업한 학생회장 재혁이도 문자를 보내왔다.

"고등학교 시절 선생님께 인간적으로 많이 배웠습니다. 어디를 가시던지 지금처럼 멋진 분이실 거예요. 그동안 부산고를 위해 힘써 주셔서 감사했습니다. 건강 잘 챙기세요!"

진심 어린 축하와 격려를 해주신 학부모님이 여럿 있었다. 분에 넘치는 사랑과 지지를 보내 주셨다. 그럴만한 말할 수 없는 사연이 많았다.

모두 고맙고 늘 건강하시길 바란다.

전국지리교사대회

2016년 1월 8일, 충남 보령에서 열린 제19회 전국지리교사대회에 연수를 신청하여 참석하였다. 부산국제고 근무 시절 제1회 대회에서 수업사례발표를 했던 인연이 깊은 행사이다.

세기말 1999년을 전후하여 교세가 약한 지리 교과의 위상을 드높이기 위해서는 전국의 지리 교사들이 하나로 뭉치자는 의견들이 있었다. 각 시도별로 자생적으로 이루어지는 연구모임들이 활성화되어 있기는 했지만, 교육과정이 급변 속에 지리 교과 공동의 목소리를 내기 위해서는 전국 단위의 연합체가 필요하다는 관점이었다. 그래서 서울의 오기세, 최병천, 조성호, 부산의 나와 도정훈, 대구의 위상복, 전남의 박철웅, 유성종, 강성렬, 충남의 최규학, 충북의 손기준 선생님들이 앞장서 '전국지리교사연합회'라는 교사 단체를 만들었다. 나도 여기에 참석하여 그 취지에 동참하고 충주에서 열린 첫 번째 전국지리교사대회에서 수업사례 발표를 하였다.

이후로 부산, 광양, 서울, 대전, 대구, 수원 등 전국 각지를 순번제로 돌아가면 전국지리교사대회를 개최하였다. 부산에서도 벌써 두 번이나 개최하였다. 고등학생 대상의 전국지리올림피아드도 이 단체에서 주관하여 운영하였는데, 첫 번째 대회에서는 훌륭한 제자 덕분에 지도교사상을 받기도 하였다. 2002년에는 올해의 지리인상을 수상하였다. 세월이 한참 흘러 2018년 1월부터 2020년 1월까지 전국지리교사연합회의 제10대 회장이라는 직책을 수행하면서 조직을 새로 정비하고 두 차례 전국대회를 경주와 수원에서 개최하기도 하였다.

어릴 때부터 지도책 보기를 좋아했던 나는 중학교 1학년 때 지리 교사라는 직업이 있는 걸 처음으로 알게 되었고, 먼 훗날 고등학교 세계지리 교과서를 집필하고, 전국의 지리 교사들을 대표하는 회장이 되었으니, 소년의 꿈이 이루어진 것이나 다름이 없었다.

20016년 당시에는 2015 개정 교육과정이 발표되어 곧 시행을 앞둔 시점이었다. 이 시안에서 통합사회라는 공동과목이 새롭게 신설되는 반면에 대부분이 이수하였던 일반과목의 한국지리와 세계지리 과목 등이 일반선택 과목으로 변경됨에 따라, 지리과 선생님들 사이에서는 학교에서 교육과정 편성 시에 수업 시수를 제대로 확보하지 못할 것에 대한 걱정이 많은 시점이었다.

그러다 보니 지리뿐만 아니라 역사, 일반사회, 도덕 등은 사회 과 내에서 내용상의 차별화와 선택적 우위를 가리는 경쟁 국면 이 치열해지고 있었다. 이번 대회에서는 이틀 동안 전국의 지리 과 선생님들이 한자리에 모여 2015 개정 교육과정이 추구하는 통합사회 교육과정의 틀에서 지리교육의 위기를 공감하고 이에 대응하는 방안을 모색하였다. 새로 편제된 진로선택 과목에 진 입한 '여행지리' 과목의 내용 체계 구성에 대해서는 모든 관심이 집중되기도 하였다. 그 외에 '사진을 활용한 지리 수업' 등 여섯 분의 수업사례 발표를 귀담아듣고 질의응답을 나누는 의미 있는 시간을 가졌다.

해마다 치르는 임용고시에서 지리과의 선발 인원이 적은 점에 대하여 늘 지리과 선배로서 고민이 많았다. 다수의 중학교에서 는 지리라는 과목명 자체가 없어서 사회 교사를 요청할 때 일반 사회 전공자를 교육청에 요구하는 경우가 많았다. 사회 과목의 내용 구성은 지리, 일반사회, 세계사로 삼분되어 있음에도 불구 하고 교과서 명칭이 그러하니 일어나는 일이다. 이런 실정을 교 육청 인사 담당자에게 설명해도 학교의 요청 사항이니 어쩔 수 없다는 답변뿐이었다. 그렇다고 지리교육연구회 회장인 내가 일

일이 중학교를 상대할 수도 없는 일이다. 교육과정과 인사 업무가 연계되지 못하는 부분이다. 이 점을 인사 담당자와 교육과정 담당자에게 설명하고 중학교를 담당하는 지역교육청에 유의 사항으로 전달해 주기를 요구하는 정도밖에는 할 수 없는 노릇이었다. 이러니 교육과정 개정을 할 때마다 신경이 곤두선다.

나의 고민도 고민이지만 임용 시험을 준비하는 지리과 후배들의 고민을 또다시 떠 올려 볼 뿐이다.

66회 신입생

아이들이 온다
늦었지만 특별한 입학

책상도 닦고 물병도 준비하여
내일을 기다린다

미루었던 등교
그래서 더 신나는 예순여섯 번째 한물결

벌써 여름,
빨간 장미도 준비해야겠다

수경 씨와 지호 군

지호 군은 수경 씨의 아들이다. 수경 씨는 교무실에 근무하는 교무실무원인데 싹싹하고 일 처리가 야무졌다. 선생님들 간의 조율이나 가교 구실도 잘한다. 2년간 같이 근무하였고 내가 먼저 부산고를 떠난 후로도 계속 연락하며 지냈다.

지호 군을 처음 본 것은 수경 씨와 헤어진 지 6개월이 지나서 김해공항에서 만났다. 일본으로 3박 4일 여행가는 길이었다. 수경 씨가 제안하여 과 후배인 주 선생님, 일본어 구 선생님, 상담 전공의 김 선생님, 그리고 수경 씨의 조카 경수 군까지 모두 7명이 여행단을 꾸려 오사카와 교토 등을 둘러보러 가는 여행에서 일행으로 만난 것이다. 달리 말하면 수경 씨와 가까이 지내는 교사들 모임에 나도 발을 슬쩍 들여놓은 것이다. 같이 근무할 때 서로 허물없이 지냈기 때문에 가능하였다. 지호 군과 4촌인 경수 군까지 둘 다 당시 6학년이었다.

　수경 씨의 남동생, 그러니까 지호 군의 외삼촌이 결혼하고자
할 때, 내가 어른을 대신하여 혼서를 써준 일이 있을 정도로 수경
씨와는 고민과 상담을 서로 주고받을 수 있는 사이였다. 혼서의
내용이야 대략 예비 신랑의 공부 분야와 성품, 그리고 서로가 만
나게 된 인연을 얘기하면서 납폐의 예를 갖춘다는 내용이었다.
우리 집에 있는 아버지의 옛 혼서처럼 한자로 쓸 수는 없는 노릇
이니 현대식으로 풀어서 세로 글 형식으로 한 장 써서 보내드렸
더니 어른께서 아주 고마워하셨다고 했다.

　비행기를 타기 전에 지호 군이 체한 것 같다고 하길래 손가락
사이를 문질러 주었다. 여행하려면 피곤할 텐데 배가 아파서 어
떡하나 하며 혈 자리를 계속 만져 주니 조금 나아졌다고 하였다.
　나는 전공이 지리라서 어떤 모임에서든 인솔자 역할을 많이 했
었다. 이번에는 내가 인솔자가 아니라 따라다니는 처지라서 이
렇게라도 해야 숟가락 얹기에 조금이라도 덜 미안해하려는 심정
이었는데, 나중에 여행을 마치고 나서 지호 군은 내가 손을 만져
준 것에 대하여 친절함을 느꼈다는 소감을 말하였다. 남자아이
치고는 꽤 감성적인 면이 있어 보였다.
　여행 코스는 유명 관광지인 오사카성과 도톤보리 야경, 금각사

와 청수사, 후시미이나리 등을 둘러보는 것이었다. 나는 따라다니기만 하면 되었기에 장난기 섞인 농담이나 사진을 찍어 주는 역할 등으로 부담 없이 다녔다. 도착한 첫날 에어비앤비로 예약해 놓은 숙소를 찾아 준 것만으로 나의 역할을 다한 것이나 마찬가지였다. 일본어 전공인 구 선생님이 구글맵을 활용하여 예약한 집 근처 골목까지 간 것은 성공하였지만 집을 쉽게 찾지는 못하였다. 지나가는 주민에게 일본어로 열심히 물어보았지만 찾지를 못해, 지리 전공인 내가 구글맵과 주소를 보고 대략 방향을 정하여 찾아가니 아니나 다를까 예약한 집이 떡하니 있었다. 일행들은 모두 내가 골목 지리 전공이라고 하였다. 나는 세계 지리 전공이라고 우겼다.

그렇게 같이 여행을 갔다가 돌아온 뒤 어느 날 수경 씨 아들 지호 군이 뜻밖에 내가 근무하는 고등학교로 진학하겠다는 말을 던졌다.

"3년 뒤에 내가 어느 학교에 있을지도 모르는데, 아직 어려서 고등학교 지원 방법을 모르니 그냥 하는 소리겠지요?"

"아니에요, 강 교감선생님 학교에 꼭 가고 싶다고 했어요."

2년이 지난 어느 날 지호 군은 수경 씨와 함께 내가 근무 중인 학교로 인사차 왔다. 중학교 2학년에 다니고 있었다. 키도 몰라보게 커 있었다. 당시 나는 모교인 부산남고 공모 교장으로 발령 난 지 얼마 되지 않은 가을쯤이었다. 지호 군은 엄마와 함께 우리 학교 본관 건물을 배경으로 사진을 찍으면서 내후년에는 부산남 고 교복을 입고 사진을 찍겠다며 여전히 내가 있는 학교로 진학 하겠다는 꿈을 말하였다. 집이 사하구 장림동인데 가까운 다대 고, 해동고, 동아고, 부경고, 경남고 등 선택지가 많은데도 영도 에 있는 학교로 오겠다는 각오가 단단해 보였다.

　나는 사실 걱정이 되었다. 집 가까운 곳에 학교들이 많이 있는 데 멀리까지 굳이 오겠다고 하니, 우리 학교 교육 프로그램에 실 망하면 어쩌나 하는 생각과 학교에서 바라보는 교장인 나에 대 하여 실망을 하면 어쩌나 하는 두 가지 생각이 들었기 때문이다. 지호 군은 등하교가 먼 거리는 기숙사 생활을 하면 문제가 되지 않는다고 하고, 나에 대해서는 교장선생님과 여러 번 대화를 나 누어 본 결과 여느 선생님들과는 다르다는 것을 확신한다고 하 였다. 그동안 시집도 선물하고 카톡으로 이런저런 조언을 몇 차 례 한 적이 있었는데 아마도 그걸 얘기하는 모양이었다.

　2019년 가을, 지호 군은 끝내 우리 학교에 1지망을 써내었고, 이듬해 1월 말에 결국 부산남고로 배정되었다. 시내에서 영도에 있는 학교에 지원하는 경우는 거의 없다. 아마도 거의 유일한 경 우이므로 1지망에 썼으니 무조건 배정될 수밖에 없다. 이젠 난감

한 것이 아니라, 3년 동안이나 내가 근무하는 학교로 진학하겠다는 그 결심을 버리지 않았으니 오히려 그 마음이 참으로 대견하였다.

2020년 2월 말 코로나가 전국적으로 확산 조짐을 보이면서 결국 3월 개학이 무기한 연기되는 사태가 일어났다. 신입생 감소가 역력한 상황에서 코로나까지 겹쳤으니 나는 당연히 기숙사 운영을 하지 않기로 하였다. 입학생 감소로 기숙사 입사생이 줄어들어 기숙사 운영 예산을 감당하기가 어려웠는데 마침 전염력이 강한 코로나가 겹쳤으니 기숙사 운영을 하지 않을 명분이 뚜렷해졌기 때문이다.

문제는 지호 군이었다. 등하교 원거리 문제를 기숙사 하나로 완벽히 해결될 수 있었는데 그게 불발되었으니…. 수경 씨는 친정아버지 즉 지호의 외할아버지께서 매일 데려다주면 된다고 하였다. 다행인지는 몰라도 1학년의 등교수업이 6월이 되어서야 가능했기에 외할아버지의 등하교 운전은 몇 개월 늦추어졌다.

'66회 신입생'이라는 시는 신입생의 첫 등교를 맞이하는 날을 앞두고 책상을 닦고, 물병을 준비하고, 장미꽃도 준비하면서 쓴 시이다. 학생 수만큼 인쇄하여 장미꽃과 함께 일일이 나누어 주었다.

며칠 뒤 지호 군도 등교하면서 나에게 자작시를 보냈다. 나의 시에 대한 화답인 셈이다. 서로 그렇게 궁합을 주고받았다.

입학   / 김지호

드디어 학교를 간다
여러모로 뜻깊은 입학
학교가 멀어 걱정이 생기지만
그보다 학교를 간다는 기쁨이 앞선다
오늘은 등교한 지 어언 4일째
학교가 재밌고 이제야 행복하다

지호 군은 등교한 직후에 열린 임원 선거에서 반장으로 선출되었다. 중학교 시절의 친구가 하나도 없는 상황에서 반장으로 선출되었으니 며칠 사이에 급우들이 인정하는 지도력이 어느 정도 보였나보다 싶었다. 남학생 사이에선 축구를 잘하면 인기가 높은데 지호는 축구를 엄청나게 좋아할 뿐만 아니라 제법 공을 잘 찼다. 검도 도장도 다녔기에 운동 능력은 아주 좋은 편이었다. 이런 게 반장 선거에도 도움이 되었을 거다.

어느날 출근 때 주차장에서 지호가 승용차에서 내리는 것을 보고 운전석에 있는 분이 외할아버지임을 직감하고 인사를 드렸다. 외할아버지는 많은 연세에도 불구하고 부산남고로 가겠다는 외손자의 고집 하나 때문에 안 해도 될 수고를 하시게 되었다. 코로나가 오지 않았으면 기숙사에서 편안하게 생활할 수 있었을 텐데…. 지호 군도 할아버지의 수고로움에 늘 감사하는 마음을 가지고 있었다.

그런대로 건강을 유지하시며 지호의 등교를 도와주셨던 외할아버지께서는 2022년 봄날 코로나 여파로 안타깝게 돌아가셨다. 휴일엔 손자가 다니는 학교가 궁금하시다는 몸이 불편하신 아내의 손을 잡고 부산남고 교정을 찾아오시기도 했던 건강하셨던 모습이 아직도 선하다. 사실 수경 씨의 동생 즉 경수 군의 엄마인 지영 씨도 우리 학교에서 교무실무원으로 근무하고 있었다. 온 가족이 나와 인연을 맺은 셈이었다. 어르신을 갑작스럽게 떠나보내게 된 가족들의 마음은 얼마나 아팠을까. 수경 씨는 아버지를 그리워하는 마음을 담아 '울 아버지'라는 시를 직접 쓰기도 하였다.

울 아버지　　　/ 김수경

여느 가난한 집의 맏아들처럼
가장의 무게를 짊어지셨던 울 아버지

가벼운 농담과 웃음으로도
내려놓지 못함을 숨기셨던 울 아버지

이젠 한숨의 무게도 재지 못하고
짧디짧은 이별의 인사도 없이

가벼이 떠나가시려 하니
기꺼이 당신을 보내드리옵니다

　지호 군이 3년 간의 고교 생활을 마치는 졸업식 날, 나는 이미 임기 4년을 마치고 해운대에 있는 부흥고등학교로 옮겨 6개월가량 지난 시점이었다. 마침 부흥고의 종업식이 하루 전날에 있었기 때문에 전임 학교인 부산남고의 66회 졸업식에 참석하고 싶었다. 2020년 코로나로 입학식을 해주지 못하였기 때문에 늘 그게 마음에 걸렸기 때문이다.

나는 이날 졸업식의 맨 마지막 순서로 강당의 단상에 올라 내가 참석한 이유를 간단히 설명하였다. 여러분의 입학식을 못 해 주었기 때문에 오늘 졸업식에는 꼭 참석하고 싶었다고 말하는 순간 약간의 울먹임이 있었다. 분위기를 바꿔 부산남고등학교 만세삼창으로 마무리하였다.

지호 군과 졸업 기념사진도 찍었다.

지호 군은 스포츠 학과로 진학하여 열심히 공부 중이다. 경수 군도 이공계 대학에 진학하였고 지금은 전방에서 군 복무 중이다.

기타 Guitar 수업

음악실에서 학급의 모든 친구가 기타 연주 수업을 받는 모습은 흔하지 않을 것이다. 전임 부산고에서와 마찬가지로 신도고에서도 올해부터 기타 한 번쯤 쳐봤다는 예술적 무용담을 늘어놓을 기회를 만들었다.

1월 말경 교장선생님께서 학교 예산이 조금 남으니 좋은 용처를 알아봐달라고 하셔서, 기타 30개와 보관장을 사면 좋겠다고 건의를 드렸다. 정 교장선생님께서는 나의 의도와 실행계획을 들으시고는 흔쾌히 수락하셨다.

전임 학교에서 처음 운영해 보니 부족한 부분을 보완하는 게 고민거리였다. 악기야 행정실과 협의하여 사면 될 일이었지만 기타를 전문적으로 하는 강사를 구하는 일이 급했다. 해운대 신시가지 주변을 우선으로 해서 기타 학원에 전화를 해서 수업 계획을 설명하니 관심을 두는 강사들이 있었다. 하지만 시간강사 수준의 수당을 제시하니 난색을 표명하였다. 성에 차지 않는다는 것이다. 기타 학원의 수강료와 학교의 수강 사이의 격차가 있으니 그럴 수밖에….

결국 강사의 수업 시수를 줄이면서 단가를 올려주고, 줄어든 시수만큼은 학교의 음악 선생님이 직접 가르칠 수 있는지를 타진해 보았다. 기악이 전공인 박 선생님은 기타를 잘 치지는 못한다고 하면서도 앞으로 남아 있는 기간에 개인 연습을 하면 기본적인 코드 잡기와 쉬운 박자의 한 곡쯤은 가르칠 수 있겠다고 참여 의지를 보여 주었다. 그렇게 해서 기타 강사와 박 선생님의 협업 수업이 1개월간 진행되었다. 2학기에는 나머지 학급에도 적용할 수 있었다.

부산남고등학교, 내가 모교의 교장으로 부임하고서 2018학년도 교육계획을 수립할 때는 아예 이 기타 수업을 매주 1시간씩 한 학기 내내 할 수 있도록 창의주제 수업에 배정하였다. 다행히 강사도 구해졌고, 수당 예산은 시 교육청의 '다 고른 교육과정 운영' 사업을 따와 넉넉하게 확보할 수 있었다.

한 학기 수업을 마칠 때마다 발표회를 개최하여 모두가 강당의 단상에 올라 합주를 하도록 하였다. 독주가 아닌 합주는 서로가 배려하는 마음으로 해야 하는 일이다. 잘한다고 혼자 치고 나가서는 안 된다. 또 조금 못하는 학생도 함께하는 과정에서 더욱 열심히 연습하여 박자를 따라가고자 하는 마음이 생기는 것이다. 바로 배려와 협업의 정신을 배울 수 있는 것이다.

　배려와 협업 함양이라는 인성 교육의 측면에서도 중요한 의미가 있기는 하지만 나의 의도는 또 다른 곳에 있었다. 사실 나는 악기를 전혀 다루지 못한다. 그래서 늘 무슨 악기든 그것을 잘 다루는 사람이 부러웠다. 나와 같은 학생들도 많이 있을 듯하다는 생각에 이르니, 그런 학생들이 먼 훗날 자랑스럽게 "나 옛날 학창 시절에 무대에서 기타 연주한 사람이야!"라고 으스대는 모습을 만들어 주고 싶었다.

　남에게 자랑하고 싶은 것이 많은 삶이야말로 행복한 삶이라고 할 수 있다. 학생들이여, 많이들 자랑해 보길 바란다. 학창 시절 기타 한번 쳐봤다고….
　너무 좋다는 학생들의 즐거운 비명 속에 우리 학교도 행복한 학교가 되어갔다.

홍지관 현판

부산남고 자습실의 이름은 홍지관(鴻志館)이다. 홍지관 이름을 모르는 친구도 있다. 자리가 제한되어 있다 보니 학교에서 성적 순으로 지정한 학생들만 들어갈 수 있었기 때문이다.

홍지관의 유래는 다음과 같다.

청학동 교사(校舍) 시절 자습실로 사용할 건물을 새로 지었는데, 이 건물의 이름을 당시 안성도 교장선생님께서 부산남고의 학생들이 크고 장한 뜻을 갈고 닦아 훌륭한 인물이 나오기를 바라는 마음에서, 사마천의 사기 진섭세가 편에 나오는 연작안지 홍곡지지(燕雀安知 鴻鵠之志)에서 두 글자를 따서 명명한 것이 오늘에 이르고 있다.

제비와 참새(燕雀)가 어찌 기러기나 고니(鴻鵠)의 뜻을 알겠는가? 즉 소인배(평범한 사람)는 대인의 웅대한 포부를 이해하지 못한다는 말이다. 여기서 연작(燕雀)은 소인배나 하찮은 사람, 홍곡(鴻鵠)은 군자나 큰 뜻을 품은 사람을 가리킬 때 쓰인다.

사기(史記) 진섭세가(陳涉世家)에 나오는 이야기는 다음과 같다.

진(秦)나라는 기원전 221년에 천하를 통일하였다. 그러나 폭정으로 민심을 잃어 통일 15년 만에 망하게 되는데 진 멸망의 첫 봉화를 올린 이가 양성(陽城)에서 남의 집 머슴살이를 하는 진승(陳勝 또는 진섭)이라는 자였다. 진승은 자기 땅이 없어서 남에게 고용되어 농사를 지었지만, 젊어서부터 남달리 포부가 컸던 것으로 알려져 있다. 그가 어느 날 밭에서 일하는 도중에 잠시 지친 몸을 이끌고 쉬는 틈에 자기도 모르는 사이에 탄식이 새어 나왔다.

"이놈의 세상, 이래서는 어디 살 수가 있나! 나중에 부귀해지더라도 서로 잊지 말자"라고 하자, 주위의 머슴들이 일제히 비웃으며 말했다.

"흥, 머슴 주제에 뭘 하겠다고?"

그러자 진승이 탄식하듯이 말했다.

"제비나 참새(燕雀)가 어찌 기러기와 고니(鴻鵠)의 뜻을 알리오! (燕雀安知 鴻鵠之志哉)"

후에 기원전 210년 진의 시황제(진시황)가 죽고 막내아들 호해(胡亥)가 2세 황제로 즉위하였으나, 포악함과 사치는 아버지보다 더

했다. 백성들은 더욱 도탄에 빠졌다.

이때 진승은 오광(吳廣)과 뜻을 같이하고,

"왕(王)과 제후(侯), 장수(將)와 재상(相)의 씨가 어찌 따로 있겠느냐!(王侯將相 寧有種乎)"고 외치며 농민 봉기(진승오광의 난)를 일으켰다. 진승은 과거 초(楚) 말기의 도읍이었던 진성(陳城, 지금의 河南省 淮陽)을 점령한 뒤에 왕위에 올라 국호를 '장초(張楚)'라 하였다. 이것이 세계 최초의 농민 봉기이다.

사마천은 《사기(史記)》에서 진승을 제후의 반열에 올려 기록함으로써 중국 역사상 최초의 농민 봉기의 지도자로서 그의 업적을 높이 평가하였다.

사마천 전문가 김영수는 『사마천, 인간의 길을 묻다』에서 진승의 봉기에 대하여 인간의 존엄성을 자각한 행동이며 사마천은 이를 높이 샀다는 점을 다음과 같이 밝히고 있다.

"인간의 존엄과 평등은 법이나 제도가 완전히 보장해 줄 수 없다. 그것은 최소한의 장치일 뿐이다. 개개인의 자각이야말로 인간의 존엄을 보장하는 가장 중요하고 시급한 일이다. 미천한 신분의 진승은 우리에게 자각이 어떤 것인지 몸소 보여 주었다. 자각이 역사의 흐름을 선택할 수 있는 힘이라는 것을. 사마천이 본

것도 바로 그 부분이었다."

　모교에 부임하고 맨 먼저 이 홍지관이 어디에 있는지 찾아보았
다. 4층에 자리 잡은 도서관 입구에 아크릴로 제작된 홍지관 현
판이 부착되어 있었다. 자습실 이름이 도서관 이름으로 바뀐 이
유가 궁금하기도 하였지만, 간판이 엉뚱한 곳에 걸렸다는 생각
이 먼저 들었다. 그만큼 홍지관 자습실 이름이 상징하는 바가 컸
기 때문이다. 그날 이후로 '굳이 도서관에 홍지관이라는 이름이
붙어 있어야 하나?'라는 생각이 떠나질 않았다.
　자습실 이름은 학년별로 자습실 1, 자습실 2, 자습실 3이었다.
멋대가리 없이 그냥 자습하는 공간일 뿐이었다. 자습실 이름을
복원해 주고 싶었다. 이곳에서 어떤 마음으로 왜 공부해야 하는
지를 후배들에게 심어 주고 싶었다. 도서관이야 수많은 도서를
보관하고 있는 곳이니 절로 책 읽는 장소라는 생각이 이름과 연
결되지만, 학생이 없으면 허허벌판같이 텅 비게 되는 자습실에
는 그것이 지니는 소중한 의미가 이름 속에 담겨 있어야 더 값지
기 때문이다. 물론 도서관에도 또 다른 이름이 있으면 좋겠지만
우선 자습실 1·2·3과 같은 건조한 이름을 원래의 이름 홍지관으
로 복원시켜야 했다.
　선생님들에게는 자습실 이름의 유래를 설명하는 것으로 동의
를 구하였다. 도서관의 홍지관 간판을 떼어내고 새로 도서관이

라는 간판을 달았다. 그리고 자습실이 세 군데로 흩어져 있으므
로 3학년이 사용하는 곳을 홍지관 간판을 아크릴로 새로 만들어
부착하고 1·2학년의 자습실에는 홍지관 1, 홍지관 2라고 푯말만
교체하여 걸었다.

　부산남고 교장 임기 6개월을 앞두고 떠나기 전에 꼭 하고 싶은
일이 있었다. 자습실 홍지관의 현판 글씨를 직접 써서 걸고 싶었
다. 붓글씨 쓰는 재주가 없으니 난감하였다. 유튜브를 보면서 가
로세로 획을 써 보기도 했으나 현판 글씨를 쓸만한 재주는 아니
다. 퇴직하신 부인자 선생님께서 매일 서예로 글씨를 다듬는다
는 얘기를 들은 바 있었다. 유수의 서예 대회에서 특선도 하시고
개인전도 여는 등 초대작가의 반열에 오르신 분이다. 마침 내가
부임하면서 교훈인 '정의, 협동, 노력'을 한글체로 써달라고 부탁
드려 써주신 액자가 교장실에 걸려있기도 하였다. 학교 인근에
살고 계시기도 해서 홍지관(鴻志館)을 해서체로 써달라고 또 부탁
드렸다. 그 글씨를 교본으로 삼아 내가 직접 써 보겠다고, 모르면
용감하다는 자신감이 어디서 나왔는지 '도전!'을 외쳤다.
　4월 초부터 매일 시간 나는 대로 가로세로 획을 그었다. 1~2주
후에는 글자를 하나씩 연습하였다. 지렁이 기어가는 모습이 절
로 나왔다. 붓놀림이 좋을 수가 없었다. 힘이 잔뜩 들어가거나 꺾
임이 부자연스러웠다. 세 글자를 한꺼번에 쓰면 어떤 건 크고 어

떤 건 작고 왜소하여 균형이 맞지 않았다. 그렇게 한 달여가 지났다. 결재하러 들어오는 직원들이나 학부모들이 오실 때는 일부러 연습한 글씨들을 보여 주었다. 이렇게 연습해서 8월 말에는 반드시 완성된 글씨를 보여 주겠다고 힘주어 말했다. 스스로 채찍질하려는 의도였다. 매일 할 수는 없었지만, 어쨌든 그렇게 연습한 지 석 달이 흘러 7월이 되었다. 홍지관, 이 세 글자만 연습한 종이가 200장은 족히 넘겼다. 글씨가 조금 안정되기 시작하였다. 코로나 시기라 어디 나가서 시간을 보내는 게 어려운 시절인 데다 방학이 되어 연습할 시간이 많았다. 완성도가 높은 몇 개의 글을 벽면에 붙여 놓고 오가는 사람들에게 물어보니 잘 된 글자와 아쉬운 글자들이 구분되었다. 내 실력으로는 온전한 세 글자로 된 글씨를 얻기는 어렵다고 판단하였다. 원래 현판 글씨라는 건 각자를 여기저기서 따와 조합하는 것이라고 스스로 변명하면서 잘 된 글자 하나하나씩을 집자(集字)하니 마침내 홍지관(鴻志館) 세 글자가 완성되었다.

2021년 8월 30일 부산남고에서 마지막 운영위원회를 마친 후 학부모와 학생 대표가 함께한 자리에서 홍지관 현판 제막을 하였다. 내 눈에는 내가 쓴 멋진 글씨였다. 안성도 교장선생님께서 명명하신 홍지관이 연년세세 이어지기를 마음속으로 희망하였다.

교육과정 컨설팅 센터

고교학점제 도입의 핵심 과제 중 하나가 과목 선택권을 학생들에게 부여하는 것이다. 그 결과로 2, 3학년 교육과정에서 수많은 선택과목을 모두 편제한 후 학생들이 선택한 과목의 학생 수를 기준으로 수업 시간표를 짜게 된다. 이 과정에서 특정 과목의 수업시수가 늘어나거나 줄어드는 경우가 있다. 이것이 과목별 교사 수급과 관련되므로 이를 조절하는 과정이 쉽지 않다. 부득이 감원하여 전출시켜야 하는 과목의 선생님에게는 미안한 마음이 들지 않을 수 없다. 가급적 근무 연한을 채울 수 있도록 하기 위해서는 학생들과의 면담 과정을 거쳐 선택 현황을 조금 수정하기도 한다.

과목 선택은 학생들의 진로 진학 분야와 관련된 중요한 일이다. 어느 계열로 진학할 것인가가 결정되면 관련 교과목을 선택하여 이수하는 것이 좋다. 수시 전형에서 대학은 지원자가 이수한 과목을 살펴보기 때문이다. 비록 평가에 반영되지 않는다 하더라도 진로 분야와 관련된 과목을 이수해야 대학에서 수강할 과목의 기초가 된다는 점에서도 중요하다.

이러한 내용들을 학생에게 안내하는 과정이 학생 대상의 교육과정 컨설팅이다. 우리 학교의 교육과정은 어떻게 편성되어 있고, 각 과목의 특성은 무엇이고, 대학의 학과와 관련이 있는 과목은 무엇인지 등을 안내하는 일이다. 예전에는 문과와 이과 두 개 과정 중에서 한 개 과정을 선택하면 학교가 정해 놓은 지정 과목들을 배우기만 하면 되었는데, 이젠 수많은 과목 중에서 자기에게 필요한 과목들을 학생들이 선택하게 되었다. 이러니 학생들이 골머리를 앓는다. 무엇을 어떻게 선택해야 하는가 하는 선택의 책임이 학생에게 있으니 부담이 클 수밖에 없다. 선생님들도 머리가 아프다. 학생들이 제각각 선택한 결과들을 모아보면 수십 가지의 조합이 나오니 이걸 시간표로 만들어 내는 것이 만만찮은 일이다. 시간표 작성 업무를 꺼리는 이유이기도 하다.

그래서 교육과정 컨설팅이 중요하다. 진학 계열에 맞는 과목 특성을 이해시키는 것도 중요하지만, 교육과정에 대한 전반적인 이해도를 높여주어야 학생들의 다양한 생각과 이해도 차이를 줄

일 수 있고, 그러면 과목 조합의 수도 줄일 수 있어 시간표 작성이 조금이라도 수월해지기 때문이다.

이 중요한 교육과정 컨설팅을 위해 독립공간을 만들었다. 2020.6.24.에 '교육과정 컨설팅 센터' 개소식을 가졌다. 2층 교무실 옆의 복도 중앙이 다른 곳보다 조금 넓은 공간이다. 1층을 바로 내려다볼 수 있는 시원함이 특징인데 이 공간을 유리 칸막이로 분리하니 3평 남짓한 컨설팅 공간이 확보되었다. 현판도 달고 카페 탁자의 의자를 넣고 진로진학 관련 도서도 갖추어 교사와 학생 간의 일대일 상담이 가능하게 만들었다. 학생이 찾아오면 교무실에 근무하시는 교육과정 담당 선생님이 바로 면담에 응할 수 있다는 장점이 있다. 마침 교무실 바로 옆에 그런 공간이 있는 구조였기 때문에 가능한 일이었다.

전국은 모르겠고 부산에서는 최초로 만들었다는 자부심도 생겼다. 그것도 교육청 지원 없이 학교 예산만으로 만든 공간이었다. 당시 전영근 교육국장님께서는 고등학교 교장 대상의 온라인 회의에서 부산남고의 교육과정 컨설팅 센터 개소를 언급하시면서 학교 공간 활용에 있어서 작은 변화라며 이제는 일률적인 공간 구성에서 변화가 필요한 시점이라고 강조하였다.

이는 공간혁신의 단초를 제공한 셈이었다. 교육청에서는 '별별 공간 만들기 공간혁신' 사업을 추진하였고, 여러 학교에서 이 사업비를 지원받아 다양하고 멋진 공간을 만들어 내기 시작하였다. 당시 부산남고는 이 지원사업을 받지 않았다. 학생 수 급감으로 학교 이전을 추진하고 있었기 때문에 예산을 들여 새로운 공간을 만들 이유가 없었기 때문이다.

나는 더 먼 미래의 꿈을 그리고 있었다.

코로나 시국의 학교

2020년 2월 코로나가 창궐하기 시작하였다. 개학이 늦추어지고 입학식도 당연히 연기되었다. 3월 한 달 동안 선생님들은 온라인 수업 방식을 의논하고 준비하는 동안에 나는 이때다 싶어 2월 말부터 4월 말까지 학교 시설들을 점검하고 개선하는 사업을 빠르게 진행하였다.

맨 먼저, 녹 쓸어 옷을 묻히기 일쑤였던 오래된 급식실의 식탁을 교체하였다. 연도 말에 남은 예산과 동문장학회의 도움으로 학생 교직원 식탁과 의자 전부를 새것으로 교체하였다. 천정의 텍스 청소를 하고 벽면도 페인트로 깨끗하게 색칠을 하니 실내가 훤해졌다.

본관 3층의 출입 금지 베란다는 비가 새기는 하는데 너무 넓어 천정을 수리하지도 새것으로 바꾸지도 못하고 있었다. 천정을 보수하기보다는 바닥을 정리하여 위에서 새는 물을 한쪽으로 흘러가도록 조치하니 쓸만한 공간으로 탄생하였다. 좁은 공간에 갇혀있던 탁구대를 이곳으로 옮겼다. 나중에 등교한 학생들이 쉬는 시간마다 달려가 탁구 놀이에 빠져들었다.

복도에는 명화 액자를 사들여 일일이 걸어 두었다. 작년 행사 사진을 모아서 큰 액자로 만들어 중앙 계단에 걸어 두니 오가면서 자기 얼굴 있다며 좋아하기도 한다. 배움터지킴이실이 후관에 있어 교문 출입자 통제를 하기 어려웠다. 이동식 경비초소와 같은 박스형으로 된 배움터지킴이실을 구매하여 교문 안쪽에 설치하여 그곳에서 근무하도록 하였다. 비록 두어 평 남짓 작은 공간이지만 냉난방기와 냉장고를 넣고 사무 책상까지 마련하니 사용에 큰 어려움이 없다고 하였다.

운동장의 농구장과 화장실 문을 깨끗이 도색하고, 소변기 칸막이도 설치하였다. 본관 앞 국기 게양대에는 태극기만 홀로 있었는데 교기를 새로 제작하여 게양하니 학교가 대양을 향해 출발하는 듯한 느낌이 들었다. 교기를 게양한 4월 9일이 되어서야 비로소 3학년부터 온라인 수업이 시작되었다. 5월 20일에는 3학년이 등교 개학을 하고, 2학년은 그 일주일 뒤에 등교하였다. 6월 1일 교육과정 컨설팅 센터를 완공함으로써 석 달 동안 벼락치기 시설 개선 사업이 완성되었다.

이걸 코로나 덕분이라고는 할 수는 없지만, 꼭 필요한 곳의 시설 개선으로 학교 곳곳이 한결 깨끗해졌다.

2021년이 되어서는 감염 환자 증가세가 두드려졌다. 학생 감염병 예방·위기 대응 매뉴얼"의 대응체계와 코로나19 관련 각종 지침을 기본으로 하여 교육부에서는 유·초·중등 및 특수학교 코로나19 감염예방 관리 안내가 쏟아졌다. 교육청에서도 '원격수업 및 등교수업 출결·평가·기록 가이드 라인', '원격수업 학생 평가 및 학생부 기록 가이드 라인', '방역 관리 방안', '교원 복무 관리 방안' 등 공문이 쉴 새 없이 쏟아졌다. 좀 더 나은 교육과정 운영과 프로그램의 개선 등 학교 본래의 기능과 역할은 뒷전이 되었다.

교내에서 감염 학생이 생길 경우의 대처 방안은 모두가 처음 겪는 경우라 학교마다 우왕좌왕하였다. 2021년 4월 8일 2학년 학생 1명이 코로나에 걸렸다. 전 학생을 귀가 조처하고, 역학조사를 실시하여 접촉자 현황에 따른 방역 조치를 하였다.

자가격리자, 능동감시자, 유증상자 등으로 구분하고 모니터링을 강화하였다. 급식의 식자재 납품을 취소하고 학년별로 원격수업 기간을 정하여 학생과 학부모에게 문자메시지로 통보하였다. 교직원의 복무를 안내하고 자가진단을 하도록 독려하였다.

민복기 교감선생님에게는 이러한 일련의 조치 내용들을 항목별로 시간대별로 정리하여 교육청에 제출하게 하였다. 심지어 학교장 명의로 발송한 문자메시지 내용까지 포함했다. 민 교감은 장학사 출신답게 '코로나19 확진자 발생 시 단위 학교 대응 조치 내용'을 잘 정리하였다. 이후 시 교육청의 방역 지침 연수를 하면서 학교에서 확진자가 발생하였을 시 학교의 대응 방법으로 우리 학교의 실제 사례를 소개할 수 있도록 하기 위함이었다. 이 내용은 나중에 교육청 연수 시에 실제로 소개되었다.

코로나 발생 직전인 2019년 8월에 교육청이 실시한 자율형공립고등학교 운영 성과 평가에서 부산남고등학교는 지정기간 연장 추천 기준에 부합하는 우수한 평가점수를 받아 교육부에 추천되었으며, 교육부의 '자율형공립고등학교 선정위원회' 심의 결과 2020학년도부터 5년간 부산남고등학교를 자율형공립고등학교로 재지정하는 것으로 결정되었다.

부산남고는 2007년부터 3년간 개방형 자율학교를 운영하였으며, 2010년부터는 자율형공립고등학교로 지정되어 다양하고 특성화된 교육과정과 프로그램을 운영하여 일반고 역량 강화 학교로서 선도적 역할을 했다는 평가를 받아왔다. 2015년부터는 자율형공립고등학교 제2기 운영을 하면서 학생들의 과목 선택권을 강화한 고교학점제 도입과 창의주제 수업 운영 등으로 그 성과를 인정받아 3기 지정에도 성공한 것이다.

그런데 3기 첫해인 2020년에 코로나가 생겼으니 좋은 프로그램이 취소되는 경우가 많았다. 자율형 공립고 운영은 계속 사업인데, 각종 프로그램 실행이 제한되다 보니 모든 걸 간소하게 치르거나 축소할 수밖에 없었다. 당연히 의욕적으로 추진해왔던 베트남 호찌민 탐방 활동이 취소되었고, 전공설계멘토링 프로그램은 2020년에 취소된 것을 2021년에 겨우 축소하여 부활시켜 그나마 다행이었다.

자공고 운영의 노하우가 많이 축적되었고 부산남고의 수많은 프로그램이 각 고등학교로 일반화되는데 이바지하였다. 하지만 코로나로 인하여 많은 활동이 취소되거나 위축될 수밖에 없었던 코로나 시국이 안타까웠다.

결국 모교에서 2017년 9월부터 2021년 8월까지의 공모 교장 임기를 마치고 부흥고등학교로 자리를 옮기게 되었다.

부산남고 명지 이전

'부산남고(釜山南高)' 하면 떠오르는 단어나 모습은 무엇일까? 동문, 학생, 시민의 입장에 따라 다르겠지만 그래도 앞순위에 오르는 상징어는 '바다를 품은 학교', '넓은 운동장'이다. 나의 학창 시절에도 그랬듯이 교실 창문 너머로 펼쳐진 '만경창파'를 바라보며 미래를 꿈꾸어 보지 않은 동문은 없을 것이다. 학교 운동장으로는 전국 최고 넓이를 자랑하는 운동장에서 여러 팀이 동시에 공을 차던 기억도 있다. 1974년에 재학 중이던 선배님들은 청학동에서 동삼동으로 책걸상을 들고 '이사'한 기억이 가장 남는다고 한다.

모교에서 교장으로 4년간 재임(2017.9.~2021.8.)하는 동안, 외부 손님이 오면 나는 으레 "우리 학교 부지가 100만평이다. 바다가 99만평이고 건물과 운동장이 1만평이다."라고 설명할 정도로 '바다를 바라보며 미래를 꿈꾸는' 아름다운 교정의 모습을 자랑하곤 하였다. 하지만 막상 교정을 둘러보면 펜싱관 주변과 운동장에는 잡초가 무성하고 자갈도 많아 체육활동을 하기에는 어려움이 있었다. 학생 수가 줄다 보니 자연히 운동장 곳곳을 밟을 기회도 줄어들고 직원 수도 줄어 관리가 쉽지 않았기 때문이다.

모교는 6.25 전쟁 직후인 1955년에 부산남중에서 개교하여 어언 70년의 세월이 흘렀다. 1971년에 청학동 신축 건물로 이사를 하였으니 부산남중에서 더부살이를 벗어나 처음으로 독립된 교정을 갖게 되었다. 그것도 잠시, 인근 조선소 폭발 사고 여파로 1974년에 현재의 동삼동 교정으로 다시 이전하게 되었다. 한국해양대학교가 사용하던 건물로 이사한 것이므로 새 교정이기는 하나 헌 건물인 셈이었다. 후관 건물도 1978년에 준공하여 지금까지 교실로 사용하고 있으니 이 조차 오래되어 낡았다. 또 지형적으로 바닷바람이 들어오는 골에 위치하여 습도가 높아 화장실과 복도, 후미진 곳이 아니라도 교실의 벽이나 천장, 창틀의 결로 현상과 부식이 심하고 곰팡이가 번식하여 생활 측면에서 불편한 점이 많았다. 봄과 여름에는 높은 습도로 화재 감지기의 반응이 잦아 소방벨이 자주 울리기도 하였다. 태풍이 불 때는 인근 학교는 수업을 하더라도 모교는 강한 비바람의 길목이어서 어쩔 수 없이 등교 시간을 늦추거나 휴업을 결정해야 할 정도였다. 바다뷰 입지가 보기에는 좋아도 사용자 입장에서는 아쉬운 점이 있었다.

출산율 감소에 따른 학령인구의 급격한 감소로 영도는 언제부터인가 '노인과 바다'라는 별칭을 얻었다. 유명한 소설에서 따온 것이라 그럴듯해 보이지만 엄중하고 냉소적인 별명이다. 이제는 부산의 별명이 되었을 정도로 인구문제가 심각하다. 2019년 봄, 원도심 학령인구 감소로 고등학교 재배치 건으로 고민을 거듭하던 부산교육청의 모 사무관으로부터 전화를 받았다. 명지 이전 대상 우선협상 학교들이 여러 가지 이유로 이전 추진을 못하게 됨에 따라 그 고민을 나에게 털어놓은 것이다. 그전부터 나는 2020년 이후의 신입생 수가 100명 이하로 떨어질 것으로 예측하면서, 관련 자료를 만들어 동창회의 의견을 묻고, 교육청과도 그 대책을 계속 협의하고 있었다.

절호의 기회였다. 이 기회를 놓치게 되면 모교는 존폐의 기로에서 꾸물거리다가, '그때 이랬으면' 하면서 한탄하는 상황이 오지 않도록 면밀한 계획으로 명지 이전을 추진하여야겠다는 결심을 하였다. 영도 지역의 관계자들과 요로에 이전 필요성을 설명하고, 학부모들에게도 모교 존립의 문제를 냉철하게 살펴보기를 주문하였다. 나는 총동창회 임원단에게 '부산남고발전추진위원회'를 구성하게 하고 학생 감소에 따른 토론회를 개최하게 하는 등 본격적인 논의의 장을 펼치게 하였다.

2019년 연말, 동창회는 90%에 가까운 동문들의 찬성으로 명지 이전을 결의해 주었다. 학생 수 감소로 입학할 학생이 없는 인구 구조의 문제를 당장에 해결할 방안이 없으니, 인근 학교와의 통합 추진보다는 명지 지역으로 이전을 해서라도 학교를 존속 발전시키자는 동문들의 결기가 빛나는 순간이었다. 2020년에는 재학생 학부모들로부터 과반 동의를 받아냄으로써 교육청에서 필요로 하는 행정 절차는 모두 마칠 수 있었다. 그러나 부산남고를 무작정 사랑하는 영도의 일부 주민과 정치인들은 반대 현수막을 내걸었고, 나의 충정을 졸속 이전으로 규정하는 등 지역 내 갈등을 부추기기도 하였다. 일부 인사들의 위협적인 말에는 자괴감이 들기도 하였다. 총선과 지선에서 주민들의 눈치를 보아야 하는 출마자들의 이해득실 계산으로 교육청과 교육부의 심의 자체가 연기되기도 하였으나, 결국 2022년 교육부로부터 명지국제신도시로의 이전 승인을 받아냈다.

2024년 10월 8일 착공된 '부산남고 명지캠퍼스'에 대한 기대감은 매우 크다. 5,000여 평의 부지에 5층의 본관과 식당 및 체육관을 갖춘 멋진 신축 교사는 2026년에 완공될 예정이다. 당장 다가오는 2025년에는 1년간 중단되었던 신입생 배정을 다시 받을 수 있게 되었다. 명지 지역의 중3 학생 수가 많아 부득이 옛 명지초등학교 건물을 리모델링하여 1년간 임시 운영할 예정이다.

2025년 1년 동안은 영도에 3학년, 명지에는 1학년이 다니는 이원 운영이라는 초유의 상황이기는 하지만 명지국제신도시에서 첫 발을 내딛는 이정표로서 큰 의의가 있다. 2026년 3월에 2학년이 신축 교사로 옮기고, 1학년 신입생도 신축 교사로 입학하게 된 다. 2027년에는 3개 학년이 완성되어 학년당 10학급 총 30학급 에 700명이 넘는 후배들이 다니는 모교의 모습을 상상하는 것만 으로도 벌써 가슴이 벅차오른다.

내년에 명지 임시 교사를 운영하기 위해 부산시교육청에서는 교감 1명을 일시적으로 증원 요청하였고, 별도의 교무실과 행정 실을 운영하기 위한 선생님과 행정공무원 정원을 확보하였다고 한다. 더구나 2025년 1월에는 행정요원을 우선 발령 내어 신입생 입학사무를 맡길 예정이라고 하니 명지 이전이 가시화되는 모습 을 볼 수 있게 되었다.

우리 동문회에서는 2026년 신축 교사로의 완전한 이전을 위해 중지를 모아야 한다. 신축 교사 내에 확보된 공간에 '부산남고 역 사관'을 건립하는 일, 순조로운 이전을 위하여 학교에 필요한 사 업을 지원하는 일, 후배들에게 모교의 전통과 정신(정의·협동·노력, 연 작안지 홍곡지지 燕雀安知 鴻鵠之志)을 전수하는 일이 그 과제이다.

면밀한 계획과 따뜻한 마음을 담아 정성을 다한다면 새로운 한
물결 후배들에게는 큰 힘이 될 것이고, 우리 졸업생들에게도 당
당한 자부심으로 남을 역사적인 일이다.

　　'바다를 이루는 한물결, 세상의 중심에서 등대가 되어라!' 취
임 당시에 선포한 모교의 100년 비전은 여전히 나의 가슴을 울린
다.

부산예빛학교와 가수 최백호

강 장학사는 여동생 민주의 고교 동기이다. 부친상을 치를 때 빈소에 오시는 교육청 손님들을 스스로 안내해 주었다. 여동생은 저 사람이 누구냐고 물었다. 교육청 장학사라고 하니 어디서 많이 본 얼굴인데 하며 이름을 물었다. 여순 이라고 하니 여고 동창이라고 하면서 둘은 30여 년 만에 반갑게 인사를 나누었다.

그가 장학관이 되어 시월 어느날 교육과정 관련 회의를 마치고 나서 나를 보자고 하였다. 곧 개교할 부산예빛학교를 맡아달라는 것이었다. 나는 부흥고로 옮긴 지 일 년이 조금 지났을 뿐이고 또 그럴만한 자격이 안 되므로 예술 전공자를 찾아보라고 하였다. 아무리 찾아도 마땅한 사람이 없다는 것이었다. 2주가 지나 다시 연락이 왔다. 예술 전공자가 없으니 대신 학교 경영 경험이 있는 경력 교장이 필요하다는 것이었다. 부득이 나에게 다시 요청하게 되었다고 해서 고민해 보겠다고 하였다.

개교 업무를 상상해 보니 건물 공사를 확인하는 일, 실용음악과 미술 실기 강사를 구하는 일, 실기 중심 교육과정과 학사 업무를 짜는 일, 기숙사 업무, 학생 등하교 방법 등 어느 하나 쉬운 일이 아니었다. 대답은 하지 않았고 시간은 흘렀다.

12월이 되어 국장으로부터 전화가 왔다. 역시 맡아 달라는 것이었다. 나는 계속해서 예술 전공자를 찾으라고 하였다. 발령 순서를 조금 바꾸더라도 전공자가 맡아야 한다고도 하였다. 비전공자인 나를 발령 내면 그것을 상쇄할 만한 명분이 무엇인가? 라고 묻기도 하였다. 12월 20일 다시 국장의 재촉 전화가 왔다. 교육청에서 여러 방안을 고민해 보았지만, 나를 보내는 것이 그나마 낫다는 판단이라고 하였다. 결단을 요구하였다. 하루 정도 말미를 달라고 하고 인사 담당 장학관에게 교감이라도 전공자를 발령 내도록 약속을 얻어내고서 개교 학교를 맡기로 수락하였다. 1년 6개월 만에 떠나야 하는 부흥고 모두에게는 미안한 일이었다.

결국 2023년 1월 1일 자로 부산예빛학교 교장으로 겸임 발령이 났다. 월 수당은 겨우 10만 원이었다. 부흥고는 석면 교체 공사로 12월 말에 졸업식을 끝내고 컨테이너에서 업무를 보았다. 2일부터는 일광중학교의 교실 두 개를 빌려 임시사무실을 차리고 부산예빛학교 개교 업무를 시작하였다. 먼저 배정된 행정실 직원 4명, 개교 업무 교사 4명 등 나를 포함하여 모두 9명이었다. 개교 업무를 맡은 교사들은 그래도 방학인지라 매일 출근시키지는 않고 재택 업무를 보면서 주 2회 정도 협의회에 참석하도록 하였다. 나는 하루는 부흥고, 이틀은 개교사무실로 두 학교를 오갔다.

학사 일정과 각종 규정은 일반 학교와 다른 점이 있어도 그에 준하여 계획을 세우면 될 일이었다. 그러나 급식실 준공이 2학기가 되어서야 가능하므로 1학기 동안 급식을 어떻게 할지, 부산 각지에서 올 학생들의 등하교를 시켜줄 통학버스를 운행하는 일, 실기 강사를 구하고 시간표를 배정하는 일, 각종 교구와 악기를 구매하는 일, 실기 평가의 기본 계획과 기준을 짜는 일, 학교 운영 예산을 재편성하는 일 등은 고차방정식을 풀어나가듯이 준비해 나갔다. 한가지가 해결되었다 싶어도 또 다른 문제가 생겨 수정에 수정을 거듭하기도 하였다. 신경을 많이 쓰느라 건강이 나빠졌다.

몇 안 되는 교직원이지만 개교 준비에 임하는 우리의 역할과 자세에 대하여 나름의 방침과 방향을 정하여 일러주었다. 먼저 학교의 설립 목적을 충분히 인지하도록 강조하였다.

예술분야 진로를 희망하는 일반고 재학생을 위해 맞춤형 교육 기회 제공, 실기·실습 위주의 예술 교육과정 지원으로 사교육비 경감에 기여, 폐교를 활용하여 지역사회와 동반 성장하는 복합 예술문화공간 조성이라는 설립 목적을 누누이 강조하였다. 목적이 분명해야 교육과정도 분명해지기 때문이다.

더불어 다음과 같은 역할과 자세를 강조하였다.

- 방향을 설정하면 그것을 유지하려고 노력하여야 한다. 물론 보완, 개선, 피드백 과정을 순환해야 한다. 방향을 바꾼다는 것을 목표를 수정한다는 것이므로 판을 새로 짜야 한다.
- 원칙을 준수할 때 융통성을 발휘할 수 있다. 여러분이 융통성만 쫓아서 일을 한다면 저는 원칙만을 고수할 수밖에 없다.
- 입교생의 진로에 대한 고민과 결정에 대하여 깊은 이해가 필요하다. 한번 좌절했던 학생이 있다면 예빛이 그를 두 번 좌절하게 해서는 안된다.
- 만약 하찮은 무엇 하나 때문에 다 같이 이름을 더럽힌다면 그 얼마나 미안한 일이 되겠습니까?
- 학교는 좋은 학생 못지않게 좋은 교사로 성장하는 곳이기도 하다.
- 많은 일을 하기보다 해야 하는 일, 할 수 있는 일을 하자. 사업의 대부분은 일을 못 해서 망하는 것이 아니라 일이 너무 많아서 망한다는 사실이다.
- 익숙하지 않은 낯선 경험을 두려워하지 말라.
- 모든 기회에는 어려움이 있으며, 모든 어려움에도 기회가 있다.
- 지나친 열정은 디테일을 덮어버린다.
- 아무도 반달을 사랑하지 않는다면 반달이 보름달이 될 수 있겠

는가. 보름달이 반달이 되지 않는다면 사랑은 그 얼마나 오만
할 것인가?

• 우리가 작은 학교를 맡았다고 하여 그 임무가 작은 것은 아니
다. 그들의 꿈을 이루고 희망을 키우게 하는 일은 백 명이든 천
명이든 모두 소중한 일이다.

　　교장으로서는 학교의 상징을 어떻게 설정해야 할지도 고민이
었다. 교가, 교표, 교훈, 교목, 교화, 교육 비전 등 처음으로 만들
어 가야 하는 일들이다. 교직원들은 각각 자기가 맡은 업무도 벅
차다고 하니, 퇴근 후에는 학교 상징에 대한 아이디어에 몰두하
였다. 교표는 미술 전공인 친구에게 부탁하였다. 몇 가지 방향을

정하여 예시 도안을 만들어 달라고 하였고, 그중 한 가지를 여론 조사하여 선정하였다. 교정에 우뚝 선 은행나무를 교목으로 먼저 정하였기에 은행나무 잎을 바탕으로 그려달라고 했던 안이 선정되었다.

교가가 많이 걱정되었다. 가사는 내가 쓸 작정을 하고 이래저래 몇 개를 써 보고 다른 분들에게도 검토를 요청드렸다. 많은 교가에서 보는 백두산 정기와 같은 풍수지리적 가사는 썼다가 지워버렸다. 학생들이 자기의 꿈을 찾아서 열심히 노력하는 모습을 그리면서 가사를 완성해 나갔다.

작곡을 누구에게 맡길 것인가가 문제였다. 부산예빛학교 자리는 옛 일광초등학교가 일광신도시로 이전해 가면서 남은 곳이다. 이점에 착안하니 60년대에 일광초등학교를 다녔던 가수 최백호 씨의 어릴 적 추억에 관한 기사를 떠 올렸다. 마침 기장문화원의 강주훈 원장께서 최백호 가수의 5년 후배라는 사실을 알게 되어 찾아갔다. 그 자리에서 TV에서만 뵀었던 가수 최백호 님과 직접 통화하여 교가를 부탁드렸다. 예술을 전공하고자 하는 학생들이 우리 학교에서 꿈을 가꾸어 간다는 주제를 담은 가사를 보내드릴 테니 작곡을 맡아 달라고 하였다. 최 선생님은 흔쾌히 수락하시고 한 달여 시간을 약속하였다.

2월 말이 되어 입교생을 받을 여러 업무가 거의 준비가 되었을 무렵에 최 선생님으로부터 악보가 도착하였다. 전통적인 교가와는 색다른 리듬을 사용하여 그루브(groove, 興)가 넘치는 노래였다. 마음에 쏙 들었다. 런닝 타임이 조금 짧은 것 같아 후렴구를 두 소절 반복하는 방식으로 조금 보완하였다. 마침 교감으로 발령난 음악 전공의 신 교감선생님과 부흥고에서 모시고 온 이 선생님이 여러 번 불러보면서 마침내 교가를 완성하였다.

이후로 최백호 님은 두세 번 학교를 방문하셨다. 6월 말에는 '최백호의 낭만 3'을 교실과 벚나무 아래에서 촬영하기도 하였다. 당신의 어머님이 근무하셨던 일광초 학생 시절의 추억을 회상하면서, 부산예빛학교의 역할을 많이 기대하였고 나에게도 격려를 아끼지 않으셨다. 특히 교정에 있는 오래된 벚나무에 대한 추억을 이야기하시면서 꼭 지켜달라고 하셨다. 고목이 된 벚나무가 고사할까 봐 걱정되었기 때문이다. 나는 나무 영양제를 주기도 하고 해충을 퇴치하는 작업도 하며 많은 신경을 쓰기도 하였다. 최백호의 낭만 나무라고 이름짓기도 하였다.

호소력 짙은 목소리로 많은 사람들에게 사랑을 받은 낭만 가객 최백호 님과의 인연은 부산예빛학교 초대 교장만이 가진 행복한 사연이 되었다. 교가 악보에 실린 '강병수 작사, 최백호 작곡'만으로도 행복한 일이다.

1950년 생인 그는 일흔이 넘었다. 그는 여든이 되어도 '입영 전야'를 부를 수 있다고 하였다. 젊은 시절에는 한 호흡으로 부르던 대목을 두세 호흡으로 나눠 부르면 될 일이라고 하였다. 여든에는 여든의 호흡으로 아흔에도 숨이 좀 가파르겠지만 충분히 노래할 수 있다고 하였다. 얼굴에 주름이 가듯 목소리도 늙어가지만 늙은 목소리일지라도 진심이 한결같다면 행복할 것이라 하였다. 나도 그럴 수 있을는지, 부러운 모습이다.

나중에 준공된 급식실에는 '예서로랑(YESEOROANT)'이라는 이름을 지었다. 죽마고우 김청영의 아내인 캘리작가 박정은 님의 서체로 현판을 달았다. 도서관에는 '서로재(書路齋)'라는 이름을 짓고 직접 붓글씨를 써서 현판을 달았다. 학교 캐릭터인 예로와 예서에서 '서'와 '로'를 차음하고 책 속에 길이 있다는 뜻을 담아 '서로재'라 지었다.

초대 교장이라는 막중한 임무를 수행하느라 애가 많이 쓰였다. 세상의 일이라는 건 쉬운 게 하나도 없다. 작은 일에도 정성을 다하여야 한다.

부산예빛학교 교가

작사 강병수
작곡 최백호

성아야 성아야

당신 머물던 옥봉산 아래 찾아왔건만
용문으로 떠난 지 몇 해가 되었다 하네

쉬엄쉬엄 숲속 거닐며 하늘 쳐다보라 했건만
홀연히 하늘로 떠난다는 소식 먼저 왔네

너는 왜 너를 위해 울지 않았느냐
울지 않았느냐

성아야 성아야

너는 도대체 어디로 간단 말인가
어디에서 너 혼자 울고 있단 말인가

참사람

주 선생은 같은 과의 15년 후배이다.

실력 있고 수업에 진심이며 학생들을 제대로 가르칠 줄 아는 선
생님이다.

내가 건강이 좋지 않아 힘들어 포기하려 할 때,
조금만 더 힘내어서 끝까지 남아
후배들의 든든한 버팀목이 되어달라며
눈가에 눈물방울을 맺었던 사람이다.

그런 그의 말이 나를 위로하는 말인 줄로만 알았다.

그의 상처가 얼마나 아팠는지 몰랐던 나는 바보였다.

그가 하늘로 떠난 후 한 달이 넘도록 나는 울음을 멈출 수가 없었다.

일천이 넘는 애타는 마음이 함께 모여 그나마 순직을 이끌어 내었다.

성아는 내가 사랑했던 사람이다.

바람 쉼터

바람 불어와 쉴만한
초록빛 이 길

바람이 이루어지길 소망한
당신이 머물던 자리

다시 먼 길 떠나는
바람마저 숨고르는 쉼터

떠나야 할 시간을 위해
오늘도 꿈꾸는 그대

쉼터 징검돌

어느 날 교무부장과 점심을 먹으면서 나는 학교 정원의 '산림탄소상쇄의 숲'이라는 딱딱한 이름을 대신할 명칭을 지었으면 한다고 말했다. 그날 오후 우 부장은 학교 정원 이름 공모 계획서라는 걸 들고 왔다. "이렇게 공모하면 될 겁니다"라면서.

2024년 8월 19일
금정고등학교의 정원 '산림탄소상쇄의 숲'이 새로운 이름으로 재탄생하였다. 학교 정원 이름 공모전에서 2학년 한성준 학생의 응모작인 '바람 쉼터'가 선정되어, 2학기 개학일에 현판 제막식을 가졌다. 정원 입구의 칙칙한 시멘트 옹벽을 가리는 현판 디자인은 금속 재료를 활용하여 산뜻 발랄하게 단장하였다. 현판의 글씨도 내가 캘리 붓글씨로 여러 차례 연습하여 쓴 것 중에서 직원들의 투표로 정하였다. 살랑거리는 바람에 하늘거리는 글자체 모양으로 썼다.

정원 안에는 한국을 대표하는 시인들의 시가 적힌 글 판들을 배치하여 정원의 분위기를 더욱 풍성하게 만들었다. 박목월의 '나그네', 윤동주의 '별 헤는 밤', 이육사의 '고목', 정호승의 '반달'과 함께 내가 쓴 자작시 '바람 쉼터'까지 모두 다섯 개의 글 판을 만들어 심었다.

'바람 쉼터'라는 제목의 시는 바람과 더불어 쉬면서, 자신의 바람을 꿈꿀 수 있는 공간으로 자리 잡길 바라는 마음을 담았다. 새 학기 시작과 함께 학생들과 교직원들이 이곳에서 휴식을 취하며 새로운 영감을 얻기를 바라는 마음이었다.

그런데 바람 쉼터 정원 안을 자세히 살펴보니 무슨 이유인지 중간에 산책로가 끊어져 있었다. 징검돌이 없는 곳에서는 이슬

처럼 물기가 있을 땐 젖은 풀잎 사이로 걸어야 하는 불편이 있다. 판석이 모자라서 중간에는 깔지 못해 비워둔 것인가 싶었다.

전임지에서 공사 때 남은 보도블록 생각이 나서 양해를 구해 얻어왔다. 내 차의 트렁크와 앞뒤 좌석의 발판에까지 쌓으니 그 무게에 차 뒤가 내려앉을 정도였다. 왕복 두 번을 실어 나르니 60개 정도 얻어온 셈이다.

10월 21일 오후에 시간을 내어 산책로 징검돌을 놓기 시작했다. 미리 돌의 위치를 정해 놓아둔 자리의 흙을 삽으로 걷어내고 보도블록을 징검돌로 놓기만 하면 되는 간단한 작업이다. 보도블록의 둘레만큼 흙을 걷어내는 요령은 그 둘레 크기와 깊이보다 조금 넉넉하게 파내기만 하면 될 일이다. 파헤쳐지는 잔디가 아까워 처음에는 딱 맞게 파내다 보니 결국 두세 번 더 삽질해야 했다. 석 장쯤 깔아보니 가장 적당한 크기의 파내기가 가능해졌다. 항상 모서리가 애매하다. 수직으로 파내야 하는데 모서리 부분은 삽질이 몇 번 더 가야만 된다. 오늘 여섯 장을 깔았으니 쉬엄쉬엄해서 열흘 정도면 산책로가 이어질 것으로 계산했다.

11월 15일, 바람 쉼터의 징검돌 놓기를 시작한 지 4주 만에 완성하였다. 하루 예닐곱 개씩 놓으면 열흘이면 될 일이지만 비 오고 바쁘고 피곤하다고 이래저래 빠지는 날이 있다 보니 26일이나 걸렸다.

오늘은 마지막 완성하는 날이라 행정실 주무관에게 같이 완성하자고 동참을 권하니 열 일 제치고 나왔다. 함께 작업하는 모습도 사진으로 찍었다. 완성 후에는 모두 수고했다는 의미로 탕수육을 시켰더니 계산은 누군가 먼저 해버렸다. 둘러앉아 화기애애 이야기꽃을 피웠다.

"승객이 될 것인가, 여행자가 될 것인가?"

점심시간이 끝나갈 무렵에는 잠시 짬을 내어 내일 통영으로 인문학 기행을 떠나는 학생들에게 질문을 던졌다. 맨 먼저 손을 든 1학년 친구가

"여행자가 되어야 합니다." 하길래

"이유는?" 하며 되물으니,

　"가는 동안의 공간을 보아야 하기 때문입니다."

라고 멋진 정답을 발표했다. 1학년치고는 대단한 답변이라

　"너 이름이 뭐꼬?" 하니 정지용이란다.

　참으로 인문학 기행 참가자다운 이름일 줄이야….

　가고 오며 듣고 보고 그 너머 상상의 공간까지 마주하는 시간

이 되기를 바란다고 주문하였다.

　바람 쉼터에도 자주 들러서 문학의 멋을 누려보기를 함께 주문

하였다.

울릉도·독도 탐방

    2024.11.1.~3. 독도동아리 학생들과 함께 울릉도·독도 탐방을 다녀왔다. 생뚱맞게 찾아온 늦가을 태풍의 접근으로 일주일 전부터 그 경로와 영향에 신경이 쓰였다. 결국 탐방을 포기하기로 작정하고 학생들에게 이해를 구하니 그래도 꼭 가야겠다고 하니 난처하지 않을 수 없었다. 기실은 당초에 계획에도 없었던 일인데 동아리 학생들로부터 갑작스럽게 독도 탐방 건의를 받고서, 비용을 어떻게 마련할 것인지를 궁리한 끝에 결정했던 터라 포기하기에도 아쉬운 일이었다. 그래도 안전이 우선이므로 방법에 방법을 고민한 끝에 출발 시간을 하룻밤 앞당겨, 금요일 밤에 출발하면 바람과 풍랑이 오기 전이라 울릉도에 미리 도착할 수 있다는 수정계획을 마련하여 학부모님들의 동의를 받아 추진하게 되었다. 아마도 독도에 꼭 가야겠다고 떼를 쓰니 어쩔 수 없이 동의를 해준 부모님 마음일 터이니 준비에 더욱 신경이 쓰였다.

나의 울릉도 방문은 이번이 다섯 번째이다. 대학생 4학년 울릉도 답사에 참여하였고, 부산국제고 3학년 부장 때 한국해양대 초청으로 실습선을 타고, 교육부 주관 행사 때도 선박으로 독도를 선회하면서 탐방한 적이 있었다. 2018년에는 전국지리교사연합회 회장 자격으로 독도의 날 기념행사 목적으로 방문하여 처음으로 독도 땅을 밟아보기도 하였다. 매번의 방문이 행사의 일원으로 참가한 것이었다.

　　이번 탐방은 갑작스럽게 준비되었고 또한 학생들을 직접 인솔하는 탐방이어서 여러모로 신경이 쓰였다. 탐방 일주일 전 독도의 날(10.25)에는 부산교육역사관 4층에 구축된 부산 독도체험관에서 독도아카데미 행사를 주관하였고, 다음 날에는 영광도서에서 시민 대상의 독도 강연을 하는 등 바쁜 일정을 보냈다. 그 와중에 울릉도·독도 탐방 준비를 하였으니 최 선생님의 도움이 아니었으면 어쩌면 불가능하였을지 모른다.

　　과연 예상대로 밤새 풍랑 없이 안전하게 울릉도에 도착하였다. 가랑비가 다소 흩날리다 이내 그치고 실바람이 부는 정도라 울릉도 탐방에는 안성맞춤이었다. 하선 즉시 부모님께 무사히 도착했다는 문자를 보내라고 지시하고 이른 아침부터 탐방 활동이 진행되었다.

　　부산 사람 안용복 기념관에서는 그의 도해 경위와 경로 및 울릉도쟁계의 내막을 설명하고, 오징어잡이 최고의 어항이었던 저동항에서는 항구의 기능과 경관에 대해서도 설명하니 신기한 걸 알게 되었다고 학생들은 연신 고개를 끄덕였다. 최 선생님의 심오한 지형학 강의도 한몫 단단히 하였다.

날씨가 흐리고 잔바람도 불어 다음날의 독도 상륙은 거의 불가능해 보였고, 풍랑도 잦아질 기미가 없었다. 숙소에서 저녁 식사할 무렵에, 내일 독도 승선 발권을 위해 한 시간 전에 나오라는 문자를 받고서 모두가 하늘이 우리를 버리지 않았다며 기뻐하였다.

일요일 아침, 붉은 일출을 감상하면서 한결 잦아진 바람과 청명한 날씨로 독도 상륙의 설렘이 한껏 부풀어 올랐다. 맨 먼저 아침 식사를 마치고 버스에 올랐는데도 모든 학생이 언제 왔는지 먼저 탑승하여 기다리고 있었다. 독도에 가고 싶은 그들의 마음이 하늘을 찔렀다.

저동의 독도행 선착장에 도착한 순간 한 통의 문자. '독도행 결항'….

승선 30분을 남겨놓고 그토록 바라던 독도행 배가 풍랑주의보 미해제로 갈 수 없게 되었으니, 모두가 허탈해하였다. 하지만 인솔자로서 미련에 끌려가서는 안 되었다. 자연을 거스를 수 없다는 단순명쾌한 결론으로 즉시 대체 일정을 마련하였다. 케이블

카 전망대에 올라 육안으로나마 바라볼 수 있기를 기대하였으나 수평선 위로 낮게 깔린 해무로 인해 독도는 끝내 보이지 않았다. 독도박물관에 들러 독도 수호를 위해 땀 흘린 주민들과 경비대의 모습들을 관람하고, 기념 티셔츠로 깔맞춤을 해주니 사라진 웃음기가 되돌아와 그나마 마음의 위로가 되었나 보다.

해양경찰이 되겠다는 마음의 결심이 확고해졌다는 송 군의 발표는 큰 박수를 받았다. 다른 학생들도 그들만의 새로운 발견과 성장의 기회가 되었으리라 믿는다.

...

장백(長白)의 멧부리 방울 뛰어
애달픈 국토의 막내
너의 호젓한 모습이 되었으리니

창망(滄茫)한 물굽이에
금시에 지워질 듯 근심스레 떠 있기에
동해 쪽빛 바람에
항시 사념(思念)의 머리 곱게 씻기우고

지나 새나 뭍으로 뭍으로만
향하는 그리운 마음에
쉴 새 없이 출렁이는 풍랑 따라
밀리어 오는 듯 하건만
...

　시인 유치환의 '울릉도'에서 동해 바다에 근심스레 떠 있는 울
릉도의 가냘픈 모습과 함께 경건함을 새삼 느껴본다. 또한, 역사
의 언저리에서 울릉도 섬 주민들의 애환과 그들이 독도를 지키
고자 했던 숭고한 정신을 다시 한번 되새겨 보면서, 울릉도·독도
탐방을 함께 한 금정고 독도동아리 학생들의 창창한 내일을 그
려본다.

현대로보틱스 방문

2학기에 방과후수업과 자율학습에 열심히 참여한 학생 50여 명을 선발하여 현장체험학습으로 대구 달성군에 있는 현대로보틱스를 방문하였다.

나는 대학 탐방과 같이 단순히 입학전형에 대한 설명과 캠퍼스 투어 형태의 체험학습에 대하여 약간의 거부감을 느끼고 있다. 대학이 발표한 요강 자료를 읽어보면 될 일인데 그걸 굳이 먼 길을 찾아가서까지 알아볼 일인가라는 시간 낭비라는 생각이 들기 때문이다.

그래서 전공설계멘토링 같은 프로그램을 기획하여 자신이 희망하는 분야의 전문가나 직업인을 직접 섭외하여 찾아가게 하거나, 신문읽기와 같이 다양한 분야의 정보를 많이 접하게 하는 교육을 선호한다.

진로교육을 한마디로 정의하자면 '세상이 넓다는 것을 알게 하는 것'이다. 이것 진로 교육의 일차적 목표가 되어야 한다. 그렇게 해야, 세상이 넓다는 것을 알게 되고 거기서 자신의 진로 분야를 좁혀나갈 수 있다고 보기 때문이다.

그래서 이공계 학생만이 아니라 문과 학생들에게도 생산 로봇 기계를 생산하는 공장에도 데리고 간다. 그곳에서 경영학을 비롯한 문과 전공자의 직렬이 있음을 보고 깨닫게 해야 하고, 이과에 관심 있는 학생에게는 기계의 작동 원리와 같은 전문 분야에 대한 호기심을 자꾸 유발해야 한다.

현대로보틱스에는 두 번째 방문이다. 첫 번째 방문은 내가 부산남고 교장으로 있으면서 자율형 공립고 교장단 모임의 총무를 맡았을 때이다. 2019년 7월경이었다. 현대중공업 사장을 지냈던 주영걸 님은 고등학교 선배이다. 현대로보틱스는 현대중공업에서 분리된 계열사이다. 주 선배님은 8월에 있었던 전공설계 멘토링 프로그램 운영 때도 현대중공업그린에너지 견학을 섭외해 주셨고, 충북 음성까지 오셔서 점심을 사주시면서까지 학생들을 격려해 주셨다. 그분의 소개로 지난번 교장단 방문이 성사되었고, 이번에도 중간 역할을 해 주셨다.

당시 교장단의 방문을 추진했던 이유는 학생들에게도 진로 교육의 하나로 산업체 견학 프로그램이라는 걸 만들어 일반화시키면 좋겠다는 생각으로 내가 추진하였다. 그러나 그 이후 코로나

277

사태로 대부분의 체험활동이 중지되는 바람에 더 이상의 진전이 없이 물거품이 되는 듯하였다.

시간이 흘러 금정고등학교. 2024년 12월 27일.

나는 집에서 바로 대구 달성군으로 차를 몰았다. 학생들이 8시 40분에 출발했으니 비슷한 시간에 먼저 도착하려면 서둘러야 했다. 방문 약속 시간인 10시 30분이 되기 전에 도착하여 학생들을 실은 버스 두 대가 오기를 기다렸다. 버스에서 내리는 학생들은 나를 보자 깜짝 놀라기도 하였다. 교장선생님이 여기까지 오실 줄은 몰랐다면서….

간단한 홍보 설명을 들은 후 현대로보틱스 공장 내부를 견학하였다. 로봇 기계를 만드는 공장의 공정과 동선, 생산된 장비들의 쓰임새와 판매 등에 대하여 설명 들었다. 몇 가지 질문들이 오고 갔다. 신입사원의 연봉이나 입사하는 데 필요한 전공에 대한 질의도 있었다.

짧은 질의응답으로 끝나는 것이 아까워 나는 보충 설명을 이어 갔다. 공장 안의 제품 생산 공정을 보려고만 하지 말라면서, 이 공장의 입지 조건과 물류의 흐름은 어떻게 되는지 머릿속에 지도를 그려가면서 교통의 중요성을 확인하도록 하였다. 또 근무하는 직원의 주거지역과 자녀의 교육 시설의 확보 등 정주 조건에 대한 설명도 곁들였다.

추가로 일어난 소상한 질의응답 등을 통하여 체험학습의 성과를 많이 거두었다. 새로운 설명이 새로운 질문을 낳았기 때문이다. 따로 묻지 않아도 각자의 방문 성과를 가늠할 수 있었다.

말없이 꽃대를 밀어 밀어 올렸다

3부 우리의 길은 언제나 새로운 길

학교에서 한 여러 일에 대한 소회와,
단상을 몇 글자 적었다.

답사

답사 교실을 개최한답시고 광고를 붙였는데도 며칠간 신청자가 없어 틈이 나는 대로 선전하였건만 생각만큼 늘어나지 않아 서운했었다. 그래도 담임 체면 세워주려고 막판에 무더기로 신청한 아이들의 마음 씀씀이에 신나게 준비하였다. 답사 안내서를 만들고 자료를 뒤지고 숙소와 식당을 예약하면서 혹시나 적자가 나지 않을까? 했는데 고맙게도 손익분기점을 맞추었다.

전북 부안군과 고창군의 경계인 곰소만은 8년 전에 한 번 가본 곳이었다. 뒤늦게 알게 된 김일기 교수님의 지역이라는 색채를 듬뿍 담은 논문을 학창 시절에 보았던 기억을 떠올리면서, 곰소의 염전을 지나 줄포(茁浦)에서 받은 이미지는 마치 황량한 개척 시대 서부의 마을에 와 있는 그런 특별한 기억으로 남아 있다. 신문이나 텔레비전에서 변산반도의 그 잘난 국립 공원을 소개하여도 채석강의 절묘함보다 먼저 떠오르는 거무스레한 갯벌의 냄새를 나는 잊을 수 없다.

그런 곰소만을 학생들을 데리고 답사해야겠다는 생각을 하면서 내 느낌을 아이들에게 제대로 전할 수는 있을지…. 때마침 답사 운영을 두 해나 맡았던 모임에서 곰소만과 그 주변을 답사한다는 소식을 접하고 1박 2일간 다녀온 것이 답사를 준비하는 데 큰 도움이 되었다.

답사는 성공적으로 이루어졌다. 학교에서 처음으로 실시한 지리답사교실이라는 큰 자부심이야 이루 말할 수 없지만, 답사가 누구나 쉽게 할 수 있는 일은 아닌데 학생들의 적극적인 참여 덕으로 개최할 수 있었던 게 가장 큰 이유이다. 요즈음 해외여행을 들먹이지 않더라도 여가와 여행을 즐기는 이들이 자연스럽게 답사 운운하며 낯선 곳을 다녀왔다며 그곳에 갔다는 사실만 강조하는 모습이 나에겐 시간 낭비쯤으로 여겨졌기 때문이기도 하다.

그래서 수학여행을 가서 신라의 석굴암과 백제의 낙화암과 설악의 경치 감상도 좋지만, 가슴에 뼈가 달라붙지는 않을지라도 내 뼈가 그래도 저려봤다는 간절한 심정을 한 번이라도 느낄 수 있는 그런 여행을 학생들에게 해주고 싶었다. 이번에 엄선된(?) 학생들은 내 입맛을 톡톡히 만족시켜 주리라 예상하며, 또 그네들도 무언가 나한테 가져갈 게 없나 하고 덤벼들 듯이 다가왔었다.

짧은 시간이었지만 함께 하였던 곰소만의 갯벌과 바다 내음, 그리고 드넓은 벌판에 배인 숨소리와 함께 우리 땅 여러 삶의 모습을 잊지 않았으면 한다.

한 학기가 지나 2000년 8월에 나는 다시 지리답사교실을 열었다. 이번에는 강원도 삼척과 정선, 영월을 이틀간 돌아다녔다. 학생들은 광산의 지하갱도까지 체험하였다.

2년 후에는 백두산 탐사단, 이 후로도 나는 학생들을 데리고 가덕도, 남해도, 울릉도, 서울 등 곳곳을 데리고 다녔다. 세상이 넓기도 하지만 우리 땅과 그 속의 삶을 마주하기를 바랐다.

지리든 역사든 문화든 답사 활동이라는 게 얼마나 우리의 피와 살이 되는지는 잘 몰라도, 적어도 나와 다른 삶의 모습이 넓은 것임을 깨닫게 해준다.

졸업

우리 집에 있는 초등학생용 새 국어사전을 뒤져보니 '졸업(卒業)'의 정의를 '학교에서의 정해진 공부를 다 마침. 일정한 단계를 지나 익숙하게 됨'이라고 내리고 있다. 여기에 해당하는 영어 단어는 말할 것도 없이 'Graduation'이라고 생각하고 영어 사전을 펼쳐보니 과연 그렇다.

그런데 사전을 한참 읽어 내려가다 보니 'Commencement'와 비교하라는 부분이 있다. 그래서 얼른 찾아보니 '마치다'와는 정반대의 뜻인 '시작하다'는 뜻의 'Commence'를 발견하게 되었고 졸업식을 'Commencement'라고도 한다는 걸 알게 되었다.

졸업은 끝이 아니라 새로운 시작이라는 얘기는 예전에 나의 졸업식 때도 들었던 얘기이며, 또 교단에서 졸업하는 제자들에게 그렇게 얘기하곤 하였지만, 졸업이 곧 시작이라고 정의한 영어

단어가 있을 줄이야 영어 문외한인 내가 어찌 알았겠는가? 문외
한인 나로서는 신기한 일이다. 졸업의 참된 의미를 알아내기 위
해 우리는 늘 그 이면의 것을 읽어내느라 머리를 이리저리 쓰는
데, 영어에는 그게 그 뜻이라고 딱 사전으로 못 박아 두었으니 참
신기한 일이다.

깊은 산 속에는 옹달샘이 있다. 맑은 샘에는 파란 하늘이 담겨
있을 테고, 마르지 않는 샘도 있고, 서점에 가면 만날 수 있는 지
혜의 샘도 있기에 나도 흉내를 내어 보았다. '지리강 샘'이라
고….
나의 샘은 마르지 않아 언제나 맑은 물이 담겨 있는 샘터라도
되는 양 부족한 줄도 모른 채 퍼주기도 하고, 너무 목말라 애태우
는 아이들에게는 때때로 급하게 흙탕물도 퍼주었다. 우선 흙탕
물이라도 들이키는 아이에게는 미안하였다.

담임을 맡았던 학생들이 졸업하게 되었으니 이제 이 샘은 더
이상 맛있는 물이 될 수 없게 되었다. 그들이 새로운 샘을 찾아
떠날 때가 된 것이기 때문이다. 나도 맨날 똑같은 물만 그들에게
먹일 수는 없다. 나의 흙탕물을 마셨을 때, 그래서 그놈을 토해내
느라 생고생했을 때처럼, 새 물을 마시게 되면 '물갈이 복통'에라
도 걸릴 것이다. 내가 그걸 보면 '샘통'이라고 하며 즐거워할지도

모르겠다.

　이 산이 아닌 다른 산속에 가서, 마시면 복통에 걸려 고생하게 될지도 모를 옹달샘 찾기 시합이 곧 시작될 것이다. 신발 끈이 풀어지지 않도록 잘 매어서 서산에 해 넘어가기 전에 찾기를 바란다. 해라도 넘어가 버리면 달빛에라도 찾아보아야 한다. 행여 비 오는 날에는 그 빗물 받으려 하늘 보고 입 벌릴까 걱정이다.

　나는 다시, 저 산에서 이 산으로 건너와 샘 찾는 아이를 위해 흙탕물 가라앉히며 가만히 있으려 한다.

합창

합창(合唱)은 다성부 악곡의 각 성부를 여러 사람이 부르는 연주 형태 및 그 집단을 말한다. 단일 성부의 악곡을 여러 사람이 부르는 것은 제창이라고 하고, 다성부의 작품이더라도 각 성부를 한 사람이 부르는 경우는 중창이라고 한다.

신도고에서는 박 선생님의 지도로 두어 차례 학생들의 합창 연습을 참관한 적이 있다. 바쁜 일정 속에서도 1·2학년이 함께 시간을 내어 연습하는 장면은 매우 인상적이다. 합창에는 다음과 같은 의미가 있기 때문이다.

합창은 경청과 배려심을 키워준다.

합창 연습을 하는 모습을 보노라면 누가 잘하고 못하고보다 서로가 서로에게 맞추어 가는 모습이 매우 감동적이다. 그것이 합창의 장점이다. 합창이 추구하는 아름다움은 자신을 드러내는 것이 아니라 다른 사람의 소리를 듣고 여기에 자신의 소리를 맞춰감으로써 가능한 것이다. 그래서 합창 활동을 하면 다른 사람의 소리를 듣는 습관이 생긴다. 또한 자신보다는 다른 사람의 입장을 먼저 배려하는 태도가 자연스럽게 형성될 수 있다.

합창은 사회성도 길러준다.

합창은 모든 단원이 같은 시간에 함께 모여 연습하고 연주를 하는 행위다. 개인 사정으로 연습에 참여하지 못하면 전체적인 조화와 균형을 이루기 어렵고, 함께 연습하지 못한 채 무대에 오르면 예상치 못했던 그 사람의 소리 때문에 공연을 망칠 수도 있다. 자신보다는 전체를 생각하는 사회성이 길러진다.

예행연습보다 연주를 잘할 수 없다.

무대에 올라 연주하는 시간은 매우 짧다. 그러나 이 짧은 무대를 위해 합창단은 오랜 시간 연습을 한다. 합창 활동의 90% 이상이 연습이라고 해도 과언은 아니다. 따라서 이 긴 연습 시간을 어떻게 보내는지가 연주의 성패를 좌우할 뿐 아니라 합창단의 결집에도 큰 영향을 미친다.

우리가 초·중·고에 다니는 것은, 20대 이후 스스로 책임지며 살아야 할 자신만의 무대에 올라서기 위한 예행연습과 다를 바 없다. 약속을 잘 지키거나 고운 말을 쓰는 것, 존중하는 마음도 습관이 되기 위해서는 리허설이라는 꾸준한 연습이 있어야 한다.

　개인적으로 훌륭한 음악적 역량을 가지고 있어도 함께 하겠다는 자세 없이는 결코 성공할 수 없는 것이 합창인 것처럼, 청소년의 삶에서도 경청과 배려하는 마음으로 예행연습을 꾸준히 하면 사회성이 길러진다.

미래 대비 교육

지난해 우리나라의 생산가능인구(만15~64세)는 3,230만 명으로 2016년에 비해 11만 명 감소했다. 생산가능인구가 줄어든 것은 통계 작성 이후 처음이었다. 통계청은 2040년이면 생산가능인구가 2,000만 명대로 떨어져 노동력 부족에 직면할 것으로 예상했다. 천연자원이 부족한 한국은 뛰어난 인적 자원을 통해 경제발전을 이룩한 국가다. 자동차, 조선 등 효자 수출산업이 어려움을 겪는 가운데 "생산인구마저 감소하면 '소비절벽'이 도래해 한국 경제가 긴 불황의 늪에 빠질 수 있다."(해리 덴트, 「2018 인구절벽이 온다」)라는 경고가 나온다. 이 같은 악재를 극복하기 위해 한국을 '플랫폼 국가'로 만들어야 한다는 주장이 힘을 얻고 있다. 기차가 자유롭게 드나드는 플랫폼(기차역)처럼 사람과 자본이 자유롭게 왕래할 수 있도록 해야 한다는 것이다. (2018.10.16. 한국경제)

고3 수험생으로서 수능 시험은 매우 중요하다. 그런데 대한

민국 고3이면 대부분이 치는 시험이므로 통과의례로 보아도 무방하다. 통과의례란 '어떤 일을 하기 위해서 꼭 거쳐야 하는 일'을 말한다. 반드시 거쳐야 하는 일이라는 측면에서 매우 중요한 일임은 분명하지만, 그러나 다른 각도에서 본다면 수험생으로서 누구나 다 하는 일일 뿐이다. 즉 수험생이라는 신분을 벗어나는 순간에는 그 중요성은 하루아침에 사라지는 것이다. 그러니 수능시험은 대한민국 청소년의 통과의례일 뿐이다. 궁극의 목적지가 아니라는 의미다. 누구나 다하는 똑같은 일에 전력투구할 일은 아니다.

2040년 대한민국은 인재와 자본이 자유롭게 왕래하는 플랫폼 국가로 변모할 것으로 예상된다. 인재와 자본이 자유롭다는 것은 외국인과 외국 자본의 유입이 활발하다는 뜻이다. 지금 한국은 외국 기업의 투자보다 국내 기업의 해외 투자가 많은 전형적인 자본 순유출 국가이다. 인력 면에서도 우리나라 인재들의 외국 진출이, 고급 두뇌의 외국인이 우리나라에 유입되는 것보다 많다. 플랫폼 국가가 된다는 것은 지금보다 훨씬 더 많은 외국인과 외국 자본이 한국에 들어와서 경제활동의 한 축을 담당한다는 뜻이다.

글로벌 시대라고 하면 흔히 외국 진출을 떠 올리겠지만, 머지않아 외국인과 외국 자본을 일상적으로 만나게 될 것이다. 지금은 한국에 들어온 외국인의 다수가 비숙련 노동 인력이지만 앞으로는 전문성을 가진 인력이 많이 유입될 것이다. 인공지능이 지배하는 4차 산업사회와 함께 도래할 플랫폼 국가 시대에 대비한 학생들의 준비는 무엇인가?

지금의 수능 시험에 매몰되어 있기보다 자신의 진로 설정을 위해 보다 더 멀리 내다볼 줄 아는 능력을 갖춰야 한다. 그러기 위해서는 학교에서도 미래 대비한 교육이 강화되어야 한다. 미래 대비 교육이란 결국 주어진 문제를 잘 푸는 것이 아니라 무엇이 문제인지를 찾아내는 교육이며, 그것을 창의적으로 풀어나갈 수 있는 여러 역량을 키우는 일이다. 언제까지 수능 대비 교육을 할 것인가? 지금의 고교생이 2040년이면 40대로서 대한민국의 주역으로 살아가야 하기 때문이다.

경청이 곧 성장이다

귀뚜라미

학교에서 여러 행사를 하다 보면 선생님은 수많은 주의 사항을 말한다. 경험이 적어 혹시나 즉흥적으로 엉뚱한 행동을 할까 봐 신신당부하는 경우가 많다. 그럼에도 어떤 학생은 나중에 듣지 못했다고 괜한 호소를 하기도 한다.

귀뚜라미는 매미처럼 소리로 짝짓기 교신을 하는데, 앞날개의 돌기를 문질러 큰 소리를 낸다. 귀가 앞다리 무릎 근처에 있으니 귀 옆에서 자동차 클랙슨을 울리는 셈이다. 짝짓기가 중요하다 한들 이 엄청난 소음을 어떻게 감당하는 것일까? 큰 소리로 울어 대는 귀뚜라미의 경청에 관한 기사가 사이언스(Science)지에 실렸었다. 귀뚜라미를 산 채로 잡아보고자 가까이 다가가면 귀뚜라미는 후다닥 달아나 버린다. 무슨 비결이 있을까? 흥미롭게도 귀뚜라미의 뇌는 스스로 만들어 내는 소리와 외부에서 들어오는 소리를 구분한다고 한다. 게다가 스스로 만들어 낸 소리 정보를 무시하고 외부의 소리를 더 잘 듣게 하는 능력도 있다고 한다. 이는 마치 인간이 스스로를 간지럽히지 못하는 것과 같다.

경청(傾聽)

소통을 위해서는 경청이 중요하다는 말을 자주 듣는다. 소통뿐만 아니라 배움의 과정에서도 선생님이든 친구든 남으로부터 유용한 정보를 저장하기 위해서는 잘 듣는 것이 우선이다. 잘 경청하기 위해서는 의도적인 연습을 하여야 한다. 경청은 '상대방의 말이 끝나면 나의 말을 하려고 기다리는 행위'가 아니다. 상대의 말을 잘 듣는 행위이지 나의 말을 하기 위하여 준비하는 단계가 아니라는 것이다. 그래서 말하는 것은 2~3년이면 배우지만 듣는 것은 60년이 걸린다는 말이 있다. 60세를 이순(耳順)이라는 이유이기도 하다. 그만큼 경청이 쉽지 않다는 뜻이다. 귀뚜라미가 외부의 소리를 더 잘 듣는 것을 음미해 볼 필요가 있다.

성찰(省察)과 성장(成長)

한 해를 마무리할 때면 지난 1년 동안에 달성하고자 했던 처음의 각오와 다짐에 대하여 한 번쯤 성찰의 시간을 가진다. 프로야구를 비롯한 운동선수들은 겨울에 혹독한 훈련을 실시한다. 다가올 봄에 개막될 새 시즌을 준비하기 위하여 경기가 없는 기간에 신체적으로 전술적으로 더욱 담금질하는 것이다. 그 출발점은 코치의 이런저런 조언에 귀 기울이는 것이다. 선생님들의 말씀도 학생들에게는 마찬가지이다.

너무도 당연한 얘기를 이렇게라도 강조하는 것은 그만큼 경청과 실천이 어렵기 때문이다. 경청을 바탕으로 성찰과 실천에 힘쓴다면 그것이 곧 성장이다.

한물결 정신

2017년 9월 1일 모교인 부산남고의 제28대 교장으로 새로운 첫발을 내디뎠다. 졸업생 중에서 최초로 모교의 교장이 되었다. 교정에 들어서면서 몰라보게 우뚝 자란 검푸른 해송과 그 넓이와 깊이를 헤아릴 수 없는 모교 앞의 바다를 보면서 나도 모르게 옷깃을 여미었다. 그것은 모교의 교정이 삼천리 국토를 짊어지고 창파만경의 드넓은 세계로 나가고자 하였던 학창 시절의 꿈을 떠올리게 하였기 때문이다.

나는 취임식에서 학생들을 만날 때마다 세 가지 질문을 하겠다고 하였다.

첫째, 너의 꿈은 무엇인가? 꿈을 갖는 순간 잠재력은 끝없이 향상되기 시작하기 때문이다.

둘째, 오늘은 무슨 질문을 하였는가? 자신의 생각이 무엇이며 왜 그런 생각을 하는지, 또 그 생각을 가지고 어떻게 할 것인지, 중요한 것은 질문을 멈추지 않는 것이기 때문이다.

셋째, 최근엔 어떤 시를 읽어보았는가? 시가 아니더라도 어떤 글을 읽었고 어떤 그림이나 사진을 보았는지, 또 음악을 들었는지 즉, 감성과 상상력을 계발하기 위하여 스스로 어떤 자극을 주고 있는지 묻겠다. 진정한 힘은 새로운 땅을 발견하는 것이 아니라, 새로운 눈으로 세상을 보는 것이기 때문이다.

실제로 학생들과 대화 시간을 가질 때마다 이런 류의 질문을 해 보면 대부분 머뭇거리기 마련이다. 그래도 그런 질문이 학생들을 자극하게 하여 한 편의 시라도 읽게 되리라 확신하고 있다.

또 한편으로 전체 훈화를 할 기회가 있을 때를 대비하여 한물결을 정신에 대하여 정리해 놓았다. '한물결'은 교지(校誌)의 이름이자 우리 동문들을 상징하는 말이다.

한물결 정신은 학교의 교훈에서 풀이하였다. '정의(正義)', '협동(協同)', '노력(努力)', 이 세 가지 교훈이 지향하는 정의로운 사람, 협동하는 사람, 노력하는 사람은 곧 우리가 꿈꾸어 온 한물결 인의 모습으로 정의하였다.

'정의'는 공동체를 위한 옳고 바른 도리를 의미한다. 하버드 대학의 마이클 샌델 교수의 정치철학을 굳이 인용하지 않더라도 공동체주의와 선(善)이 있는 정의의 실현은 한물결 인에게 궁극적으로 요구되는 덕목이 아닐 수 없으며, 여느 동문에게서 곧잘 찾아볼 수 있는 우리 남고 인의 가장 뛰어난 기상이다.

'협동' 역시 미래 사회에서 가장 주목해야 하는 핵심역량이다. 창의융합사회는 창의적으로 생각하고 다른 사람들과 능숙하게 의사소통하며 협력하여 새로운 고부가가치를 창출하기를 요구하고 있다. 2015 개정 교육과정에서도 '자기관리, 지식정보 처리, 창의적 사고, 심미적 감성, 의사소통, 공동체 역량'이라는 6가지 핵심역량 중 '공동체 역량'은 바로 협동하는 사람을 의미한다.

'노력'은 언제 어디서나 인간으로서 지녀야 할 고유한 가치이다. 꿈을 꾸는 것은 인간만이 가지는 고유한 능력이며, 그 꿈을 이루기 위하여 힘을 다해 부지런히 애를 쓰는 모습은 굳이 설명이 필요 없을 듯하다.

덕불고 필유린(德不孤 必有隣)

정성은 '온갖 힘을 다하려는 진실하고 성실한 마음'이다. 진실하고 성실한 마음으로 매사에 임한다면 비록 그 성과가 당장에 드러나지 않는다 하더라도 앞으로는 큰 빛을 볼 수 있다.

이와 비슷한 의미로 논어(論語)의 이인(里仁)편에 나오는 '덕불고 필유린'은 내가 청년 시절부터 좋아하던 글귀이다. 德(큰 덕), 不(아닐 불), 孤(외로울 고), 必(반드시 필), 有(있을 유), 隣(이웃 린) 여섯 글자에 담긴 뜻은 '덕을 갖춘 사람은 외롭지 않다.'이다. 덕망이 있는 사람에게는 그를 알아주고 따르는 사람이 있게 마련이니 외롭지 않다는 의미이다. 평소 사람들에게 좋은 말을 하고 내 몸이 힘들다고 따지지 말고 남을 위해 덕을 베푸는 것을 실천한다면 어디선가 그를 알아주는 이가 있게 마련이라는 선현의 말씀처럼 덕이 가지는 힘은 그 무엇보다도 크다.

희로애락의 세상살이 가운데에서 힘들고 견디기 어려운 일도 많다. 청소년 시절에는 자기의 열정에 비해서 되는 일이 없거나 가정의 형편이 어려워 뜻을 펴기가 어렵다거나 하여 낙담하는 이도 더러 있다. 하지만 자신에게 최선을 다한다는 마음으로 목표에 한 걸음 한 걸음 다가가는 일이야말로 남에게 덕을 베푸는 것 못지않은 일이다. 자신의 꿈을 이루기 위한 열정이 남으로부터 당장 인정받지 못한다고 하여 좌절하여서는 안 된다.

겨울 들판이나 사람이나
가까이 다가서지도 않으면서
아무것도 가진 것 없을 거라고
아무것도 키울 수 없을 거라고
함부로 말하지 않기로 했다

허형만 시인은 '겨울 들판을 거닐며'라는 시에서 혹독한 현실 속에서도 희망의 씨앗이 자라고 있다는 것을 잊지 말기를 바란다. 아무것도 없을 것 같은 겨울 들판도 봄을 기다리는 새 생명을 품고 있듯, 어려운 현실에 섣불리 좌절하지 말자는 메시지이다.

청년은 미완성의 존재이지만 미래 창조라는 무한한 가능성을 지녔다. 수학 수업 시간에 미지수(未知數)를 찾아내는 일처럼, 학생들의 인생에서도 미지(未地)와 미답(未踏)의 세계가 무한히 펼쳐져

있다. 정성과 열정으로 미지와 미답의 세상을 마음껏 열어젖혀
주기를 바란다.

새로운 길

출퇴근 길에 지나게 되는 학교 근처에 흰여울 문화마을이 있다. 바닷가 벼랑 끝에 허름한 집들이 모여 있는 마을인데 반대편 송도 해안과 맑은 날에 보이는 거제도까지의 푸른 바다 경치가 아름다운 곳이다. 이 마을은 한국전쟁 피난 시절과 산업화 시기에 인구가 유입되면서 형성되었다. 몸을 숙여야 들어갈 수 있는 작은 출입문, 좁은 골목길로 낸 창문 너머로 이웃집 소리가 들릴 정도로 이주민의 애환이 서려 있을 정도로 주거 환경이 열악한 곳이다.

그런데 지금 이곳은 주말이면 관광객들이 골목길을 다니면서 사진을 찍는 관광 명소가 되었다. 영화 촬영 장소로 알려지면서 외지인들이 발길이 늘어나 주민들의 처지에서는 관광 수입이 늘어나서 좋기도 하겠지만 소음이나 쓰레기로 생활이 불편하리라 짐작된다. 이러한 현상을 마을 단위로 본다면 서민들의 삶의 터

전이 관광 마을로 변신한 것인데, 사람이 성장하는 것과 같이 마을도 하나의 유기체처럼 성장과 쇠퇴 또는 변화의 과정을 밟는다.

내를 건너서 숲으로
고개를 넘어서 마을로
어제도 가고 오늘도 갈
나의 길 새로운 길
민들레가 피고 까치가 날고
아가씨가 지나고 바람이 일고
나의 길은 언제나 새로운 길
오늘도.… 내일도…
내를 건너서 숲으로
고개를 넘어서 마을로

시인 윤동주의 시 '새로운 길'에서는 매일 같은 길을 가고 있지만 언제나 가야 할 길을 '새로운 길'이라고 말하며 날마다 새로운 마음으로 살아가고자 하는 미래 지향적인 의지를 보여준다. 개인적 삶의 지향점이 미래를 향하는 것처럼 마을, 크게는 도시와 국가도 미래의 발전을 기대하며 변화와 성장을 길을 가려고 하기 마련이다.

모교인 부산남고가 위치한 영도는 산업화 시대 서민들의 삶의 애환이 서린 대표적인 지역이다. 그 시절 열심히 살아간 할아버지 할머니 세대의 땀과 눈물이 디딤돌이 되어 지역의 성장을 견인하였다. 그러나 지금 영도는 가장 고령화 비율이 높은 지자체가 되어가고 있다. 학교의 학생 수도 지속해서 감소해 왔다. 부산남고만 하더라도 신입생이 600명을 넘던 시절이 있었지만, 이제는 100명을 넘기기도 어려울 정도가 되었다. 영원히 활력이 넘쳐날 줄 알았던 영도는 이제 흰여울 마을의 카페를 기웃거리는 관광 하러 온 외지인에게서 젊은이들을 보아야만 하는 처지가 되었다.

흰여울 마을의 변화처럼 학교도 안주할 수 없는 시대가 되었다. 모교가 향후 백년을 넘는 미래를 지향한다면 이 시점에서 무엇을 해야 하는가가 나에게 주어진 사명이다. 급속히 줄어든 입학생 수가 학교의 존립을 좌우한다면 안정적인 학생 수를 확보하는 새로운 길은 무엇인가? 적은 학생 수로도 학교의 존립을 보장받는 방안은 없을까? 다람쥐 쳇바퀴처럼 돌고 도는 자문자답이 뇌리를 떠나지 않는다. 그럼에도 불구하고 모교의 존속을 위해서라면 새로운 길을 주저할 아무런 이유가 없다. 도시와 마찬가지로 학교의 성장 역시 시대의 흐름과 사회의 변화에 역동적으로 대응하지 않으면 안 된다는 사실을 나는 직시하고 있다.

시간의 흐름은 연속이지만 지나고 나서 되돌아보면 그 묶어진 시간의 폭만큼이나 성장하였는지를 성찰해 보아야 한다. 지금 내가 나아가야 할 길은 '새로운 길'임이 분명하다.

전지연 20주년

2020년 1월 10일에 전국지리교사연합회(전지연) 창립 20주년 기념 제23회 전국지리교사대회가 수원의 경기대학교에서 열렸다. 나는 전지연 회장으로서 무엇보다도 20년의 세월을 이어오면서 이 자리가 있기까지 함께 해주신 전국의 지리 선생님들의 열정과 헌신에 대하여 가장 큰 감사의 인사를 드렸다.

지난 시간을 되돌아보면, 전국지리교사연합회는 2000년 1월 6~8일 2박 3일간 충청북도 충주시 청소년수련원에서 창립과 함께 제1회 전국지리교사대회를 개최하였다. 눈이 내렸던 단양 어상천면 어느 산골짜기를 답사했던 장면, 내가 '수행평가를 위한 문항 개발 및 적용 사례'를 발표하였던 일도 이제는 아련한 추억이 되었을 정도로 20년이라는 세월이 흘렀다. 그해 6월에는 대한지리학회의 협조를 얻어 전국지리올림피아드 대회를 개최하였는데, 아마도 교사들이 주관하는 전국 단위의 교과 경시대회로는 지리올림피아드가 처음이 아닌가 생각한다. 그때 양재동 숙소에 모여 밤늦도록 대회 요강과 출제 방향을 논의하였던 장면도 생생하게 기억난다.

이 외에도 교육과정 개편 논의 참가, 지리 캠프와 독도 캠프, 독도과거대회, 해외 답사 등 수많은 교과 연구 활동을 추진했으며, 이를 바탕으로 선생님들의 교과 지도 역량 신장과 함께 학생들의 지리 교과에 관한 관심 증대와 세계관을 형성하는데 이바지한 바가 크다. 이러한 활동의 저변에는 초대 오기세 회장님을 비롯한 역대 회장님과 전국 각 시도 연구회 회장님을 비롯한 임원단, 특히 그동안 사무국을 거쳐 간 여러 선생님의 헌신적인 노력이 있었다.

이러한 우리들의 노력에도 불구하고 아직도 해결하여야 할 난제들이 남아 있다.

첫째, 중등교사 임용시험에서 지리과의 선발 인원이 상대적으로 매우 적다는 점이다. 중학교 교육과정에서 '지리'라는 과목명이 사라진 이후로 일어난 현상으로만 치부하기에는 우리의 자존심이 허락하지 않는다. 우리 스스로 내적 성장과 교육과정에 대한 이해로 중무장함으로써 이 난관을 헤쳐 나가야 한다. 고령사회와 다문화 사회로의 진입, 통일 시대, 인공지능 시대와 같은 새로운 세상에서 지리적 상상력은 우리의 삶을 더욱 풍부하게 할 것이다. 지리 교과에 대한 무관심과 교육과정 이해 부족을 남의 탓으로 돌리지 말고 지리 선생님 확충을 위해 우리가 해야 할 일이 무엇인지부터 논의해야겠다.

둘째, 학생 활동 중심으로의 수업 변화는 지리 교과에서도 선도적인 역할을 하고 있다고 자부하고 있지만, 수능 지리 문항의 출제 경향이 수업에 끼치는 영향에 대하여 처절한 자기반성이 필요하다. 고등학교 한국지리와 세계지리 수업이 수능 시험의 영향을 받지 않을 수 없다는 지적에 대하여 그 누구도 자유로울 수 없다. 이제부터는 미래를 짊어져야 할 세대들에게 지리 교과의 본질적 내용과 재미를 돌려주고, 신나고 즐거운 지리 수업으로 세상을 바라보는 상상력을 키워 주어야 한다. 그래서 수업이 수능에 영향을 주는 그런 세상을 만들어 보았으면 한다.

2020학년도부터 고등학교에서 고교학점제가 시범 적용된다. 고교학점제는 학습자 중심의 교육 패러다임으로의 전환을 의미한다. 학생은 학습을 주도하고 교사는 학습환경 조성과 동기 유발자로서 해야 할 역할에 매진하여야 한다. 교사는 동기 유발자를 넘어서 미래 창조자이기도 하다. 사랑과 열정으로 미래의 길을 제시하는 선생님들이 미래를 창조할 인재를 길러내기 때문이다.

수업 개선

　교수-학습 과정에서 교사 주도적으로 지도하는 교사와 학생 주도적으로 지도하는 교사가 있다. 교사 주도적으로 학생을 지도하는 교사는 학생이 무엇을 배웠느냐보다 교사 자신이 무엇을 가르쳤느냐를 중요하게 생각한다. 따라서 교사가 수업 내용을 잘 조직하고 효과적인 수업 매체를 활용해 학습 내용을 잘 전달하면, 학생을 학습 과제를 잘 배우고 이해할 것으로 생각한다. 반면, 학생 주도적으로 지도하는 교사는 학생에게 무엇을 가르쳤느냐보다 학생이 교수-학습 과정에서 무엇을 배웠느냐에 더 관심을 쏟는다.

　교사가 가르치는 것과 학생이 배우는 것은 다른 차원의 문제이다. 교수가 이루어졌다고 해서 학생들이 학습 과제를 모두 학습했음을 의미하지는 않는다. 공급자 중심의 교육은 가르치는 활동 중심의 교육을 의미한다. 수요자 중심의 교육은 학생 중심의 교육을 뜻하며 교사의 가르치는 활동보다 학생의 학습 과정과 활동이 더 중요한 의미가 있다. 교사의 가르치는 내용만 달달 외는 학생이라면, 학교장의 지시에 따라 종속적으로만 움직이는 교사와 다를 바 없다.

평가에서도 마찬가지이다. 교사의 기대를 충족시키는 것에 대해서만 칭찬과 평가를 한다면 학생들은 도전적인 과제에 대하여 회피할 가능성이 높다. 누가 제일 먼저 정확하게 문제를 풀었는지를 기준으로만 하여 칭찬하기보다, 시간이 조금 더 걸리더라도 창의적인 방식으로 문제를 해결한 학생의 수행에 대해서도 긍정적인 평가를 하는 것이 중요하다. 즉 하나의 정답에만 집착하지 않고 다양한 문제 해결 방법을 고민하게 함으로써, 노력의 가치와 배움의 즐거움이라는 내적인 만족감을 길러주어야 한다. 과정 중심 평가는 결과보다는 과정에 대해서도 평가해달라는 것이다.

미래 사회에는 지식을 많이 습득하는 것보다 학습한 내용을 바탕으로 새로운 환경 속에서 선택, 조정, 통합하여 문제를 해결하고 새로운 가치를 생성할 수 있는 창의융합형 인재가 필요하다.

수업 개선을 하고 싶어도 대학 입시 준비나 교과 평가의 객관성 유지 등을 이유로 아직도 학생의 머리에 집어넣는 수업을 고집하는 교사들이 있다. 교사 입장에서도 핵심역량 신장을 위한 수업 방식보다 입시 대비형 수업이 효율적이기 때문에 쉽게 바꾸기 어려울 것이다. 결국 평가 방식이나 입시 제도가 바뀌지 않으면 수업 개선은 요원한 일이다.

서열을 매기는 평가보다 학습의 과정에서 발휘되는 역량을 평가하여 학생의 성장과 발달을 촉진하는 학습이 되어야 한다. 학습의 결과를 측정하고자 하는 평가로부터 탈피하는 것이 우선이다. 그러려면 결국 현재와 같은 9등급 체제의 수학능력시험을 자격고사화하여야 한다. 그래야 학교 중심의 수업이 살아난다.

교육계획 반성

글로써 가득 채워진 학교 교육계획서는 선과 면으로 분할된 빌딩의 설계도와 같다. 하나의 빌딩은 여러 개의 사무실과 회의실 같은 업무 공간, 계단과 엘리베이터, 복도 등의 이동 공간, 화장실이나 휴게실과 같은 부속 공간, 기계실과 같은 관리 시설 등으로 구분할 수 있다. 교육계획서도 몇 개의 항목으로 구분하여 일정 기간 운영하여야 할 내용들을 적절히 안배하였으므로 건물의 설계도와 같다. 건물이라는 공간 안에서 각각의 업무가 순조롭게 진행되기 위하여 내부를 잘 설계하는 것이 중요한 것처럼, 교육목표와 중점과제, 교육과정, 평가계획, 교무조직 등 학교 교육활동의 전반을 교육계획서에 잘 담아 두는 것이 교육 활동을 안정적·체계적으로 운영할 수 있는 바탕이 된다.

만약 학교에서 교육계획을 수립하지 않고 학교를 운영한다면 이는 설계도 없이 건축물을 지으려는 것과 같다. 좋은 건축물을 짓기 위하여 설계도를 잘 만들어야 하는 것처럼 학생 교육을 잘 하기 위해서는 학교 교육계획을 잘 세워야 한다. 그러나 건축물과 다른 점이 있다면 건물을 다 짓고 나서는 건물의 유지 보수 활동을 주로 하면 되지만, 학교 교육계획은 매년 수립하여야 한다는 점이다. 교육계획을 매년 새롭게 수립하여야 하는 이유는 계획-실천-평가의 순으로 순환과정을 거쳐야 하기 때문이다. 따라서 교육목표의 달성을 위하여 교수-학습과 인성 교육을 어떻게 효과적으로 개선해 나갈 것인가에 대해 미래 지향적 계획을 수립할 필요성이 있다.

신학년도를 앞두고 어느 학교에서나 교육계획 수립을 위하여 분주하다. 그러나 한편으로 교육계획서의 작성 과정이나 방법, 활용 등에 있어 몇 가지 반성해야 할 점이 있다.

첫째, 일종의 타성에 빠져있다는 점이다. 학교 교육계획은 해마다 반복되는 교육 관행에 불과하다는 타성이 교원들에게 폭넓게 확산하여 있다는 점이다. 계획의 중요성이나 필요성에 대한 인식도가 낮으니 실제 교육 활동에 활용하는 정도나 기여도가 떨어질 수밖에 없다.

둘째, 형식주의에 젖어 있다. 계획은 계획에 불과하다는 통념이 만연하여 1년 동안의 교육 활동을 안내하는 기능을 제대로 하지 못하는 무용지물이 되고 만다는 점이다. 심지어 그건 계획이므로 얼마든지 변경할 수 있다는 논리로 본말이 전도되는 현상이 나타나기도 한다.

셋째, 교육계획 수립의 업무가 일부 교사에게 집중되는 현상이다. 교육계획은 학교 구성원 모두에게 적용되는 것인데 계획 수립의 업무가 소수의 교사에게 부과되거나 그들에게만 떠넘기는 현상이 나타나고 있다. 그렇게 되면 교육계획서는 사문서가 되기 마련이다.

넷째, 교육계획을 단기간의 시간에 마무리하려는 경향이 있다. 모든 계획은 불확실한 미래에 대한 준비이기 때문에 충분한 사고와 준비 과정을 거쳐야 한다. 벼락치기식으로 수립된 계획은 잦은 수정으로 불합리한 실행을 겪게 된다.

학교 교육계획에 대한 잘못된 관행을 고쳐야 교육계획서가 제 기능을 다할 것이다. 잘못된 의식이나 관행이 팽배한 상태에서는 창의적인 학교 교육계획의 수립이 불가능하며 교육목표의 달성도 어려울 것이다.

교육계획서는 단지 수립된 서류로서만 머물러서는 안 된다. 교육계획을 수립하는 노력 못지않게 그 목표를 달성하기 위한 실행이 교육계획서에 기반하여 이루어져야 한다. 그러려면 교육계획 수립의 과정에 구성원 모두가 참여하는 것이 중요하다.

또한 교과서에 반영된 국가 수준의 교과 교육과정이 같다고 해서 학교의 교육계획이 같을 수 없는 것처럼, 학교 교육계획은 독창적이고 창의적인 계획을 지향해야 한다. 학교마다 처한 지역 여건이나 학생의 현황이 달라 각각의 수준에 따른 학습 및 인성 지도 방법이 달라지기 때문이다.

교육의 목적

지리산 자락에 있는 수련원으로 수련 활동을 떠나는 1학년 학생들의 수련회 발대식에서 이원규 시인의 '행여 지리산에 오시려거든'이라는 시를 읽어 주었다. 대박은 아니지만 오! 하는 감탄이 몇 군데서 터져 나왔다. 안전하게 잘 다녀오라는 진부한 당부의 말보다 시를 읽어 주는 것이 훨씬 참신해서 그런 건지는 알 수는 없지만, 학교장으로서 괜찮은 시도였다라고 자평하였다. 내가 시를 읽어 준 이유는 수학여행을 통해 자연의 아름다움과 심오함을 느껴보라는 의미이다.

학교에서는 연중 수많은 행사를 치른다. 입학·졸업식처럼 해마다 되풀이되는 것도 있고, 새롭게 준비하여 처음 시도해 보는 행사도 있다. 학교의 행사는 그 자체가 모두 교육으로서의 의미를 함께 지닌다. 행사의 내용이 특정한 교육적 목적을 지닌 것처럼, 행사 자체도 하나의 교육 활동으로서 소재와 주제를 모두 담고 있다. 어쩌면 종합세트와 같은 것이기도 하다.

행사 계획을 수립하고 절차에 따라 진행하는 것은 지침에 따르면 된다. 그러나 자칫 절차와 형식에만 치중하다 보면 교육적이지 못한 게 아닌가 하는 자책 또는 비난을 받을 수도 있다. 반대로 절차를 무시하고 자신만의 교육적 판단만을 중시하다 보면 절차적 당위성을 확보하지 못한 실수를 범하게 된다. 그렇다면 학교관리자로서 중요하게 다루어야 할 부분은 무엇일까?

각 프로그램이 달성해야 할 목적은 무엇인가?

이 프로그램은 왜 하여야 하는가?

이것을 운영하는 과정에서 유의해야 할 사항은 무엇인가?

목표와 유의 사항은 무엇이 다른가?

상황에 따라 무엇을 선택해야 하는가?

무엇을 버릴 때 그 이유는 무엇인가?

예상되는 문제점은 무엇이며 어떻게 해결할 것인가?

목적(目的)은 어떤 행동을 하는 이유이다. 목표(目標)는 목적을 달성하기 위한 단계나 이정표이다. 건강한 삶이 목적이라면 하루 30분 운동이 목표이다. 외줄타기의 목적은 도전, 자신감, 호기심 함양이 될 수 있다. 그런데 단순히 외줄타기의 목적을 넘어지지 않고 앞으로 나아가는 것만으로 한정해 버리면 도전이나 자심감을 달성하기 어렵다. 좌우로 기우뚱하면서도 중심을 잡아 목적지에 도달하기 위하여 체력과 기술을 열심히 연마하는 것이 목표가 되어야 한다.

학교의 체험활동에서도 마찬가지이다. 안전한 수학여행보다는 배움이 있는 수학여행이라는 본래의 목적을 달성하는 것이 본질이다. 수학여행을 안전하게 다녀오는 것은 운영의 유의 사항에 해당한다. 물론 안전하게 다녀와야 목적을 달성할 수 있으므로 목표 중의 하나로 볼 수도 있다.

어쨌든 행사의 유의 사항에만 치중하다 보면 원래의 의미를 찾지 못하고 길을 잃게 되는 우를 범하게 된다. 교사들은 그런 유의 사항을 계속 주지시켜 본래의 목적 달성을 이루려고 한다. 교장조차 유의 사항만 강조할 것이 아니다. 본래의 목적이 무엇인지, 학생들이 걸어가야 할 길이 무엇인지를 강조하여야 한다.

이홍우에 의하면 교육의 난점은 교육 활동에 있어서 장애가 되는 부분을 말하는 것이 아니라, 교육의 목적 그 자체가 달성하기 어렵다는 것을 가리킨다. 현재 교육의 장애라고 생각되는 부분이 해결된 뒤에도 교육을 하기가 어렵다고 할 때 그 이유를 가리킨다. 안전하게 수련회를 다녀왔다고 해서 그 목적을 온전히 달성했다고 말할 수 없는 것이다. 그만큼 교육의 목적 달성이 어려우므로 그 목적을 명확히 인식하는 것이 중요하다. 교육의 목적을 분명히 하는 것은 당면하고 있는 장애가 무엇인지, 그래서 가장 시급히 해결해야 할 것이 무엇인지를 판단하는데 도움이 된다.

학교장마저 유의 사항으로 경도 되어서는 안 된다.

교육 전문직의 자세

교육 전문직이란 교육부나 교육청의 각 기관에서 근무하는 장학사와 교육연구사, 장학관과 교육연구관을 일컫는 명칭이다. 교사가 교육 전문직에 도전하여 전직하고자 하는 일은 결코 쉬운 결심이 아니다. 교육 전문직 선발 시험 합격이 어렵기도 하지만, 학생을 대상으로 수업과 생활지도를 담당하던 교사의 업무 전문성과는 또 다른 교육행정 업무의 전문성을 발휘해야 하기 때문이다.

교육행정을 잘할 수 있는 교육 전문직을 선발하는 평가 기준으로 학교에서의 수업 전문성과 현장 연구 활동, 생활지도 및 인간관계 역량 등을 주로 포함하고 있는 이유는 무엇일까? 교육청에서 교육행정을 다루는 교육 전문직을 선발하는 시험인데 행정 업무 능력보다 학교 교사로서의 전문성을 중요하게 평가하는 이유는 무엇일까? 수업을 잘하는 선생님이 장학사로서 그 업무도 잘한다는 말은 무슨 의미의 관계가 있을까? 나아가 또 다른 교육 행정의 전문성에 필요한 덕목은 무엇일까?

일반적으로 사회에서의 인간관계는 수평적이라 할 수 있지만, 특히 관료 사회의 인간관계는 수직적인 데다 대단히 복잡하다. 학교는 교사와 학생과의 관계가 많은 부분을 차지하고 그 연장선에서 학부모와의 관계에서 많은 문제들이 발생한다. 반면에 교육청에서는 지금까지 다수를 차지했던 학생과의 직접적인 접촉은 거의 없다고 보아야 하며(단, 파급 효과는 대부분 학생에게 간다), 상급자와 주변 동료와의 관계, 학교 현장의 관리자 및 교사와의 관계, 의회와의 관계, 업무 관련 사업자와의 관계 등 복잡다단한 관계의 연속이다.

교사의 직을 마무리하고 교육 전문직이라는 새로운 길을 걸어가야 하는 후배들이 마음에 새겨야 할 덕목은 무엇일까?

왜냐하면?

'왜?'가 가지고 있는 의미 요소는 무엇인가? 학교 현장에서 요구하는 질문의 상당수는 '왜?'를 포함하고 있다는 사실을 안다면 쉽게 이해할 수 있다. 어떤 지침이나 판단(결정된 사실 또는 하고자 하는 방향·방침 등)이 '왜 그런가 또는 앞으로 어떻게 진행될 것인가?'에 대한 대응 당사자로서 갖추어야 할 첫 번째 덕목은 '왜 그런가'에 대한 친절한 설명이다.

아래의 답변들에서 느껴야 할 부족한 부분은 무엇일까?

"과장님은 내일까지 출장이고, 장학관님은 18시가 되어서야 들어오실 거라서 지금은 어렵습니다."

"이와 관련 교육부의 최종 계획이 확정되지 않아 우리가 어떻게 할 수 없습니다."

'왜 그런가?'에 대한 답변에는 그 문제의 본질이 갖는 원인이나 이유를 함께 고민하고 있다는 흔적이 있어야 한다는 점이다.

업무 개선 의지

교육부나 간부의 지침만을 기다리고 따르는 업무 행태는 지양되어야 한다. 특히 이전 연도의 것을 답습하거나, 계획과 실천만 있고 평가 환류가 없는 업무처리 방식, 계획과 실천은 별로인데 평가 환류는 거창하게 한다면 업무를 방치하거나 형식 논리에 빠지기 쉽다. 특히 정책 사업은 계획의 수립과 추진을 열심히 하는 것도 중요하지만, 지속적·창의적으로 개선하는 자세로 업무를 수행해야 한다. 현장의 의견을 자주 듣고 그 의미를 해석하여 반영해야 하며, 자신의 업무추진 방식에 대한 모니터링도 수시로 하면서 환류할 필요가 있다. 만약 동일한 사안으로 현장으로부터 여러 번 전화가 왔다면 그 원인이 무엇인지에 대하여 귀 기울여야 한다.

나는 수능 업무 담당 장학사를 하면서 학교에 내려보내는 200

여 쪽의 지침서를 대폭 개선한 적이 있다. 학교 현장에서 읽어보기 쉽도록 각종 서식을 언제 누가 작성하는지 알기 쉽도록 각주를 일일이 써놓는 방식으로 업무 수요자의 업무 경감을 줄인 적이 있다. 학교 장학 업무를 총괄할 때는 과감하게 담임장학사의 학년 초 장학 결과 보고서를 단 2쪽으로 감축하기도 하였다. 이전까지는 많게는 20여 쪽에 달하였다.

　스스로 복잡한 업무를 개선한 사례가 있는지 살펴보고, 학교 현장이 요구하는 업무 개선 방향에 대하여 고민하여야 할 것이다. 다만, 학교생활기록부 관리나 성적관리 규정과 같이 지침을 적용하는 업무와 수업 개선이나 문화예술 교육 증진과 같은 정책 사업을 대할 때 그 관점의 차이를 명확하게 인지하여야 한다.

공감각

　만약 복잡한 관계로 얽히고설키는 일이 있다면 조력자 대부분은 관점별로 단순하게 정리하라고 조언한다. 이 조언의 핵심은 '관점별로'와 '단순하게' 중 어느 것일까?

　단순하게 하되 관점별로 정리하라고 했으니 '관점'의 중요성을 일컫는 말이다. 교육 전문직은 정책의 시행을 담당하므로 어떤 사업이 앞으로 미치는, 현장에 파급되는 영향을 충분히 예측하여야 한다. 이 예측에 필요한 요소가 관점의 다양화이다.

　업무의 가지가 단선적인 학교와 비교하여, 교육청의 업무는 복선적이다. 수직적 관계 못지않게 수평적 관계(대인, 업무 모두) 매우 중요하다. 분장 되지 않은 일은 나의 일이 아니라는 주장을 내세움으로써 스스로 평가절하되지 않아야 한다. 나무만 본다는 것은 결국 자신만 보거나 자신의 구미에 맞는 것만 보는 것이다. 판화와 조각은 어떤 면에서 다른지 생각해 볼 일이다.

탄탄한 설계자

탄탄한 기초 설계자가 되려면 어떻게 하여야 하는가? 청중이 많은 행사의 사회자이든 작은 규모의 협의회이든 그 주관하는 사람은 행사 전체의 내용과 흐름을 꿰뚫고 있어야 한다. 당일이 되어서야 또는 회의 진행 중에서야 비로소 미처 생각하지 못한 부분을 깨닫는 일이 많다면 그것을 두고 배움의 자세라는 미덕으로 치부할 것인가? 이미 충분히 배우고 예측한 후에 회의를 주재하여야 한다.

그러한 우를 범하는 원인은 대체로 자신에게 있다. 장학사의 머릿속에 자료의 개발 방향을 먼저 임의로 설정하거나, 복잡한 이해관계 예측을 스스로 차단하는 습성이 있기 때문이다. 참여자의 의욕이 꺾이지 않으려면, 교육청 사업의 신뢰도를 높이려면 사업(회의)의 성격과 방향·방법에 사전 검토(의견 수렴)를 충분히 한 후에 그 방향을 설정하여야 한다. 우선 급하니 공모부터 하겠다는 우를 범해서는 안 된다.

가장 먼 여행은?

세상에서 가장 먼 여행은 머리에서 가슴까지라고 한다. 단순 지식으로 알고만 있는 것을 실천으로 옮기는 발끝까지의 여행이 더 먼 것처럼 보이지만, 실제로는 가슴까지의 여행이 멀고도 쉽지 않은 일이다. 열정과 의지, 사랑과 격려의 마음을 담아 실천하는 것은 더욱 어려운 일이다.

하지만, '높은 의지와 열정이 디테일을 덮어버린다.'라는 말처럼, 업무를 함에 있어서 지나친 열정으로 인하여 정작 중요한 세부 계획에 오류를 범하는 일이 있어서는 안된다.

호가호위(狐假虎威) 말라.

업무를 추진하면서 윗선을 팔지 말라는 의미이다. 상사의 권위에 무임승차 하는 경우가 있기는 하겠지만 그것을 이용하여 자신의 업무를 추진해서는 안 된다. 기본적으로 권위 의존적이며, 책임감이 결여되기 마련이다.

업무추진의 목적이 그럴싸하다 하여 추진 방법을 대충하는 업무처리 방식도 이에 준하는 행위이다. 권위를 내세우고자 하는 잘못된 행태이다.

교과서 역할

교육 전문직은 교과서와 같은 역할을 하여야 한다. 교과서보다

327

더 많은 참고 자료가 넘쳐나는 시대에 비록 교과서를 보는 일이 없더라도 교과서라는 존재의 가치를 존중하고 실천하여야 한다. 공문의 글자 하나하나에서부터 복무 태도(초과근무의 위법 사례를 반면으로 삼아야)에 이르기까지 모범적이어야 한다. 그러기 위해서는 자신을 낮추는 겸손의 미덕을 실천하여야 한다.

국민의 세금

교육 전문직은 예산을 수립하고 집행하는 담당자이기도 하다. 업무의 성격에 따라 예산이 적은 업무도 있기는 하지만, 정책 사업을 할 때에는 대부분 예산이 수반되기 마련이다. 학교 현장에서 예산이 아깝다는 점을 토로한 적이 있다면 그 이유를 알고 있을 것이다. 어떤 기관에서든 예산의 수립과 집행에서는 일반적으로 어떤 방식의 집행이 효율적인가에 방점을 두고 있다. 하지만 교육 예산에서 간과하지 말아야 할 점은 교육적인 효과이다. 비록 교육적 효과를 돈으로 정량적으로 저울질하기가 어려운 일이기는 하지만. 더구나 때로는 비교육적인 방식의 집행으로 교육적인 효과를 올리겠다는 성찰도 필요한 때이다.

교감이라는 자리

학교는 사회의 축소판이다. 사회에서 일어나는 여러 가지 형태의의 사회 현상들이 나타난다는 점에서 그렇다. 교실에서 학생들을 대상으로 지식의 내용을 전달하거나 탐구의 과정을 열어가는 순수한 수업 장면을 제외하고, 인간관계에서 일어나는 다양한 종류의 사안들이 발생한다. 규칙을 제정하고 운용하는 것에서부터 그 규칙을 지키도록 계도하거나 규칙을 위반한 것에 대한 제재를 가하는 절차와 방법을 의논하는 일과 그 과정에서 일어난 갈등들이 다 그렇다.

학생들의 입장에서는 사회화 과정을 체계적으로 연습하는 곳이다. 가정에서는 혈연에 의한 부모와 자식 간의 관계가 전부이지만, 학교에서는 친구와의 관계와 교사와의 관계 설정에서부터 어려움을 겪게 된다. 그래서 인간관계를 어떻게 잘 맺고 살아갈 것인가에 대한 성장통을 경험하게 된다. 그러한 상호작용을 통하여 책임 있는 사회인으로 성장하는 과정을 밟게 된다.

2000년대 이후의 학교는 학교가 독자적으로 수행하였던 지식 전달 중심의 교육기관이라는 기존의 역할이 많이 축소되었다. 체험활동, 복지, 폭력, 정보의 홍수와 노출, 중도 포기, 자율 선택권, 교육과정 다양화 등 여러 영역에 일어나는 현상들이 순수한 교육 활동보다 훨씬 많아졌다. 그렇기에 전통적인 교사의 역할과 역량으로는 감당하기 어려운 일들이 많아지고 있다. 고등학교 교육과정 편성과 운용에서 과목 선택권의 확대가 시간표 운영의 복잡다단한 현상을 가져오고, 이 과정에서 무수히 발생하는 사안들에 대한 대처를 고민하느라 교수와 학습이라는 본래의 기능마저 약화시키는 일은 학교 현장에서 비일비재(非-非再)하다.

학교 폭력 문제만 하더라도 과거에는 성장 과정에서 일어나는 개인 간의 다툼 정도로만 인식하고 신상필벌의 가치관만 주입하면 될 일이었는데, 이제는 그 원인과 과정을 면밀히 따져야 한다. 그 절차에 오류는 없었는가 하는 처리 과정의 어긋남에 대해서도 책임을 묻게 되었으니, 사회에서 벌어지는 현상보다도 더 세심한 관리가 필요하게 되었다. 학교도 이젠 매우 정교하고 세심한 계획과 관리를 요구하는 시대가 되었다.

이러한 관리의 어려움 때문에 특히, 교감의 자리는 오늘날 3D 업종의 정점에 있다. 특히 처음 교감 자리를 맡은 초보 교감의 경우가 그렇다. 누구나 처음은 쉽지 않지만 교감의 역할은 교사와는 판이하기 때문이다. 교사로서 나름대로 열심히 근무한 경력과 능력을 인정받아 교감의 직위를 받게 되었지만, 지금까지 잘해왔던 수업은 하지 않고 다양한 교육 구성원들의 호소에 귀 기울이는 일이 대부분이다 보니 쉽지 않은 일이 되어 버렸다. 교감이 되는 순간 그동안 천직으로 지내왔던 학생과의 교실 수업에서 한 순간에 멀어지는 현실을 직면한다. 매일 서너 시간씩 학생들을 직접 마주하며 지식을 전달하고 인성을 지도하던 일상의 생활 방식이 바뀌게 되니, 그나마 업무의 피로감을 잊을 수 있는 교직의 보람과도 거리감이 생기게 된다.

하루에도 여러 번 교장과 만나 협의해야 하는 시간이 길어지고 행정실과의 업무 협조도 만만치 않다. 교내에서 발생하는 여러 가지 사안들을 조율하여 처리해야 하며, 대외적으로도 많은 민원의 창구 역할을 해야 한다. 교육청의 업무 담당자와의 통화도 달라지니 업무의 방식이 완전히 달라진다.

특히, 의사결정의 정점에서 판단하고 결정을 내려야 하는 경우가 많다. 전결 규정의 교감 전결권을 규정대로 적용한다면 수많은 결정권을 교감이 가지는 막중한 자리이다. 그러기 위해서는 교무, 연구, 생활지도, 방과후수업, 교과 교육, 인성 지도, 진로진학 지도 등 어느 한 가지도 소홀함이 없어야 한다. 행정실 업무를 제외한 거의 전 영역에 걸쳐 전문적 식견을 가지고 있어야 한다. 그래야 옳고 합리적인 판단을 내릴 수 있다.

교감의 감(監)이라는 한자어의 사전적 의미는 볼 감, 살필 감, 헤아릴 감이다. 경계하거나 단속한다는 의미와 우두머리라는 직위의 의미도 있지만 '감'이 갖고 있는 본래적 의미가 그렇다는 것이다. 그러므로 학교 안의 여러 상황을 잘 보고, 잘 보살피고, 잘 헤아려야 한다는 의미가 있으니 여간 쉬운 일이 아니다.

갈수록 세분화되고 있는 사회 현상이 학교에서도 나타난다. 특히 인간관계에서 일어나는 다양한 종류의 사안들이 많은 곳이 학교다. 학교에서 관리자는 최종 의사결정을 해야 하는 막중한 자리이지만 절차적 오류나 처리 과정에 대한 책임자로서 부담도 크다.

또 학교는 일반사회와는 달리 사회화 과정이라는 전제를 가지므로 학생의 모든 행위를 함부로 재단하기도 어렵다. 교과 지식의 전수에 익숙하였던 교사의 역량과는 달리 관리자에게는 또 다른 역량을 요구하므로 쉽지 않은 자리이다.

그 일이 어렵고 기피되는 자리라면 그들에게 더 나은 대우가 있어야겠다.

말없이 꽃대를 밀어 밀어 올렸다

초판 1쇄 2025년 2월 7일

글	강병수
펴낸이	임규찬
펴낸곳	함향 출판등록 제2018-000007호
주소	부산광역시 동래구 명륜로69 상가동 1001호
E-mail	phil8741@naver.com
편집디자인	씨에스디자인
인쇄	인쇄출판 유신

글 ⓒ 강병수

ISBN 979-11-93194-10-2
가격 : 17,000원

도서출판 **함향**은 함께 **향**유합니다.